| 主编·汪剑钊 |

金色俄罗斯
Золотая Россия

爱吵架的人，
或瓦西里耶夫岛之夜

Скандалист,
или вечера на Васильевском острове

[苏] 卡维林 / 著
赵晓彬 王时玉 / 译

四川人民出版社

图书在版编目（CIP）数据

爱吵架的人，或瓦西里耶夫岛之夜/（苏）卡维林著；
赵晓彬，王时玉译. ——成都：四川人民出版社，2022.2
（金色俄罗斯/汪剑钊主编）
ISBN 978－7－220－12510－2

Ⅰ．①爱…　Ⅱ．①卡…　②王…　Ⅲ．①长篇小
说－苏联　Ⅳ．①I512.45

中国版本图书馆 CIP 数据核字（2021）第 264340 号

THE TROUBLEMAKER, OR EVENINGS ON VASILYEVSKY ISLAND
By Veniamin Kaverin
Copyright © Veniamin Kaverin estate.
Published by arrangement with Publishing house "Literary"
Simplified Chinese translation copyright © 2022 by Sichuan People's Publishing House
ALL RIGHTS RESERVED
四川省版权局著作权合同登记号：图［进］字 21－2022－52

AICHAOJIADEREN HUOWAXILIYEFUDAOZHIYE
爱吵架的人，或瓦西里耶夫岛之夜
［苏］卡维林　著　赵晓彬　王时玉　译

出 版 人	黄立新
策划组稿	黄立新　张春晓
责任编辑	唐　婧
责任校对	郭明武
装帧设计	张迪茗
责任印制	祝　健

出版发行	四川人民出版社（成都市槐树街 2 号）
网　　址	http://www. scpph. com
E-mail	scrmcbs@sina. com
新浪微博	@四川人民出版社
微信公众号	四川人民出版社
发行部业务电话	（028）86259624　86259453
防盗版举报电话	（028）86259624
照　　排	四川胜翔数码印务设计有限公司
印　　刷	成都东江印务有限公司
成品尺寸	140mm×203mm
印　　张	8.5
字　　数	213 千
版　　次	2022 年 2 月第 1 版
印　　次	2022 年 2 月第 1 次印刷
书　　号	ISBN 978－7－220－12510－2
定　　价	58.00 元

金色俄罗斯
Золотая Россия

致敬"金色俄罗斯丛书"译介团队，感谢所有参与者为传播
俄罗斯文学、增进中俄两国人民文化交流而做的努力！

汪剑钊　丛书主编、译者，北京外国语大学外国文学研究所教授，博士生导师。

张建华　丛书顾问、译者，北京外国语大学教授。

刘文飞　丛书顾问，中国俄罗斯文学研究会会长。

张　冰　北京师范大学俄语系教授，博士生导师。

赵晓彬　哈尔滨师范大学斯拉夫语学院副院长，博士生导师。

杨玉波　哈尔滨师范大学斯拉夫语学院副教授，文学博士。

郑艳红　中国社会科学院文学博士，绥化学院外国语系教师。

张　猛　北京外国语大学外国文学研究所博士。

李　莉　北京师范大学文学博士，杭州师范大学教授。

顾宏哲　辽宁大学俄语系副教授，硕士生导师。

赵艳秋　复旦大学俄语系副主任，文学博士。

侯炜红　中国社会科学院外国文学研究所俄罗斯文学研究室主任，文学博士。

池济敏　四川大学外国语学院副院长，副教授，文学博士。

飞　白　云南大学外语系教授，浙江省比较文学与外国文学学会名誉会长。

黄　玫　北京外国语大学俄语学院教授，博士生导师。

杨晓笛　北京外国语大学博士，太原理工大学教师。

李玉萍　洛阳理工学院副教授，文学博士。

王立业　北京外国语大学俄语学院教授，博士生导师。

邱　鑫　黑龙江大学俄语学院文学博士。

郭靖媛　北京大学比较文学专业博士在读。

薛冉冉　浙江大学外语学院副教授，博士。

温玉霞　西安外国语大学俄语学院教授，博士生导师。

潘月琴　北京外国语大学俄语学院副教授，博士。

余　翔　北京科技大学外国语学院师资博士后，文学博士。

李春雨　厦门大学外文学院助理教授，博士。

董树丛　北京外国语人学外国文学研究所硕士。

冯昭玙　浙江大学外文系教授。

杜　健　北京师范大学俄语语言文学专业博士。

韩宇琪　北京师范大学俄语语言文学专业博士。

苏　玲　《外国文学动态研究》主编，博士。

颜　宽　国立莫斯科大学语言文学系博士。

马卫红　浙江外国语学院教授，文学博士。

王丽欣　哈尔滨师范大学斯拉夫语学院副教授，文学博士。

于婷婷　西安外国语大学俄语语言文学博士在读。

王时玉　华东师范大学俄语语言文学博士在读。

穆　馨　哈尔滨师范大学斯拉夫语学院副教授，翻译硕士导师。

徐　琪　厦门大学外文学院教授，文学博士。

徐曼琳　四川外国语大学俄语系教授，文学博士。

欢迎更多的译者加入"金色俄罗斯丛书"……

（按译作出版时间排序）

四川人民出版社　　文学出版中心

目 录
Contents

金色的"林中空地"（总序）

汪剑钊

2014 年 2 月 23 日，第二十二届冬奥会在俄罗斯的索契落下帷幕，但其中一些场景却不断在我的脑海回旋。我不是一个体育迷，也无意对其中的各项赛事评头论足。不过，这次冬奥会的开幕式与闭幕式上出色的文艺表演给我留下了深刻的印象，迄今仍然为之感叹不已。它们印证了一个民族对自身文化由衷的热爱和自觉的传承。前后两场典仪上所蕴含的丰厚的人文精髓是不能不让所有观者为之瞩目的。它们再次证明，俄罗斯人之所以能在世界上赢得足够的尊重，并不是凭借自己的快马与军刀，也不是凭借强大的海军或空军，更不是凭借所谓的先进核武器和航母，而是凭借他们在文化和科技上的卓越贡献。正是这些劳动成果擦亮了世界人民的眼睛，引燃了人们眸子里的惊奇。我们知道，武力带给人们的只有恐惧，而文化却值得给予永远的珍爱与敬重。

众所周知，《战争与和平》是俄罗斯文学的巨擘托尔斯泰所著的一部史诗性小说。小说的开篇便是沙皇的宫廷女官安娜·帕夫洛夫娜家的舞会，这是介绍叙事艺术时经常被提到的一个经典性例子。借助这段描写，托尔斯泰以他的天才之笔将小说中的重要人物一一拈出，为以后的宏大叙事嵌入了一根强劲的楔子。2014年2月7日晚，该届冬奥会开幕式的表演以芭蕾舞的形式再现了这一场景，令我们重温了"战争"前夜的"和平"魅力（我觉得，就一定程度上说，体育竞技堪称一种和平方式的模拟性战争）。有意思的是，在各国健儿经过十数天的激烈争夺以后，2月23日，闭幕式让体育与文化有了再一次的亲密拥抱。总导演康斯坦丁·恩斯特希望"挑选一些对于世界有影响力的俄罗斯文化，那也是世界文化遗产的一部分"。于是，他请出了在俄罗斯文学史上引以为傲的一部分重量级人物：伴随拉赫玛尼诺夫第二钢琴协奏曲的演奏，普希金、果戈理、屠格涅夫、托尔斯泰、陀思妥耶夫斯基、契诃夫、马雅可夫斯基、阿赫玛托娃、茨维塔耶娃、布尔加科夫、索尔仁尼琴、布罗茨基等经典作家和诗人在冰层上一一复活，与现代人进行了一场超越时空的精神对话。他们留下的文化遗产像雪片似的飘入了每个人的内心，滋润着后来者的灵魂。

美裔英国诗人T. S. 艾略特在《诗的作用和批评的作用》一文中说："一个不再关心其文学传承的民族就会变得野蛮；一个民族如果停止了生产文学，它的思想和感受力就会止步不前。一个民族的诗歌代表了它的意识的最高点，代表了它最强大的力量，也代表了它最为纤细敏锐的感受力。"在世界各民族中，俄罗斯堪称最为关心自己"文学传承"的一个民族，而它辽阔的地理特征则为自己的文学生态提供了一大片培植经典的金色的"林中空地"。迄今，在这片土地上生根发芽并长成参天大树的作家与作品已不计其数。除上述提及的文学巨匠以外，19 世纪的茹科夫斯基、巴拉廷斯基、莱蒙托夫、丘特切夫、别林斯基、赫尔岑、费特等，20 世纪的高尔基、勃洛克、安德列耶夫、什克洛夫斯基、普宁、索洛古勃、吉皮乌斯、苔菲、阿尔志跋绥夫、列米佐夫、什梅廖夫、波普拉夫斯基、哈尔姆斯等，均以自己的创造性劳动进入了经典的行列，向世界展示了俄罗斯奇异的美与力量。

中国与俄罗斯是两个巨人式的邻国，相似的文化传统、相似的历史沿革、相似的地理特征、相似的社会结构和民族特性，为它们的交往搭建了一个开阔的平台。早在 1932 年，鲁迅先生就为这种友谊写下一篇"贺词"——《祝中俄文字之交》，指出中国新文学所受的"启发"，将其看作自己的"导师"和"朋友"。20 世纪 50 年代，由于意识形态的接近，中国与苏联在文化交流上曾出现过一个"蜜月期"，在那个特定的时代，俄罗斯文学几乎就是外国文学的一个代名词。俄罗斯文学史上的一些名著，如《叶甫盖尼·奥涅金》《死魂灵》《贵族之家》《猎人笔记》《战争与和平》《复活》《罪与罚》《第六病室》《丽人吟》《日瓦戈医生》《安魂曲》《没有主人公的叙事诗》《静静的顿河》《带星星的火车票》《林中水滴》《金蔷薇》和《钢铁是怎样炼成的》等，都曾经是坊间耳熟能详的书名，有不少读者甚至能大段大段背诵其中精彩的章节。在一定程度上，我们可以说，翻译成中文的俄罗斯文学作品已构成了中国新文学的一个重要组成部分，成为现代汉语中的经典文本，就像已广为流传的歌曲《莫斯科郊外的晚上》《三套车》《喀秋莎》《山楂树》等一样，后者似乎已理所当然地成为中国的民歌。迄今，它们仍在闪烁金子般的光芒。

不过，作为一座富矿，俄罗斯文学在中文中所显露的仅是冰山一角，大量的宝藏仍在我们有限的视域之外。其中，赫尔岑的人性，丘特切夫的智慧，费特的唯美，洛赫维茨卡娅的激情，索洛古勃与阿尔志跋绥夫在绝望中的希望，苔菲与阿维尔琴科的幽默，什克洛夫斯基的精致，波普拉夫斯基的超现实，哈尔姆斯的怪诞，等等，大多还停留在文学史上的地图式导游。为此，作为某种传承，也是出自传播和介绍的责任，我们编选和翻译了这套"金色俄罗斯丛书"，其目的是进一步挖掘那些依然静卧在俄罗斯文化沃土中的金锭。可以说，被选入本丛书的均是经过了淘洗和淬炼的经典文本，它们都配得上"金色"的荣誉。

行文至此，我们有必要就"经典"的概念略做一点说明。在汉语中，"经典"一词最早出现于《汉书·孙宝传》："周公上圣，召公大贤。尚犹有不相说，著于经典，两不相损。"汉朝是华夏民族展示凝聚力的重要朝代，当时的统治者不仅实现了政治上的统一，而且也希望在文化上设立标杆与范型，亟盼对前代思想交流上的混乱与文化积累上的泥沙俱下状态进行一番清理与厘定。客观地说，它取得了一定的成效，虽说也因此带来了"罢黜百家"的重大弊端。就文学而言，此前通称的"诗三百"也恰恰在那时完成了经典化的过程，被确定为后世一直崇奉的《诗经》。关于"经典"的含义，唐代的刘知幾在《史通·叙事》中有过一个初步的解释："自圣贤述作，是曰经典。"这里，他将圣人与前贤的文字著述纳入经典的范畴，实际是一种互证的做法。因为，历史上那些圣人贤达恰恰是因为他们杰出的言说才获得自己的荣名的。

那么，从现代的角度来看，什么是经典呢？商务印书馆出版的《现代汉语词典》给出了这样的释义：1. 指传统的具有权威性的著作：博览经典。2. 泛指各宗教宣扬教义的根本性著作。不同于词典的抽象与枯涩，意大利著名作家卡尔维诺归纳出了十四条非常感性的定义，其中最为人称道的是其中两条：其一，一部经典作品是一本每次重读都像初读那样带来发现的书；一部经典作品是一本即使我们初读也好像是在重温的书。其二，经典作品是一些产生某种特殊影响的书，它们要么自己以遗忘的方式给我们的想象力打下印记，要么乔装成个人或集体的无意识隐藏在深层记忆中。参照上述定义，我们觉得，经典就是经受住了历史与时间的考验而得以流传的文化结晶，表现为文字或其他传媒方式，在某个领域或范围具有一定的权威性和典范性，可以成为某个民族甚或整个人类的精神生产的象征与标识。换一个说法，每一部经典都是对时间之流逝的一次成功阻击。经典的诞生与存在可以让时间静止下来，打开又一扇大门，带你进入崭新的世界，为虚幻的人生提供另一种真实。

或许，我们所面临的时代确实如卡尔维诺所说："读经典作品似乎与我们的生活步调不一致，我们的生活步调无法忍受把大段大段的时间或空间让给人本主义者的悠闲；也与我们文化中的精英主义不一致，这种精英主义永远也制定不出一份经典作品的目录来配合我们的时代。"那么，正如沙漠对水的渴望一样，在漠视经典的时代，我们还是要高举经典的大纛，并且以卡尔维诺的另一段话镌刻其上："现在可以做的，就是让我们每个人都发明我们理想的经典藏书室；而我想说，其中一半应该包括我们读过并对我们有所裨益的书，另一些应该是我们打算读并假设对我们有所裨益的书。我们还应该把一部分空间让给意外之书和偶然发现之书。"

愿"金色俄罗斯"能走进你的藏书室，走进你的精神生活，走进你的内心！

"谢拉皮翁兄弟"中译本总序

中国读者对于"谢拉皮翁兄弟"这一文学团体并非一无所知。个别作家的某些作品已有过中文译本（如费定的《城与年》、伊万诺夫的《铁甲列车》等）。其中，康斯坦丁·费定、伏谢·伊万诺夫、尼古拉·吉洪诺夫、米哈伊尔·斯洛尼姆斯基被认为是苏联经典文学作家，社会主义现实主义的最佳代表，同时他们也是苏联作家联盟委员会的成员。而维尼阿明·卡维林、米哈伊尔·左琴科等则继承了俄罗斯经典文学传统。同时，他们的创作命运与 20 年代文学语境紧密相连。当时，他们视自己为一个整体，为"兄弟"，为"谢拉皮翁"。就这一关系，我们可以回顾一下该团体毋庸置疑的领袖及其代表列夫·隆茨在自己宣言式的文章《为什么我们是谢拉皮翁兄弟》中的观点："我们不是一个学派，不是一种潮流，也不是霍夫曼的训练班。我们不是某个俱乐部的票友，不是同事，不是同志，而是兄弟！"米哈伊尔·斯洛尼姆斯基也在自己的回忆录中这样描述道："我们自愿聚集在一起，没有规章和制度，我们只通过直觉来挑选新的成员。"

文学团体"谢拉皮翁兄弟"的历史可以追溯到 1919 年的夏天。当时《世界文学》出版社开设了一个工作室，目的是培养有才华的年轻人成为翻译人员。该工作室位于彼得格勒艺术之家（简称 ДИСК），在马克西姆·高尔基的领导下，这些年轻人在艺术上产生了自己的见解。但他们很快发现，自己渴望掌握的语言艺术与文学技巧不仅仅局限于翻译领域，还逐渐转向了文学领域。该工作室是为那些由著名的作家、诗人、语文学家领导的一系列关于体裁的研讨会而成立。例如，由尼古拉·古米廖夫主持的研讨会。正是在古米廖夫的课堂上出现了未来的团体成员，波兹涅尔和叶莉扎韦达·波隆斯卡娅。

叶甫盖尼·扎米亚京在"谢拉皮翁兄弟"的文学道路上起到了无可置疑的关键作用。1919 年至 1921 年间，扎米亚京开始为年轻作家们讲授艺术小说技法课程，他在课堂上表达了自己对于综合理论、创造心理学、情节与故事之间关系的理解，在语言技法方面对作家们提出了这样的要求："你们说的话越少，这些话所表达的内容就越多，作用就越大，艺术效果也就越强烈。"米哈伊尔·左琴科、尼古拉·尼基京、列夫·隆茨、伊利亚·格鲁兹杰夫均出席了扎米亚京关于"谢拉皮翁兄弟"小说未来创作研讨会，他们都来跟老师学习文学的简洁艺术。

维克多·什克洛夫斯基一段时间曾主持过研讨会。尼古拉·楚科夫斯基在回忆其中一次会议时说，会上有关文学事宜他只字未提，取而代之的是，他转述了一段第一次世界大战结束后，什克洛夫斯基本人在土耳其和波斯发生的非常有趣的冒险经历（后来成为他的小说《感伤的旅行》中情节的一部分）。

1920 年，米哈伊尔·斯洛尼姆斯基搬进了艺术之家。正是在那个时候，研讨会的参与者被划分为两个文学团体：一个是"诗人行会"，另一个就是"谢拉皮翁兄弟"。前者认为文学创作必须要依靠古米廖夫的审美标准，并拒绝撰写现代生活；而后者则恰恰相反，他们认为书写现代生活才是十分必要的。理念不同导致的结果是：社会上出现了两类和睦相处的伙伴，他们各自过着独立的生活。

1921 年，大家一同在艺术之家庆祝了新年。这也成为该文学团体形成的前兆。第二个文学团体的代表们——未来的"谢拉皮翁兄弟"们聚集在那里，其中包括阿隆季娜、加茨凯维奇、萨佐诺娃、哈里通和卡普兰，他们成为后来的"谢拉皮翁姐妹"。就这样，未来文学团体的成员之间开始建立起友好的联系。

并非所有的"谢拉皮翁兄弟"都是在艺术之家开启自己的创作之路。正如斯洛尼姆斯基所言，费定是在 1920 年首次访问高尔基之后才来到艺术之家的。什克洛夫斯基带来了卡维林，在介绍他的时候并没有介绍他的名字，而是介绍了他参加比赛的小说名字——《第十一条定律》。比赛是于 1920 年冬季在艺术之家举行的。正如楚科夫斯基在自己的回忆录中所写的那样，得益于这事件，费定和卡维林才走进了"谢拉皮翁兄弟"的文学圈（卡维林这个姓氏是作家济利别尔从 1922 年开始使用的笔名，这件事从 9 月 24 日他写给高尔基的信中可以得到证实）。获得小说竞赛一等奖的作品是费定的《果园》，获得二等奖的作品是尼基京的《地下室》，获得三等奖的作品是卡维林的《第十一条定律》。此外，被提名的作品还有隆茨的《天堂之门》和吉洪诺夫的《力量》。比赛结果于 1921 年 5 月，也就是在文学团体成立之后才公布。

"谢拉皮翁兄弟"文学团体的第一次会议是在艺术之家斯洛尼姆斯基的房间里举行的。这件事在楚科夫斯基的回忆录中得到了记载。此次会议正式宣布了"兄弟"团体成员的名单：格鲁兹杰夫、左琴科、隆茨、尼基京、费定、卡维林、斯洛尼姆斯基、波隆斯卡娅、什克洛夫斯基和波兹涅尔。斯洛尼姆斯基在自己的回忆录中也提到了关于团体成立时的情景。他写道：1921 年 2 月 1 日，一群年轻的作家在高尔基的带领下，在他的房间里相互朗读着自己的小说。从那时起，他们每周都聚会一次。费定在《高尔基在我们中间》一书中也提到了这件事："每个星期六，我们所有人都会在斯洛尼姆斯基的房间里一直坐到深夜，我们相互阅读某篇新的小说或者诗歌，然后开始讨论它们的优点或缺点。我们风格迥异，我们的作品在友好的氛围中不断得到改进。"

在所有的公开演讲中，最值得一提的是在艺术之家举行的两场广为人知的文学晚会。第一场在 1921 年 10 月 19 日，普希金"贵族学校"周年纪念日举行。在晚会上，费定、斯洛尼姆斯基、伊万诺夫和卡维林分别朗读了自己的作品。第二场在 1921 年 10 月 26 日举行，波隆斯卡娅、楚科夫斯基、左琴科、尼基京和隆茨朗读了自己的作品。这两场晚会开幕式的致辞人均为什克洛夫斯基。

什克洛夫斯基、楚科夫斯基和斯洛尼姆斯基均提供过一些关于该文学团体名字由来的信息。什克洛夫斯基写道："谢拉皮翁兄弟"这个名字很可能是卡维林所取。楚科夫斯基回忆道：在 1921 年 2 月 1 日，该团体的第一次会议上，当时德国浪漫主义者霍夫曼的推崇者卡维林提出了"谢拉皮翁兄弟"这个名字。隆茨和格鲁兹杰夫对此想法表示赞同，但是其他人却反应冷淡。这是由于包括楚科夫斯基本人在内的许多人都不熟悉霍夫曼的那本同名小说。后来隆茨在解释的时候还提到了僧侣会议——在这样的聚会上，每个人都要讲一个有趣的故事。而该文学团体的成员们同样是聚集在一起，然后相互阅读自己的作品。因为这种相似性的存在，所以这个名字是十分恰当的。

但波隆斯卡娅却坚持认为隆茨是团体名称的发起者："当列夫·隆茨建议称我们的团体为'谢拉皮翁兄弟'时，我们所有人都被'兄弟'一词吸引了，甚至都没有想到隐士谢拉皮翁。"波隆斯卡娅很可能是根据隆茨那篇著名的关于"谢拉皮翁兄弟"的文章而做此判断。斯洛尼姆斯基的版本则略有不同：这个名字是在一次会议上被选出来的，然而理由却是有其偶然性。据斯洛尼姆斯基回忆说："在我的桌子上，放着一本不知道谁带来的书，破烂的亮绿色封皮上写着：霍夫曼的《谢拉皮翁兄弟》，革命前由《外国文学学报》出版。"不知是谁（完全没人记得）拿着书高喊道："就是这个！'谢拉皮翁兄弟'！他们也聚集在一起互相阅读自己的作品！"因此，彼得格勒的"谢拉皮翁兄弟"与霍夫曼笔下主人公们的相似性也是该团体名字由来的原因之一。

尽管后来这个名字一直保留了下来，但是在当时大家都认为这个名字只是临时的选择。还有一个尚未解决的问题就是，为什么在小组成员会议期间，这本书会出现在桌子上，这件事又与什么有关呢？要回答这个问题，就必须要回顾一下，在 20 世纪 20 年代的苏维埃，俄罗斯霍夫曼的作品都经历了哪些事件。

1920 年 11 月，也就是该团体第一次会议前几个月，在莫斯科著名的塔伊罗夫剧院，举行了根据霍夫曼同名小说改编的剧本《布拉姆比尔拉公主》的首映式。此次演出给公众留下了深刻的印象，也受到了知识界的热烈讨论；第二个同样重要的事情是：至 1921 年《谢拉皮翁兄弟》最后一卷已经出版一百年了。我们相信，这也是该书在团体会议期间出现在会议室的原因之一；最后一点，1922 年是霍夫曼逝世一百周年。越接近那一天，大家对这位德国作家的作品就越感兴趣。1922 年由著名的艺术评论家布拉乌多创作的献给霍夫曼的一篇特写在苏联出版。由此可见，"偶然"出现在桌子上的书正是当时国内文化生活中各个事件的结果。

回到彼得格勒"谢拉皮翁兄弟"话题。该团体成员的构成是一个很有趣的问题。它在 1921 年发生变化。在 1921 年 4 月中旬，波兹涅尔移民。虽然是他父母的决定，但是由于年龄的原因，他也一同离开了自己的祖国。楚科夫斯基在回忆录中记述了他们和隆茨在华沙站为他送行的场景。

伏谢·伊万诺夫是在团体形成之后才加入"谢拉皮翁兄弟"的。据楚科夫斯基回忆，在"谢拉皮翁兄弟"们与高尔基的第一次联合会面期间，在高尔基的介绍下，他们认识了伏谢·伊万诺夫及其作品。随后伏谢·伊万诺夫就加入了兄弟团。这件事也在伏谢·伊万诺夫本人的回忆录中得到了证实。他写道，高尔基介绍他与年轻的"谢拉皮翁兄弟"们认识。随后伏谢·伊万诺夫也成为"谢拉皮翁兄弟"的一员。据楚科夫斯基回忆，吉洪诺夫加入团体是在 1921 年 11 月之后。

经过多番考量，最后我们确定了该文学团体成员的名单：伏谢·伊万诺夫、斯洛尼姆斯基、左琴科、卡维林、尼基京、费定、隆茨、吉洪诺夫、波隆斯卡娅、格鲁兹杰夫。该名单在《简明文学百科全书》、第三版《大苏联百科全书》和斯洛尼姆斯基的回忆录中均有体现。

兄弟团中的每个人都有一个滑稽的绰号。这些绰号可能与霍夫曼小说中的讲述者有关。正是在这些绰号中产生了最原始的游戏元素。作家阿列克谢·列米佐夫也参与其中，为兄弟团成员提供了一些私人绰号。弗列津斯基对彼得格勒"谢拉皮翁兄弟"的创作颇有研究，他认为这些绰号并非随机选择，它们是有据可依的，是符合作家们的行事风格的。

伊利亚·格鲁兹杰夫——大司祭

列夫·隆茨——百戏艺人

维尼阿明·卡维林——炼金术士

米哈伊尔·斯洛尼姆斯基——司酒官

尼古拉·尼基京——演说家/编年史专家

康斯坦丁·费定——看门人/掌匙者（据列米佐夫所说）

伏谢沃洛德·伊万诺夫——阿留申

米哈伊尔·左琴科——没有绰号/持剑武士（据列米佐夫所说）

尼古拉·吉洪诺夫——波洛伏茨人（只有列米佐夫这么说）

弗拉基米尔·波兹涅尔——爱吵架的人（列米佐夫也提出过绰号装甲兵，并解释说意味着"勇往直前"）

"谢拉皮翁兄弟"中唯一的"谢拉皮翁姐妹"是叶莉扎韦达·波隆斯卡娅。

兄弟团队拥有自己选举成员的方式，该方式显然是出自霍夫曼的《谢拉皮翁兄弟》一书。兄弟团队的会议和纪念日都是对外公开的，客人们可以随时来参加。客人中不乏兄弟们的导师们：高尔基、扎米亚京、楚科夫斯基。还有一些是著名的作家和诗人：霍达谢维奇、福尔什、沙吉尼扬施瓦茨、特尼扬诺夫、列米佐夫、阿赫玛托娃、曼德尔施塔姆、克柳耶夫。画家有霍达谢维奇和安年科夫。文学家有埃亨巴乌姆和维戈茨基。经常来参加会议的女客人们有阿隆基娜、加茨凯维奇、萨佐诺娃、哈里通和加普兰，她们成为后来的"谢拉皮翁姐妹"。斯洛尼姆斯基在回忆"谢拉皮翁兄弟"们在会议上讨论的场景时这样说道："兄弟们毫不留情地相互责骂着，这种相互谴责不但没有伤害兄弟间的友情，相反，还促进了兄弟们的成长。"

伏谢·伊万诺夫在自己的回忆录中详细地描绘了该团体在进行文学批评时的场景："霍夫曼笔下有些'谢拉皮翁兄弟'对同伴的作品是十分宽容的，但我们不同，我们是无情的……（进行文学批评时）在作者的脸上看不到恐惧，在其他'谢拉皮翁兄弟'的脸上也看不到同情。身为首要发言人，'演说家'尼基京非常尽责，他详尽地分析、称赞或者批评作家所朗读的作品。在现场可以听到费定的男中音，列夫·隆茨不太稳定的男高音和什克洛夫斯基恳求般的呼吸声。尽管什克洛夫斯基并没有加入'谢拉皮翁兄弟'，但却是兄弟们最亲密的监护人和保卫者……我们会残酷地指出彼此的缺点，也会为彼此的成就而热血沸腾。"

什克洛夫斯基在团体中扮演的角色需要我们更加仔细地研究。什克洛夫斯基本人曾提到，他可能会成为"谢拉皮翁兄弟"，但却永远都不会成为小说家。尽管如此，隆茨在其1922年的文章《关于意识形态与政论体裁》中指出，什克洛夫斯基确为"谢拉皮翁兄弟"的一员。楚科夫斯基也证明他确实加入了该文学团体。卡维林则认为，什克洛夫斯基是一位受人尊敬的客人，但同时他也指出，有一段时间，"谢拉皮翁兄弟"们都将他视为团体成员之一。

显然，什克洛夫斯基在该文学团体成立过程中起到的作用远不止于此。他在1921年的文章《谢拉皮翁兄弟》中首次以书面形式提到"谢拉皮翁们"，用波隆斯卡娅的话讲，这也就成为他们的"诞生证明"。什克洛夫斯基在文章中描述了这些青年文学家的真实状况："尽管他们具有写作的技能，但却没有出版的能力。"

也正是在这篇文章中，什克洛夫斯基提到了某些文学流派的起源，以及它们对"谢拉皮翁兄弟"创作产生的影响：一方面是"从列斯科夫到列米佐夫，从安德烈·别雷到叶甫盖尼·扎米亚京的文学路线；另一方面则是西方冒险小说。"

什克洛夫斯基指出，团体内部分化出东方派和西方派。后来，在同时期的一封私人信件中，什克洛夫斯基还更加确切地表明：该文学团体的成员划分为"日常派"和"情节派"。得益于什克洛夫斯基的积极干预，《谢拉皮翁兄弟（第一本文集）》于1922年出版。这也是"谢拉皮翁兄弟"唯一一本文集。随后于1922年在柏林问世的《谢拉皮翁兄弟（海外版文集）》只是俄文版的扩展本。该文集使世人开始关注作者的风格特点，以及他们在作品形式方面所付诸的努力。在这种情况下，值得一提的是已成为传统的"谢拉皮翁式"的问候："你好，兄弟！写作十分艰难。"这句话出自费定与高尔基的通信。当时，费定提到了文学创作的复杂性："每个人都曾接触过某种未经规范的学科，这门学科就是：写作十分艰难。"高尔基曾就该问题欣然回应道："写作十分艰难——这正是一个极好的口号。"后来，卡维林还以此为书名撰写了一本回忆录。

"写作十分艰难"这句话成为"谢拉皮翁兄弟"的共同口号，它反映出该团体从文学学徒到逐渐形成个人风格及职业化的转变。扎米亚京在1922年曾这样评价自己的学生："他们每个人都有自己的特色和风格，这都是从培训班中学习到的……对文学作品中冗余成分的摒弃，也许要比写作更加困难。"

马克西姆·高尔基支持"谢拉皮翁兄弟"的文学实验并对此给予很高的评价。这一点从高尔基与费定的通信，以及费定的《高尔基在我们中间》一书中都可以得到证明。得益于高尔基的努力，该文学团体不但正式成立，而且实实在在地生存下来。在高尔基的申请下，"谢拉皮翁兄弟"还获得了衣食供给和经济援助。最重要的是，高尔基还在国外大力宣传"谢拉皮翁兄弟"的创作，商定外文译本的修订并监督维护作家权益。除此之外，高尔基在苏联也极力保护"谢拉皮翁兄弟"，使其免受批评责难。

斯洛尼姆斯基在1922年8月给高尔基的信中这样写道："于我而言，在当代俄罗斯，该文学团体的存在是最有意义的，也是最令人愉快的事情。在我看来，不夸张地讲，您开启了俄罗斯文学发展的某个新阶段。"

文学团体"谢拉皮翁兄弟"存在的时间并不长。1924年5月9日，23岁的作家列夫·隆茨英年早逝，该文学团体的辉煌时期也随之终结。对于隆茨的离世，费定在给高尔基的信中这样写道："当然，我们每个人都遭受了不同的损失。但现在将我们联系在一起的，是从前的亲密友谊，而不再是为了某种能够支撑团体创作的保障。我们并没有解散，因为'谢拉皮翁'超出了我们自身之外而存在。这个名字拥有自己的生命，它使我们不由自主地，对于一些人来说，甚至是强制性地团结在一起……团体内部逐渐分化，兄弟们开始成长，他们收获了一些技能，个性也日益变得突出。我们常常聚在一起，我们也喜欢聚在一起。我们的聚会是以习惯、友情及必要性为前提，而非强制性的要求。团体的工作和生活需求随着挨饿的彼得堡浪漫主义者一同消失了。但团体并没有正式解散，直到1929年'谢拉皮翁兄弟'还在照常庆祝他们的周年纪念日。"团体这个概念本身已经成为过去式，文学团体的生存状况并没有随着时间而得到改善。随着统一作家联盟的出现，它们被迫彻底退出了历史的舞台。

（本文作者为俄罗斯阿穆尔国立师范大学语文系教授、俄语语文学博士加丽娜·罗曼诺夫娜·罗曼诺娃。赵晓彬译）

译 序[①]

《维尼阿明·卡维林：一部并非名著中的名著》

关于卡维林最著名的小说《船长与大尉》

卡维林（1902—1989）的创作闻名于俄罗斯内外[②]，主要表现为小说《船长与大尉》及其在苏联时代的两次电影改编：1955 年由导演弗拉基米尔·温格洛夫执导的电影首次被搬上大银幕，导演叶甫盖尼·卡列洛夫的六集电视连续剧于 1976 年同观众见面。人们对维尼阿明·卡维林这部小说的兴趣在后期一直未消失：2001 年首部电影音乐片《东北》于莫斯科上映，该音乐片的题材即为《船长与大尉》的艺术—音乐文本。然而，一些灾难性事件，如发生于莫斯科杜布罗夫卡的恐怖活动（2002年 10 月 23—26 日）使该音乐片后续的舞台活动被迫取消。

---

① 序文作者：伊孔尼科夫娃·叶莲娜·亚历山大罗夫娜，萨哈林国立大学俄语语言文学教研室教授、语文学博士；译者：赵晓彬。

② 长篇小说《船长与大尉》于光译，于 1959 年由人民文学出版社；1982 年、2002年，由外国文学出版社再版。

位于卡维林故乡普斯科夫的《船长与大尉》纪念碑

卡维林这部最著名的小说中有一些独立的、极具号召力的诗行："奋斗、寻觅、发现、永不屈服"。在俄罗斯读者中很少有人知道这一格言来源于英国诗人阿尔弗雷德·丁尼生（1809—1892），卡维林在创作小说《船长与大尉》之际提到了丁尼生的这一文学遗产。

《船长与大尉》见证了20世纪几代俄罗斯读者的成长。但如今卡维林的小说并未被列入中学的文学大纲中：仅有少数教师关注这部小说。在一些中学里,《船长与大尉》被列入选修（附加）阅读大纲，以及暑假期间（俄罗斯暑假较长，孩子们在夏天的休息时长可达三个月）由教师推荐阅读的俄罗斯文学和外国文学作品清单中。而在高校文学大纲中，卡维林的文学遗产通常不会得到完整的呈现，只是在介绍"谢拉皮翁兄弟"文学团体中已有名望的成员（叶甫盖尼·扎米亚京和维克多·什克洛夫斯基）及通过严格程序加入该团体的成员（米哈伊尔·左琴科、马克·斯洛尼姆斯基、康斯坦丁·费定、弗谢·伊万诺夫）的文学活动时才被概括性地评论。

当然，卡维林的小说《船长与大尉》并非作家唯一的创作，卡维林在当时已因《如愿以偿》《一本打开的书》《双重肖像》及长篇小说《爱吵架的人，或瓦西里耶夫岛上的晚会》等史诗般作品而闻名。

谁是爱吵架的人？"爱吵架的人"一词是否适用于这位创作了有关萨恩·格里戈利耶夫浪漫故事的《船长与大尉》，并在其中鼓励人们建立功勋的作家呢？而在电影院及剧院里，维尼阿明·卡维林的最著名作品也是基于这样一个争吵的情节：揭露导致北极探险队队长塔塔里诺夫牺牲的中学校长的可怕行为。

卡维林传记《爱吵架的人》

以维尼阿明·卡维林为名步入文坛的作家的真实姓氏并非如此，且其真实姓氏源自英语。若是用"西尔贝格"这一姓氏，或许不见得能够在俄罗斯获得声望。将姓氏卡维林作为笔名，容易使人联想起因决斗和放荡而闻名的骠骑兵彼得·卡维林（1794—1855）。亚历山大·普希金的一些诗歌（《请忘记吧，我亲爱的卡维林》《他充满着战斗和美酒的烈焰……》）便是为其而作。同时，普希金在长篇小说《叶甫盖尼·奥涅金》中也对这一姓氏有所提及。与彼得·卡维林交好的不仅有普希金，还有其他文学家，如亚历山大·格里鲍耶陀夫和彼得·维亚泽姆斯基。

在俄语中，"Каверин"这一姓氏的发音同单词"каверза"（诡计、把戏）及"каверна"（因枯竭而造成某个器官上的空洞）相似。这样一个较为"有声"的姓氏（从历史及词源的角度来看）出现在印刷品中便已是一种潜在的挑战（自由的放肆，其用意基于对文学语言的熟悉）。

维尼阿明·卡维林和他的朋友、作家、文学家及翻译家尤里·特尼扬诺夫[①]（1894—1943）都是爱吵架的人，尤里·特尼扬诺夫迎娶了维

[①] 尤里·特尼扬诺夫著有与亚历山大·普希金时代相关的作品：《丘赫利亚》（1925）、未完成的长篇小说《普希金》（1936）等。

尼阿明·卡维林的姐姐叶莲娜·西尔贝格，而尤里·特尼扬诺夫的姐姐利季娅·特尼扬诺娃则嫁给了维尼阿明·卡维林。与此同时，利季娅的母亲和哥哥对于维尼阿明·卡维林进入家族表示不满。但婚礼仍然如期举行。在日常生活中，很少有这样一种能够转变成紧密亲属关系的友谊。顺便说一下，维尼阿明·卡维林的妻子也是一位女作家：儿童历史小说作者。除此之外，根据维尼阿明·卡维林创作的研究人员的观点，其作品中一些人物形象即是以其妻子为原型，如卡佳·塔塔里诺娃《船长与大尉》）和塔季雅娜·弗拉先科娃（《一本打开的书》）[1]。

在娜塔莉娅·斯塔罗谢利斯卡娅的《卡维林》（2017）一书中可以了解到作家的一些不尽常规的观点及行为。该书的作者提到维尼阿明·卡维林对国际政治工作感兴趣：俄罗斯作家及外交官亚历山大·格里鲍耶陀夫（1795—1829）悲剧性的死亡并未吓到他，而法国作家及外交官普罗斯佩·梅里美（1803—1870）的生活却令他神往。维尼阿明·卡维林同时也发自内心地热爱这座在不同时代曾先后被命名为彼得堡、彼得格勒和列宁格勒的城市。也正是在这座城市里他找到了自己的妻子。而坐落于现代圣彼得堡边缘的瓦西里耶夫岛被用作小说第二部分的题名。众所周知，维尼阿明·卡维林学习过阿拉伯语，但却被德国浪漫主义所吸引（首先吸引他的便是恩斯特·霍夫曼的创作）。

有一次，在愤怒地批评了初出茅庐的诗人根纳季·菲施（1903—1971）后，维尼阿明·卡维林在自己的大衣口袋里发现了一张写有"浑蛋"的小纸片。或许还有另一个令人吃惊的情况：1922年1月，即大学入学考试的前夕，作家要求与米哈伊尔·左琴科决斗。维尼阿明·卡维林整整四天在家里阅读《决斗守则》及罗马文学课本，未踏出家门一

---

[1] 关于这一点，娜塔莉亚·斯塔罗谢利斯卡娅在系列图书《名人生活》之《卡维林》（2017）一书中有所提及。

步。在"谢拉皮翁兄弟"之中，作家的绰号是"炼金术士"（该名字由康斯坦丁·费定给出）。

上了年纪后，卡维林来到《苏联作家》出版社同主编瓦莲京娜·卡尔波娃见面，但并未在其办公室与之交谈，而是在秘书办公桌旁的接待室。也就是说，不是他去找苏联著名出版社的主编，而是瓦莲京娜·卡尔波娃亲自找的他。否则谈话便不会进行。

维尼阿明·卡维林的学术选题在当时是颇具争议的。他学位论文《布兰波斯男爵奥西普·先科夫斯基的故事》（1929）后来则以专著形式被进一步深化。维尼阿明·卡维林选择奥西普·先科夫斯基（1800—1858）的批评遗产作为其研究对象，后者是以生活于十九世纪上半叶的布兰波斯男爵为笔名而闻名的。这些在维尼阿明·卡维林生平中体现的事件表明其对深入研究普希金时代的渴望，作家的文学笔名也正是出现于这一时期。

但这并不意味着维尼阿明·卡维林仅仅生活在过去。作家在自己的时代尽力做到真诚与坦率。这里可列举一些 20 世纪 50—60 年代间作家的生平事实。所有这些事实都证实在那个艰难岁月中苏联知识分子及创作团体的勇气。

1958 年，鲍利斯·帕斯捷尔纳克因被授予诺贝尔文学奖而遭受迫害，而维尼阿明·卡维林则是为数不多的未参与该行动的人之一。而在1968 年，在完成了《一本打开的书》之后，维尼阿明·卡维林又公开与阻止亚历山大·索尔仁尼琴长篇小说《癌病房》（1963—1966）出版的康斯坦丁·费定决裂。

"争吵"一词的词源

在俄语中,"争吵"一词存在已久,其命运是华丽而多义的。在古希腊语(σκ ά νδαλον)中该词意为陷进、引诱或障碍。在拉丁语中,该词沿袭了古希腊语中的含义,通常可联想到障碍、绊脚石等词。该词正是经由古罗马语而传入欧洲语言,随后从德语及法语中借用而成为俄罗斯文学语言,与耻辱、羞耻、可耻、侮辱、诱惑、引诱、辱骂或一些更为不体面的词汇为同类词。"争吵"一词在后来的发展中形成一系列同根分支:скандалист или скандалистка(名词,分别指代爱吵架的男性与女性),скандалить, поскандалить и оскандалиться(动词两种体的形式,意指多次行为或单次行为),скандальный(形容词),скандально(副词)。在这一系列同根词中,可以发现名词"скандальчик"的指小表爱形式,意为规模不大的吵架或简洁但耸人听闻的事件。而书面语"скандализировать"则与用某种方式而使周围人陷入难堪境地的能力有关。

在英语中,存在着与单词"скандал"发音相近的词汇,即"scandal",该词可译为可耻、丑行及诽谤。值得一提的是,英国剧作家理查德·布林斯利·谢里丹(1751—1816)的戏剧《造谣学校》(上演于1877年,出版于1780年)在俄语中被译为《Школа злословия》,并成为一种固定表达方式。在戏剧《造谣学校》的影响之下,观众获悉了闲话及故意使人震惊的行为或对周围人不友好态度的方式。

自2002年至2014年,俄罗斯电视频道、文化电视频道及独立广播电视台以俄语观众为受众目标播出了一系列电视栏目,而这些栏目的名称均与谢里丹喜剧《造谣学校》相呼应。节目主持人——女作家塔季扬娜·托尔斯泰娅（生于 1951 年）与阿夫多季娅·斯米尔诺娃（生于 1969 年）在节目中邀请了许多人（除文学家外，还邀请了演员、社会活动家，以及文化、科学及政治领域的著名人士），他们之中有一部分人认为自己有着爱惹事的性格。主持人本身及做客嘉宾的行为中均带着这种有意的挑衅，并常伴随争吵。出于争吵的原因，观众们无法观看记者列昂尼德·帕尔菲奥诺夫及艺术家亚历山大·希洛夫所参与录制的电视节目。

如此一来，英语单词"scandal"便可被译为诽谤，而爱吵架的人则可被看作是挖苦他人的人、说他人坏话的人、诽谤者、爱造谣中伤他人之人。

对"争吵"一词的详细整理，可用于解释小说题目《爱吵架的人，或瓦西里耶夫岛上的晚会》的前半部分，也可用于解释小说中所产生的争吵氛围，但有时这种争吵氛围并非在小说中引发（比如小说第九章开篇的引文：这个房间对于争吵是太客气了）。

小说《爱吵架的人，或瓦西里耶夫岛上的晚会》的故事

维尼阿明·卡维林的长篇小说《爱吵架的人，或瓦西里耶夫岛上的晚会》（1928）在当代俄罗斯主要为文学领域专家所熟知。但小说在维尼阿明·卡维林生前及逝世后均有大量发行。如 1929 年该小说于《激浪》杂志发行了六千册，1991 年该小说同《如愿以偿》（印有尤里·伊格纳季耶夫［生于 1930 年］的插图）于《真理报》共同发行二十万册。

卡维林小说《爱吵架的人，或瓦西里耶夫岛上的晚会》(1929)

　　在苏联读者阅读该小说完整版之前，其自20世纪20年代末起便在报纸及杂志《星星》《红星》《列宁格勒真理报》《红色大学生》）上分别以不同篇名被部分刊登:《大学里的夜晚》《学院圈》《文学晚会》。而在该小说完整出版之前，也已出现了与之有关的不同传闻及言说。维尼阿明·卡维林本人在自己的《工作纪事》(1954)中如此谈及自己小说的出版:1928年的冬天，我在尤里·尼古拉耶维奇·特尼扬诺夫的家中认识了一位才华横溢的文学家，他虽才能初露，却深信自己熟知文学的一切奥秘。我们谈论了长篇小说的体裁，这位文学家指出，这种体裁是连契诃夫都力所不及的，因此其无法在现代文学中立足便也不足为奇了。我对此持反对意见，而他带着那种异常强烈的讽刺意味表达了对于我处理这一复杂问题能力的怀疑。我大怒，说道:明天我就坐下来写长篇小说，而且是关于他的小说。他尽情地嘲笑了我，但不过是徒劳。第二天我便开始着手长篇小说《爱吵架的人，或瓦西里耶夫岛上的晚会》^① 的创作。

卡维林小说《爱吵架的人，或瓦西里耶夫岛上的晚会》（2004）

多年后，为了不引起争吵，维尼阿明·卡维林将作家、文学家维克多·什克洛夫斯基（1893—1984）称为"一位文学家"，并在小说中为其起名为维克多·涅克雷洛夫。当然，作家的同时代人都已猜到小说《爱吵架的人》中主人公的原型，维克多·什克洛夫斯基本人对此也有所知晓。

小说《爱吵架的人》的故事情节通过维尼阿明·卡维林与维克多·什克洛夫斯基之间的争斗而展开，而长篇小说本身也被看作是"语文体小说"（小说中不仅涉及语文学，还涉及二人之间有关语言科学的观点与争论）。长篇小说中有许多会说话的细节，它们都有利于将维克多·什克洛夫斯基藏于维克多·涅克雷洛夫——"一个作家、爱吵架的人、语文学家"的面具下。在维尼阿明·卡维林小说题目前半部分就是一个

---

① Каверин В. А. Очерк работы//Каверин В. А. Скандалист, или Вечера на Васильевском острове. Исполнение желаний. - М.：Правда，1991. С. 10.

直接的参照。维克多·什克洛夫斯基没有加入"谢拉皮翁兄弟",但却拥有两个绰号:一个是爱吵架的人,另一个是大发脾气的人(引发阴谋的人)。维克多·什克洛夫斯基关于文学的尖锐批评及主张常被维尼阿明·卡维林记录于自己的笔记中。

总体来说,长篇小说《爱吵架的人》中有着丰富的格言、三段论及箴言。如小说第一章中有这样一句非常著名的格言:"有家室的人活得像一条狗,死时却像个人样;单身汉活得像个人样,死时却像条狗。"以及成为小说中一个篇章题目的句子:"她曾经讨人喜欢,他曾经爱过她。但他不曾讨人喜欢,她也不曾爱过他。"

长篇小说《爱吵架的人》的语文学结构是由众多文学家及语言学家名字的文学背景而得到补充的,而他们的名字通常都是在不同场景中被提及的。从历史层面看,被提及的不仅有俄罗斯姓名(尼古拉·卡拉姆辛、亚历山大·拉吉舍夫、亚历山大·普希金、尼古拉·果戈理、列夫·托尔斯泰、亚历山大·波捷布尼亚等),还有欧洲姓名(威廉·莎士比亚、达尼埃尔·笛福、乔治·拜伦)。在维尼阿明·卡维林同时代的老一辈人中有亚历山大·维谢洛夫斯基、阿列克谢·沙赫马托夫、伊凡·博杜恩·德·库尔德内、韦利米尔·赫列布尼科夫、阿列克谢·托尔斯泰等。

《爱吵架的人》中的中国元素

在维尼阿明·卡维林 20 世纪 20 年代末的多篇小说中均对中国有不同形式的提及。小说《爱吵架的人》中也存在着中国元素,尽管并不明显,且主要与鲍里斯·德拉戈马诺夫有关。这个有些古怪的、起居在宿舍并学习言语理论的 33 岁大学教授的原型便是叶甫盖尼·波利瓦诺夫

（1891—1938）。在叶甫盖尼·波利瓦诺夫的生活中有着很多的中国色彩。众所周知，他写过有关中文语音特点的文章。他的朋友称其有个中国仆人。由于叶甫盖尼·波利瓦诺夫是一个通晓十余种欧洲及东方语言的人，因此他在创作诗歌时使用有着中文发音的笔名——鲍齐申。

维尼阿明·卡维林在其长篇小说中提到某个"没落"的英雄与中国女人（在社会上，人们悄声谈论这位无人知晓的女士，以防女士们听见这些诱人的细节）生活在一起。

小说以涅克雷洛夫前往莫斯科而告终，以成为广场和大街的瓦西里耶夫岛渐入沉睡为结局。只有德拉戈马诺夫清醒着：他为"五个中国流亡者"讲授俄语，"而他们身后的故土就寓于由俄语字母发出的象形文字里"。在这些话语的背后暗藏着令人难以置信的隐喻，这一隐喻直至维尼阿明·卡维林去世后才在其新书中被揭示。

附　言

与《船长与大尉》不同的是，长篇小说《爱吵架的人》未曾被搬上银幕，但该小说的读者们可以通过小说人物走过的街道来改编他们自己的电影。长篇小说《爱吵架的人》所展示的不仅有瓦西里耶夫岛，还有城市的不同角落。《爱吵架的人》中的主人公可以相遇在涅瓦河畔、10月25日大街（如今该街道已改回其旧称——著名的涅瓦大街）、果戈理大道（现称——小海洋街，俄文为 Малая Морская улица），以及彼得格勒一侧的街道。

位于圣彼得堡的作家摩天大楼，2019 年 8 月

维尼阿明·卡维林也描写过 1924 年发生在涅瓦河的洪水。在九月份的那段日子里，局部区域的水量已达四米之高：瓦西里耶夫岛的狭长沙滩及海军部码头（当时还称作罗沙利码头）被淹没，共和国桥（如今是宫廷桥）也受到严重损失。湍急的水流迅速抵达了涅瓦大街（当时被称作 10 月 25 日大街）及宫廷广场（在那个年代被称为乌里茨基广场）。上述一些区域成为维尼阿明·卡维林长篇小说《爱吵架的人》中有趣的文学路线。

位于作者之家的描述卡维林公寓的展台。圣彼得堡，2019

当然，如果读者们想要去圣彼得堡旅行，则一定要参观那个被作家称为摩天大楼的地方。在这座房子里，如今坐落着名为"二十世纪"的文学博物馆。在这座房子里，曾经生活着维尼阿明·卡维林及其他许多俄罗斯名人。《爱吵架的人》及其他书籍的作者曾居住的房间号码为100号，如今在她的门后居住着的人，说不定，是会阅读和喜爱维尼阿明·卡维林作品的人。

标注着卡维林房号"100"的作家摩天大楼的楼梯

2020 年 7—11 月

文学家们的命运沉浮是这部独具一格、由作家本人定义为"性格喜剧"作品的基础。对于他们而言，生活的意义和创作是密不可分的。

Скандалист，или вечера на Васильевском острове
《爱吵架的人，或瓦西里耶夫岛之夜》

我生来不是为了三次
不同方式地看别人的眼色。

——鲍·帕斯捷尔纳克

预警

那些企图从这个故事中揭露被隐瞒个人动机的人们将受到司法追究；那些企图从这里吸取任何教训的人们将会被流放；那些企图在这里发现秘密、阴险蓄谋的人们将会被他的炮兵队长凭借作者命运给枪毙……

——马克·吐温《哈克贝利·费恩历险记》

第一章

副教授尼古拉·瓦西里耶维奇·果戈理—亚诺夫斯基在这里讲过课

1

妻子躺在他身旁，硕大而威严，这样的体格就是为了躺在他身旁。

这正是那个他曾笑脸相迎的女人。是的，就是微笑着，也应该微笑。他惊恐地用手掌触碰了一下她裸露的后背。这就是自己的命，让人盲从又沮丧，就连被子也有着同样的命，滑落下来。

他面带忧郁地转向墙壁，想着让自己快速入睡的老办法，眼皮紧闭，眼珠往上翻滚，尽量让一切在脑子里成一团糨糊，模仿着入睡前的最后一刻。可是，这次却没能睡着。远处的有轨电车在转弯处发出轰隆轰隆的声响，天花板上倒映出的窗格，很像洛日金教授拥有过的一个个夜晚中的任何一个。它们与今晚几无差异，只是时间有所不同。但月亮、有轨电车的轰隆声和疲倦一如往昔。

那些在公共图书馆办公室和大学教室度过的日子不值得逐一回顾。简直够了，可今天这样的日子没有过吗？也许就是在昨天，或一年、两年、十年前，他沿着干枯的木制楼梯下到手稿部，一个肩膀凸起的老人向他打着招呼："Soyez le bienvenu，monsieur！"① 此起彼伏的手稿在他的眼前翻来覆去。十年，不对，十五年前，他在黄褐色脆弱的纸张上寻找因无声的百年岁月而腐烂的水印，挑拣和校对着这些因为某个时刻被破坏、在篝火中被点燃过、在墓穴里腐烂过的文本。他整整一生都在研究十五、十六世纪的具有异教和宗派色彩的古代文献。

而最让他难堪的是，热情的驼背老人总是不管不顾地自言自语——他在一四年七月②如此打过招呼，一七年二月和十月③也是如此。

但是，除此之外，这里还有什么奇特之处呢？他只是客气而已，这个老头，他的父亲和祖父都曾是文献室的看管人，直到他这一辈，一直持续到十月革命或者凡尔赛合约？而他被提起，仅仅是因为今天和洛日金教授度过的昨天、前天，以及任何一天都很相似。

只有一天与其他的日子不同，这一天就是，当他第一次像在剧院里那样沿着楼梯轻巧地下来又坐到桌前，凭着年轻却已近视的眼睛，站在木质格子窗的方形阴影下擦拭着夹鼻眼镜……

他从被子里把手伸出来，摸了一下脸颊，又摸了一下鼻梁上由夹鼻眼镜印下的痕迹。

"教授——"他自嘲道，"别找了，我的老朋友，特别的意义在于……在于什么呢？"他玩了一会儿被子上的褶皱，又将手抬起放到眼前。这个温室般的、迷失了方向的手，已失去分内的作用。

而他久已收集的一切，年复一年，科学在他周围，每天、每刻，就像干巴巴的纸张被火烧得沙沙作响……

---

① 此处为拉丁语，意思是：欢迎光临，先生！（原注）
② 1914 年 7 月，第一次世界大战爆发。（译者注，以下脚注如非说明，均为译者注）
③ 1917 年的 2 月和 10 月分别爆发了二月革命和十月革命，二月革命推翻了沙皇俄国，十月革命推翻了临时政府，建立了工农兵代表苏维埃政权。

"哎，我该拿它怎么办呢？"——他差一点就脱口问出，又立刻岔开话题，因为他本人几天前想出的一个让他自己都觉得委屈的侮辱性比喻。

凭良心讲，他本人甚至也不知道该拿自己的科学工作怎么办，他坚守着它，就像士兵三十年如一日地遵照保罗大帝之命守卫道路那样……还不止，比那更糟糕的是，他守着它就像狗守着干草垛一样……

有轨电车在转弯处呜咽着，窗格在他面前一动也不动——所有一切一如往昔，毫无变化，且还将继续。

丝毫没有担心的理由。学术——这就是学术，他了解科学，他知道怎么和它打交道，他到头来不过是太老了，不能再换个职业了。空空如也，一无所有，也许一切问题就出在今晚的葬礼上，他久久地注视了那位逝者瘦骨嶙峋的脸部——当时大家都在为死于疯人院的老朋友叶尔绍夫教授举行安魂弥撒。

檀香的气味使他回想起神甫说过的蠢话——他厌恶地张开嘴，吸一口气又抓着床背将身子往枕头上方靠了靠。应当说，叶尔绍夫是因为孤独发疯的。或许，他不结婚是为了成为伟大的学者。显然，他要是结婚就好了。

"有家室的人活得像一条狗，死时却像个人样；单身汉活得像个人样，死时却像条狗——"洛日金陷入沉思并回想着。这就是他，洛日金——一个有家室的人，他希望死得体面、有尊严，最好是在自家卧室里，而不是在疯人院。

关于这一点，会由他的妻子——即决定他命运的、跟他生活在一个屋檐下、睡在在一张床上、在一张桌上吃饭并要求他微笑的人——操心的。

"不过，要是我不再微笑，会发生什么事呢？"——他自问道，随即脑海中掠过一个念头，开始想别的事情，竭力使自己相信另一件事就是那件他从晚上一直到现在都在思考的事情……他看了一下表，快到夜里三点半了。那是一件很重要的事情，一种介于学术论争和房租之间的焦虑……而且，顺便说一句，他究竟把上个月那该死的收据放哪儿了呢？

直到此刻，那早已熟悉的睡梦前的最后一瞬间才向他袭来，他像往常一样意识到它并开心地感觉到终于要睡着了。在他半睡半醒、眼半睁半闭，已经感觉不到早就停止了的烦人的工作意识的时候，他翻身趴着，伸着两条腿。遥远的有轨电车依旧轰鸣着，像是雄蜂在拐弯处嗡嗡作响，他没想到这并不是有轨电车（而是院门的铰链在嘎嘎作响），有人开着玩笑小声地向下朝着街道喊了一声，一切都结束了，他睡着了。

他睡着了，然而在城市的另一端，在瓦西里耶夫岛最偏僻的角落里，在鬼晓得的某条街上，在很久很久以前房客们就由于担心崩塌而搬了出去的虫蛀漏水的房子里，在被洒满墨水的厨桌旁，坐着一个淡褐色头发、胡子邋遢的小老头，用手托着脸颊望着发黑的窗户。窗外什么也看不见，除了映衬出的双手托着的模糊不清的脸颊、额头和玻璃上闪着的胡子的斑影。但是，他却看得那样执着、专注，好像从这里看到了三个街区以外的第四个十字路口，那儿瓦西里耶夫岛正自己摇摇晃晃地走着，戴着方格鸭舌帽，穿着宽大的航海裤，干枯的嘴上叼着烟卷。

他最终站起身来，脱下从下班回来一直没脱的紧身厚呢子大衣，嘟囔着、叨咕着什么，开始收拾东西。他往背包里放了几件衬衫、浆洗过的内衣，以及装着小活领、铅笔和一些旧信件的烟箱。他从墙上取下磨光的相片——一副神气十足的女性面孔认真顽皮地注视着他——于是他小心翼翼地将它包进报纸里。

当他最终和衣躺到空床上、盖上厚呢子大衣和棉被时，窗外的天色已渐变。他不再叨咕、嘟囔。窗外的天色变了，接近凌晨，他睡着了。

此时，涅克雷洛夫正睡在莫斯科的一列快车上，他是一名作家、语文学家，也是爱闹事的人。他睡着，用手托着从肩膀上滑落的大衣，头底下垫着自己带给朋友的书籍，他们可能永远不会在大学里获得学位。城市在睡梦中向他迎面而来。梦，宛若岗哨一样，耸立在城市上空，从奥赫坚斯基的渔夫一直到戈洛达伊岛。

没有人睡的只有执勤的警察，看守桥梁的守卫，还有那些晚上工作白天睡觉的人们。

同警察、夜晚工作者、守卫们一样，没睡的还有东方语言学院的大学生诺金。他正把信撕成碎片，信里只言片语，根本没提到他连续三周都在码头上扛铁块、隔天才吃一顿午饭、蜗居在破烂储藏室的事情。他写道："我感兴趣的是那些在有轨电车、剧院里不会被碰到的人们，那些孤独地活着的、在某时某地不会被挂念的人们。他们孤身一人却互相敌视，他们中的每个人都为自己而活，一点儿也不觉得对邻居、情人和兄弟应负有责任。他们是在战争和革命中长大的，但靠自己过活，并且对父母冷漠——因为恰好这一点符合养成不尊敬父辈的时代精神。他们不是努力摆脱那种思想，即世界是破碎的，斗争难以消除，但他们并不将这种思想写在记事本上，随身装在两侧的口袋里，却与房租的收据、挂号信的收条放在一起。他们生于一个时代，受着另一个时代养育，并极力活在第三个时代……"

2

那是一个逝去的、不知什么时候回归的神秘时代，在历史的大剧院里，在国内战争的电闪雷鸣下，出现一个手持钢笔的微型俄罗斯。她①穿着毡靴，坐在从公爵和商人的别墅里扔出来的办公桌前，翻阅着已成为新办事员们的新福音书的收发公文的登记簿。简朴得如同盖圣餐的布，还是被画在修道院墙上的样式。所有的人都有工作，从合唱指挥到女学监，就连知识分子也暗地里为自己在收发公文的登记簿中发誓效忠第四阶级②。

那个时候，轻而易举地、几乎无以想象地、不由自主地开始出现了一些机构。它们大多出现在保留着荷兰式炉灶的地方。修炉匠负担过多、过重的工作，他狂妄自大地在烟道里打着窟窿，震耳欲聋地用锤子沿管道敲击着，用铁炉里的黏土往上涂着，抽着烟，吵闹着，敲打下天花板上的石灰。像上帝那样，他工作六天，第七天休息，而第八天才开始生活。通信员分别送上胡萝卜茶，秃头的出纳呵着冻僵的手，炉子管道里流出的巨大的黑黢黢的水珠落在变得瘦弱的知识分子身上。办公室的人们一头扎进带荷兰式暖气的宅邸，忙活起来又想着下班回家后喝的冰豆汤——这可是他们在俄罗斯革命中出卖自己不切实际的优越感所换来的东西。

在哪里？在哪个博物馆放着所有这些收发的证明、介绍信、委任状、证件、证书、表格、方案——而这些纸张又无论如何都要用这只手来写？信差们用油脂悄悄地涂抹着它们，老鼠从早到晚、从晚到早地咀嚼着它们。

很少有人停留在那个占据着俄罗斯知识分子战斗洗礼过的难忘日子的位置上！只有某个被侮辱的、被苍蝇屎弄脏的、留着棕红色胡子的文书（也是唯一打破了改组后机构那正式体面的外表）仍然坐在磨破的椅

---

① 此处用阴性代词 Она 表达俄罗斯，这是俄罗斯作家和诗人惯用的拟人表达方式。
② 第四阶级，指工人阶级。

子上，佝偻着腰，放不下手中被咬坏的、脏兮兮的墨水笔。

3

这个留有难看红色胡子的人，老是逗留在列宁格勒的一个最大的出版社里。他是手稿保管员——一个神秘而又与世隔绝的人。他的钢笔和手指都沾满了墨水。他絮絮叨叨的。

当他手舞足蹈地跑进前厅时，看门人从他手中接过大衣，不安地四周张望着，极力猜测那吵人的苍蝇撞上哪扇窗户了。当手稿保管员经过女打字员的房间时，嗡嗡声一瞬间消失了，重又出现在空旷的、用栏杆连接着的公共办公室的空间里。这儿已不是嗡嗡声，而是深夜里的吵闹声。水在水管里喧哗着，地板发出干裂声，壁纸翘了起来。手稿保管员进入柜子间的一个笨拙的小办公室里，对面是编辑部其他的工作人员——那一时刻，吵闹声和喃喃声交织在一起，中间还出现了词首和词尾、前置词和感叹词。

在这里，柜子与柜子之间，是噪音的栖居之地。

在这里，他可以自由地表达手稿管理员的快乐与忧伤、不满与愤怒，或者懵懂和不安。

但是，他究竟是否感受到过快乐、不满和愤懑呢？

在这九年间，他一次不落认认真真地坐完了规定的办公时间，他几乎没有和任何同事亲密地交谈过。正是在这段持续的时间里，在他身后建起了庞大的机构，数不尽的办公人员，事件、纸张、文件夹、书籍、打字机——这该死的大锅在他身后每天从九点煮到四点。他什么也察觉不到，而且什么也不惊讶。

其实，他什么手稿也没保管过。他不过是在手稿保管员编制里挂个名而已。但他们中间的任何一个人又绕不过他——他是计算印刷字符的。

印刷字符就像会伸缩的玩具士兵一样，经常在他眼前移动——一行行排列成一页页。在他的脑海里挥之不去——在盛菜汤的碗底里，在镜子里，在梦中，他都看得见它们。它们就像是他枉然弹去或抖落掉的被砸扁的碎屑。印刷工人的职业病——对他这个年纪来说太严重了，他怎么也无法习惯它。

统计印刷字符的职责则是出于不信任。不明白为什么是他，而不是其他任何人被授予这项工作。大概，他那难看的胡子或嗡嗡声，在出版社的领导看来，毋庸置疑是不被信任的标志。无论如何，领导以出版社的名义，有权不相信作家、翻译家、学者。他手持铅笔研究着历史、政治、经济、数学、文学，也是持有怀疑态度的。而出版社为此赢得的数额刚好可支付他的薪资。

看起来，他属于那种不易被别人了解也不惹人怀疑的人，这类人时不时悄无声息地出现在出版社，然后又悄无声息地消失。这不算是消失，相反，他比许多编辑待的时间都长，更不用说文书和技术秘书了。他像圆规一样弯着腰，在办公桌前竖直站着，边嘟囔边数着字符。嗡嗡声表达着独立性。

人们不用姓去称呼他。一个爱讲俏皮话的本地人给他取了个哈尔杰伊·哈尔杰耶维奇的绰号，尽管也会有不知为何不想回应这个名字的时候，而他在其中也未找到任何让自己难堪的地方……

不过，在出版社里他却从不允许有些人称呼自己哈尔杰伊·哈尔杰耶维奇。

这么叫他的是一些作家。他不喜欢作家。他对他们不信任不仅是因为职责所在，还带有自己的看法。在他看来，作家是一些不安分的、闹哄哄的且不靠谱的人。他们花两三个小时从一个部门串到另一个部门，还说个没完。他无意中听到过这些不着边际的谈话。所有人都是一个腔调。每个人都喜欢和别人谈论自己，也等着对方夸奖自己。他们互相夸奖。他们害怕争吵。他们像演员一样自吹自擂，并且胡诌瞎说。

哈尔杰伊·哈尔杰耶维奇明白为什么他们长时间在出版社无所事事地坐着，这甚至取代了他们的公务。他们是其中的一个部门，这是一个动荡的、面临遣散的、流动的部门……

4

他头也不回地抖抖肩膀，皱皱眉头，用拳头托着下巴若有所思地盯着窗外。许多次他看见了那踩缝纫机的女神半裸的脚，一块像似空中烘烤食品的云朵，以及隔壁房子上带有新十字架的屋顶。但无论这个还是那个，或是其他别的，都不能带给他点滴的满足感。他耸耸肩，又在椅子上来回移动，斜着眼，努力在胶合板间壁后窥探着别人。然后他推了推维利弗里德·维利弗里多维奇·多奥特斯曼，从前的治安法官，一个受人尊敬的、有家室的、从事着分发校样的人。治安法官——这位沉默寡言的邻居如此好交，对于他来说几乎是受宠若惊，于是便靠近他一些。

"亲爱的朋友，我想要提醒你，要提醒你，"哈尔杰伊·哈尔杰耶维奇悄声说道，并讽刺地用长长的、有点弯曲的左手指指着胶合板间壁方向，"以防万一，我是说……骗子！骗子和投机取巧的人！"

维利弗里德·维利弗里多维奇惊恐地看着他那刻薄的弯曲的手指，什么也没说，便回到自己的校样上来。

那个坐在胶合板间壁后的人，看上去还很年轻。他有一双丰满的嘴唇。他的脸，虽轮廓不清，但富有表情，只是被沉重的六角眼镜弄得难以理解又布满阴影。一周前，他还没戴这副眼镜，他叫吉留什卡·克克切耶维奇，拿十级薪水。他不过是一个少年，刚刚毕业于某个学校——哈尔杰伊·哈尔杰耶维奇对这个学校感到唾弃。

一周前，当他被差去其他部门时，他还谦卑地听着责备，争先恐后地坐电梯在四层楼间跑来跑去。而现在，请看，现在……

哈尔杰伊·哈尔杰耶维奇很难想象，他的助手是怎样出其不意地升迁的。他害怕承认，他本人正是由于某样不幸的事情而被卷入这次升迁中的。

5

几乎从第一天上班起哈尔杰伊·哈尔杰耶维奇就注意到了出版社的常客——一个身材伟岸、虎背熊腰、恭恭敬敬的人。

这个人是乘坐轻便马车来到出版社的。实际上，他很少与人交谈，而是经常用肩膀挤开那些稍微年轻一点的人，再勉强地挤到出纳处。他甚至好像没写过什么，只是做过编辑——也不过是在很遥远的过去——在某个半学术性的杂志。即便如此，大家却还是巴结奉承他。就连那些骂过他浑蛋的人也这样做。

他口不离烟斗，外表看起来倒像是一个可敬又出众的人。

多奥特斯曼是第一个看到他的，当他出现在哈尔杰伊·哈尔杰耶维奇发出噪音的小工作间。噪音停止了。哈尔杰伊·哈尔杰耶维奇正统计得昏天地暗，于是惊恐不安地抬起头来。拜访者靠近了他，挺着自己眼前的硕大而圆滚的肚子，友善地一口一口地吸着烟斗再吐出烟来。房间里的空气不知怎么地开始变得稀薄起来。

大肚子人说了句什么，于是哈尔杰伊·哈尔杰耶维奇明白了，自己面前的是克克切耶夫，吉留什卡的亲生父亲，或者至少是亲舅舅。现在弄明白了，问题也正是涉及吉留什卡……

惊慌不安的、藏在柜子间的哈尔杰伊·哈尔杰耶维奇手上拿到了一份文件，需要他即刻签字。老克克切耶夫温柔地抓住他的袖子……哈尔杰伊·哈尔杰耶维奇无助地瞥了他一眼，把字签上了，过后还尽可能地阅览了一下文件。纸上详细地列举了小克克切耶夫的优点。他被写成拥有诸多令人折服的特点之人。哈尔杰伊·哈尔杰耶维奇在这份文件上兴奋地与之呼应着。部门恢复了生机，要是……但此时，老克克切耶夫好心地拍了拍他的肩膀，从他的手中抽出文件，说起了另外一件事儿。接着，维利弗里德·维利弗里多维奇也签了字。然后大圆肚子的人钻出了门。

哈尔杰伊·哈尔杰耶维奇目送着他回到自己的工作台，怯生生地皱了皱眉头，并惊恐地环顾了一下四周。

只是此时此刻，今天早上，他才明白这次拜访所具有的神秘意义！那个耍滑头的人，戴起眼镜，坐在隔板后，开始往桌子上张贴图纸，一个方案的图纸，开始和哈尔杰伊·哈尔杰耶维奇用极度礼貌的上司口吻说起话来。他被任命为技术秘书。现在，哈尔杰伊·哈尔杰耶维奇就以自己难看的胡子、爱嘟囔声及其公务职责，全部处于他的掌控之下了。

6

下午两点左右，小巧的女打字员来过一趟找技术秘书，她宛若一只扎着白蓝相间的蝴蝶结的粉色蜻蜓，于是哈尔杰伊·哈尔杰耶维奇将笔靠在墨水瓶上留神听起来。

蜻蜓女是为公事而来：格洛巴切夫同志——机构的领导有急事，想请技术秘书去他家一趟。在哈尔杰伊·哈尔杰耶维奇背后那些敲击着的打字机，仿佛像散发着热量的帚石南，妨碍了他听清所有其余的内容。而技术秘书却一跃而起，还差点弄翻了椅子，他重复问了一遍什么，像是年轻而体面的巴斯克人，向他付出无论什么生动还是冷漠都是徒劳无益的。接着，他出现在门口，用手碰了碰眼镜，不慌不忙地靠近哈尔杰伊·哈尔杰耶维奇。

"我现在去见格洛巴切夫，"他说，"劳驾，如果这不会使您为难的话，在我回来之前准备好工作汇报草稿。"

哈尔杰伊·哈尔杰耶维奇转过身去，急匆匆地拿起沾上墨水的笔，郁闷地点了点头。秘书的到来，像是在他毛发浓密的额头、浓眉和鬈曲的胡子上覆盖了一层不祥的阴影。技术秘书有一双短小的手臂。他用铅笔刀修剪着指甲。在六棱眼镜下的眼睛透露着宽容，这是掠夺者才有的，是小商人和追名逐利的人才有的眼睛。连一个稚童都能看透他。

7

对窘境的思虑，给洛日金教授充实而丰富的存在带来了某种不牢靠性、变幻莫测性。这一想法被他自己称为（当然，仅是对他自己而言）"晴和的初秋"或者"第二春"。

他忽然发现，每天都在做着由语言和行为构成的同样事情，这些次序一旦被确定了就永远像天文学一样精确。他日复一日、时复一时地重复着自己所做的。

他毫无意识地授课、校稿、吃午饭、吃晚饭，和妻子生活在一起，这让他突然都感觉是一种侮辱。有时候（然而，甚至自己本身都没有意识到这一点）他经历着一种让一切都见鬼去，或逃到外省捉兔子、逮野鸡、捕鱼的模糊的愿望。

正是这种可怕的念想，此刻出其不意地打乱了他授课已近千遍的平稳进程，这门课程对他而言就像书桌或妻子脸庞一样熟悉。他沉思起来，失去意义的语句，从古塔胶般的舌头上流出。学生们彼此互使眼色，互相扔纸条，用食指叠十字。就在这些瞬间，取代迷茫、怅然若失思绪的则是，他回想起和歌唱家卡鲁索或巴蒂斯蒂尼有关的事情，后者是在米兰歌剧观众点燃的送葬蜡烛中结束自己的职业的。老实说，从食指中叠起的十字架，到送葬的蜡烛，仅仅一步之遥……

正是那种念想，如今伪装成一个笑话，在他同一位熟人——向自己咨询某事的历史学家严肃交流之际闯入了他的脑海。他们在阅览室门口交谈，读者们成来道队列坐在长方形桌子后面，绿蓝灯罩控制着宁静，将阅览室置于现实世界之外。对于他这个文学教授，归于这片宁静的老战士，代表绿蓝灯罩的将军，在这种环境中摆放着打开的图书，本应该感受良多，况且那样默默地——用一些不相干的意见去打断学术谈话是不自然的……

他深受感动。不过，他忽然觉得，所有这些庄重的读者大军——一个罗圈腿的疯老头，身上挂满许多勋章、纪念章和奖章，以及戴着学院式眼镜的瘦弱青年，还有其他一些图书馆的常客——而他们自己并没有注意到，坐在这里读书的人都是赤裸裸的穷人。这样的想法无疑是愚蠢的，而受人尊敬的历史学家有理由不明白，是什么使洛日金教授哈哈大笑到眼镜都掉了。

总的来说，洛日金教授在这一天给历史学家留下了不愉快和难堪的印象。他仿佛觉得他就是个叛徒。

紧接着，一周后他又和玛利维娜·埃杜阿尔多夫娜之间发生了一场完美的闹剧。

玛利维娜·埃杜阿尔多夫娜——他的妻子，活着主要是为了向所有人掩藏自己的职业——结婚前她曾是个接生婆。对于她而言，人生的所有意义就在于精心地隐瞒职业这件事情。她给自己捏造了另一个故土，另一些亲戚。她一想到，可能会无意中在街上、剧院里——遇到自己的某个病人，就心惊胆战。她彻夜都在回想着某人无心说出的话，因为这在她看来是故意说的，在悄悄有意地暗示接生艺术。

在真情以对的时候，教授喜欢说她还年轻——出于同情，人们同意了教授的说法。

不知从哪儿知道的，有时她并不顾及自己的年纪而对从事语言学的人要求过于严格。

一切发生得十分简单。

一次，当玛利维娜·埃杜阿尔多夫娜本应自然而然地等着丈夫因完成家庭职责来讨扰她的时候，洛日金教授却突然打开了自己办公室的门锁。钥匙哗哗作响声在玛利维娜·埃杜阿尔多夫娜的耳朵听起来既无意义也不靠谱。

凭着她具备的修养，她躺在被子里一动不动，大约有一刻钟。

最终，当她意识到在弄清这一难懂状况之前所有让她入睡的努力都将是白费的时候，她从床上爬了起来，拉紧修长肩膀上的外衣，敲了几下办公室的门。

她努力地在下一刻忘掉她曾有机会听到的答复。两三天后她就使丈夫相信，是派去给教授送茶的侍从敲的办公室的门。

"算了吧，算了吧，亲爱的，"——洛日金似乎应该说，"实际上，又怎么样呢？……我和你都玩够了……之后随便怎样！不过如此，受够啦！"

当天，一夜无眠，像猫头鹰一样，玛利维娜·埃杜阿尔多夫娜确信发生了暴动——她统治的体系明显坍塌了；必须采取果断的措施——至少看起来，洛日金教授的第二春是从对她——玛利维娜·埃杜阿尔多夫娜的赞同或反对开始的。

过了几天，趁吃午饭之际，她暗示丈夫，依她之见，应该稍微改变一下他们的生活方式——"活得更开放些，哎，哪怕是在家里接待客人，看看电影，戏剧也好。"洛日金则在桌布上推着面包球，忧郁地自我重复了一句："是啊，接待朋友……"可他的朋友早在某个时候就被玛利维娜·埃杜阿尔多夫娜从他身边赶走了，而且这一点他在内心深处无论如何都不能原谅她，虽然这件事他从来只字不提。

在最近的一个周末，他费劲巴力地呼哧着给自己套着浆硬的衬衫，系着领扣，在镜前备受领带的折磨——而玛利维娜·埃杜阿尔多夫娜第一次注意到，近来她的丈夫和本人有些不太一样。直到出去待客，她才明白问题出在哪儿：在洛日金教授洁白的领子里露出了黑黢黢的、布满皱纹的、瘦巴巴的脖子，像日本神像似的脖子。他的眼神甚至举止都开始像日本人了。

她勉强地微笑着，在接待客人时还一直想着这件事。

第一位到达的是院士维亚兹洛夫，高个子，驼背，留着一把稀疏、褐色的胡子，是一个聪明又刻薄的老头，据说有四个教授等着他死呢，都期待占据他在科学院的位子。

老头生过病，但没死成。相反，除了眼下的病，他把拜访每个候选人视为必要的职责。他抖抖胡子并嘲弄地眯着眼睛，为的是使人相信，候选人在变瘦，看上去很糟糕，拥有一副病态虚弱的面容。他详细地讲述自己的病史，推荐医生，有时甚至展示自己的化验报告，而且每一项都做单独的解释。临离开时，他一定会从候选人的妻子那里听到的谈话：从今天起她会仔细关注丈夫的健康问题。

他对洛日金是蛮喜欢的，但对于他的科学工作却持鄙视的态度。

他在饭厅遇到了洛日金，他捋着胡子，长久地注视着后者：洛日金不太走运。他弯腰站着，手放在桌子上，紧张地听着谈话。他有一副迷茫又严肃的表情。他感到了拘束。可以想象得出，他正参与某个很重要，不愉快却又不可避免的事件。

"终于逮到您了，斯捷潘·斯捷潘诺维奇。"维亚兹洛夫边说边坐了下来，敲打着手杖。

洛日金回过神来，面向他，拿出连自己都惊讶的热情攀谈了起来，说他早就想见见面、聊一聊了。其实，最近半年来，他一次都没有想起过维亚兹洛夫，而且也没有丝毫想和他说话的愿望。所有这些纯属谎言——他懊恼地想着这些，但是仍然继续交谈着。维亚兹洛夫那光秃秃的眼皮眨巴着，灰白的、被烟熏黄的小胡子翘了起来。

玛利维娜·埃杜阿尔多夫娜终于叫走丈夫去迎接新客人。

古典语文学教授布利亚布利科夫，穿着长款黑色常礼服，像一只会飞的老鼠，站在饭厅的门槛上。个头矮小的、大腹便便的妻子穿着宽大的裙子跟在他身后。洛日金不自然地微笑着，亲吻了一下她的手。所有人都重复着同样的话。

在饭厅里，布利亚布利科夫掏出一个沉重的、雕有花字图案的烟盒，敲了几下烟嘴盖。这意味着，他要开始讲述某个谣言、笑话、轶事。他沉重地、不灵敏地，用明显带有不怀好意或嫉妒的口吻讲起这些轶事——即便如此，他也被认为是教授圈里爱说俏皮话的人。

这次的笑话应该展现的是扮演十字军骑士的古典语文学教授，这是一个使上帝棺木免遭蓄意威胁的守护者角色。两周前系里收到重新修订教学计划的新提案。

"我们进退两难，必须二者择一，"布利亚布利科夫说道，"要么重新着手修改课程名称，要么让步，就像我在系会议上所说的，缺少像德摩斯梯尼①一样雄辩的话语……"

笑话开始得有点无聊。洛日金小心谨慎地起身，走向门厅迎接新客人。

敏捷好动的胖子——俄罗斯科学院文学研究所的学术捍卫者——拥抱了他后又轻轻地推开他，哈哈大笑着，开始介绍自己年轻的妻子。年轻的妻子是一位瘦弱的、留着棕红色头发的图书馆管理员，她微微一笑回敬。洛日金忽然忘记了胖子的名和父称，惊奇地看着他俩。随意用姓称呼着胖子，他们一起返回到饭厅。

布利亚布利科夫的笑话很快就接近了尾声。所有的人都紧张地、专注地听着。

"尼古拉·利沃维奇，你可以想写什么就写什么，想怎么做就怎么做。"布利亚布利科夫嘟囔着。在他身上那个自吹自擂的师范生突然满血复活了，他用拳头轻轻捶着胸口，甚至低下胸用手抵着膝盖。

玛利维娜·埃杜阿尔多夫娜悄声问丈夫是怎么回事。系里委托一位编外副教授写一封说明书。编外副教授在说明书中提到，古希腊罗马历史研究将会消除宗教偏见。

"是要我在这张纸上签字吗？"布利亚布利科夫对着看不见的编外副教授喊道，"在这些亵渎神灵的行为面前？在放肆无耻地干涉每个正派人最宝贵的东西的前提下？"

女仆走了进来，餐具被弄得哗哗作响。玛利维娜·埃杜阿尔多夫娜严厉地看了她一眼。

---

① 德摩斯梯尼（Демосфен，公元前约 384 年—前 322 年），雅典雄辩家、民主派政治家。

"我什么都没多说，就解开了上衣。"确实，布利亚布利科夫差点就解开了上衣，他从上到下扯开衬衫，并在他们面前抛出十字架！

这一切做得很意外，并且不太体面。

维亚兹洛夫坦诚地微微一笑，又嘲讽地吧嗒了一下嘴。

洛日金不明白这是什么，十字架是从哪里来的。他还是猜明白了。布利亚布利科夫将自己贴身的十字架扔在桌子上。为啥？噢，是为了表明他不愿放弃自己的宗教信仰……

所有人都沉默不语，甚至是玛利维娜·埃杜阿尔多夫娜。对宗教的信仰，在今晚聚集在洛日金家里的这群人当中，本是正派的保证，但也是秘密的保证，是不便于显摆的。圆滚滚的矮个子妻子责备地看着布利亚布利科夫。

大家开始转移其他话题。围着玛利维娜·埃杜阿尔多夫娜散开的夫人们开始全神贯注地谈着仆人和孩子。仆人们，如所显露的那样，都是些不爱干净的人，他们说话粗鲁，偷窃，总是向工会抱怨。孩子们，却恰恰相反，个个天赋异禀，学习优秀，偶尔生病。谈论仆人的都是没有孩子的。

男士们，聚集在洛日金的办公室，开始谈论起关于"形式主义者"的狂热话题。

他们不是从自己学科视角评论"形式主义者"。对于这一点，他们实在是太老套了，他们做了一辈子的学术。但是"形式主义"最本质的内核——不信服和不顺遂的精神，却并没有被这些人引进科学领域，而是将之带进了房间里，并且对此憎恨不已。

这是一种威胁办公室生存方式的体系，从某个方面看就像革命本身，对他们而言既陌生又无益。

"形式主义者"做出的，甚至带有一种令人不快的仓促性、轻浮的放肆性和反复无常性。对于这些毛孩子而言，正是革命使他们不受拘束！

还没来得及胜任硕士考试，说来好笑，他们就用电影取代了文学史。尽管还显薄弱，但为了空谈、小说文学，他们或许抛出了并非不可救药的理论要点！他们写作小说，甚至，还写诗。

从本质上说，他们就是堕落的一类人，为了漂泊、堕落、不安分的生存，而离开了熟悉的值得信赖的学院派学术圈。

"堕落的人？"洛日金表示不解和吃惊，开始回忆，"清秀的脸庞，夹鼻眼镜，灰白的胡子，不，现在他可能剃了胡子，而且非常消瘦，不久前他还在有轨电车里遇见了他……"

他想要反驳——但又改变了主意。尤其是，那位胖胖的守护人显得有些紧张，由于得意而发出咕嘟声，而刚刚讲到另一个堕落的人，他在莫斯科有三个家庭，还和一个中国女人生活在一起。谈到中国女人的某事是小声说的，为了不让女士们听到。

这个意味着洛日金教授第二春的夜晚，已接近尾声了。洛日金坐着，精疲力竭，头疼不止，显得衰老了许多。玛利维娜·埃杜阿尔多夫娜，也控制不住地打着哈欠，看了两三次手表——当说到德拉戈马诺夫的时候。

这一切的发生，本不该是因为德拉戈马诺夫接近了那些不安分地破坏科学传统的人，也不是因为他是准确意义上"堕落的人"这个词的代表，说起他，是因为洛日金客人们所属的学院派圈子，约好了对他保持缄默。

维亚兹洛夫，捋着稀少的、泛绿的胡子，站起身来扭了扭，痛苦地把烟卷攥在拳头里，在房间里踱起步来。

"他像伊凡雷帝时期的书记，"洛日金不禁想道，"他头上缺少一顶小圆便帽，耳后则缺一支鹅毛笔。"

书记来回晃晃香烟，做着判决和执行。他淡褐色的眼睛扫视着所有的客人。胖胖的守护人在说到德拉戈马诺夫时做出一副惊恐的表情，布利亚布利科夫则皱起眉头并嗅嗅空气。女士们靠近了些。

"你们提起的那个人，"维亚兹洛夫开始说，同时把拳头松开并把香烟叼在嘴里，"本质上说，算是个天才式的人物。我当初认为他是沙特玛托夫或者博杜恩当之无愧的继承人。他的语言学著作连最机敏的人类智者也弄不明白。两天前他出现在课堂上，抱歉，穿着男衬裤。他遭到人们怀疑——不是没有缘由的——非法买卖鸦片。可要当心他！"

8

一个尖尖的鼠脸，从堆在窗台上的一堆书底下探出来，从被压扁的一捆灰色的日俄词典中钻出头来。在词典和厚卷本《科学院通报》之间形成一条地道。爪子趴在窗台上，拖着肚子，老鼠爬了出来，来到了人世。人世就是德拉戈马诺夫的房间。太阳被破烂的袜子遮掩住，长长的细线被连接着悬挂在这个世间的上空。太阳从早上六点升起，再到半夜落下。它光溜溜的，暖洋洋的，不时地摇摆着。它是永远也不会被吞噬的，同它靠近是十分危险的。

人世间上方是老鼠的世界，一块出现了裂纹的天空，那里堆积着桌子、椅子、床、书籍。上空是用墙纸支撑着，墙纸翘开卷曲着，撑着上空。上空像是脚朝上倒着的底部。

桌子后面的床上有一个爱吵闹的瘸腿的人，搅扰着它们在底处行走，吃面粉和土豆。他边唱边咳嗽，推着椅子，扯着纸，床被弄得吱吱响。他时不时地睁大眼睛从桌后站起来又开始走动。

他走了一个小时又一个小时，再到一小时，从桌前到床前，从床前再到桌前，边走边傻呵呵地笑着。他躺到床上，抽起烟来。

他抽着烟，于是老鼠也被熏得头昏脑涨。当它不再害怕他的时候，便勇敢地走到屋子中间，使劲地爬上桌子，并久久地不以为意地盯着闭上眼睛、没刮过的那张脸，盯着烧制的烟袋杆，里面融化着像面包球一样的黑团。

有时德拉戈马诺夫用手指抬起眼皮并温柔地看着它。他大概没把它当成幽灵。

每天早上，在上课之前他都跟它聊上好一会儿。

"女士，我想过自杀，"他对老鼠说，"您看见没，我还是面临像流浪汉一样死去的可能。我对于有幸过上与众不同的生活感到了厌倦。我厌恶去大学闲荡、向别人的脑子里灌输我自己都不懂的科学。您说——不对，我懂！Vous me flatter, madame①，您实在是太客气了。而且不止我一个，谁也弄不懂。是时候了，我的朋友，该结束这种噪音了！"

老鼠一动不动地盯着他。他用手指招呼它过去，向它扔马铃薯皮，像对狗那样朝它吹口哨，甚至尝试像老鼠一样吱吱叫。

"你尊敬我吗，女士？"他喊叫着，"你要尊敬我，我可是在国家部门任职！教授们不尊敬我，臭虫们咬我，傻瓜们占用我的时间。三十三岁的我，拥有五十岁的血液和七十岁的心脏。我想，要是我上吊的话，大概就能避免研究院和亚洲博物馆的争吵。在我的坟前将会来两个学生，三个还没有出国的远房亲戚，还有同事莱曼。我的房间里会搬进来一个棕红色头发的大学生，正是抱怨邻居厕所的那个，而你会啃他的马铃薯，就跟啃我的一样。对你而言什么也没改变，女士。同意不？"

---

① 此处为拉丁语，意思是：你在恭维我，夫人。（原注。）

老鼠不作声了，嫌恶地盯着德拉戈马诺夫，它向后退着进入地道。他相当危险，他能用鞋跟儿将它砸扁，用厚书打碎它的脑袋。它鄙视过他……

9

大学宿舍还保留着国内战争时期使其扬名添彩的风俗。在管理员的房间里还住着经常讨论1907年去世的校长的卓越所在，在1914年另一位校长逝世之前可根据气味辨别楼层的老头们，其同事莱曼、编写和收集悼词的大学生还在宿舍楼梯间晃荡过。

白天还是挺像的，可到夜晚却成了另外的样子。

厨房和煮水器——晚会、约会和哲学讨论会喜闻乐见的地方——就只剩下厨房和煮水器了；在这些地方上已找不到令人难忘的时代印记了。

没有人忘记她们是怎样消逝的，这是一个或解或不解的、不是顺风顺水的时代。她们在小夜灯里燃烧着，整晚驻足在被熄灭的火炉旁，直至后半夜在放着烧水桶的房间里烧尽。壶还是热的，有人为了它们轮流从涅瓦河岸的草垛里偷干柴并抱怨着。

夜晚从走廊里昏暗灯光被熄灭开始，走廊紧靠着涅瓦河，不对，是依傍着涅瓦河的空气、海岸的风。

所有人都手提夜灯走向厨房。庞大的、舒适的、蠢笨的炉子就像敦实而威严的上帝一样矗立着。

一排排小夜灯放在炉子上，为翻开的一本本书、一张张脸、象棋盘而照明。这是影子和老鼠的欢乐窝。老鼠们把新建立的秩序当成了自己的占领地，像老鼠本该那样地大量繁殖着，在各个角落里和小猫们争吵、撕咬。它们吱吱作响，它们在堆放木柴的大木箱里有自己的俱乐部。每天晚上它们都举行婚礼。

到处都在读书、论辩、下象棋、唱歌。水壶下面的煮水器里闪耀着烧煤的火光。

时代燃尽了。

10

德拉戈马诺夫在宿舍里不被大家喜欢。他住在距离黑乎乎的楼梯不远的令人厌恶的冷过道里，那儿总是点着一盏昏暗的小夜灯并永远都分不清白天还是黑夜；他是那些还游荡在大学周围的怪人当中最奇怪的一人。在革命的第六个年头和第七个年头，安宁光顾了宿舍，却没光顾他。国内战争依然活跃于他的房间里、从图书馆携带图书的背囊里。

每天早上同他交流的老鼠，成了几年前在厨房煮水器旁约会和哲学争论的见证者们的直接继承者。

所有人都害怕他。所有人都知道他在吸毒，他有一段作为失败者、旅行家和游戏能手的黑暗的过去。

高等女校学生，无论是温顺的还是卑鄙的，同她们一起住在宿舍里的所有人，都对他不怀好意。一些高年级学生，还从他醉醺醺的怀里嘟囔过"尽情狂欢"，认为他是一个不值得信赖的人。

也只有将棕红色头发剪成平头的、温和而若有所思的同事莱曼对他抱有深深的敬意。

这是一位自然科学研究者的兴趣，对科学的兴致。德拉戈马诺夫属于他的兴趣。德拉戈马诺夫是活着的悼文，就像莱曼从事的白俄罗斯历史一样引人入胜。他沉着稳重，正直坦率，衣衫褴褛直到衣领，其中晃着的是哲学家的高傲头颅。莱曼来到德拉戈马诺夫面前沉默不语。他把德拉戈马诺夫看作知己。一九年的虚幻情景依然在他的眼前闪烁。他对德拉戈马诺夫进行考证。他承诺讣闻将不可模仿，独一无二。

宿舍里都在嘲笑莱曼，每逢夜晚都在他的门前做安魂弥赛，还以死去的美女的名义给他发过情书，游手好闲的人们装扮成复活了的白俄罗斯历史上的活动家，每逢夜间身披床单来找他，为他在自己的悼文里似乎犯下的错误讨说法。

在会议上，莱曼用某些官员、高级僧侣、下层军人们的可赞性自传打发着时间，混乱一片，玻璃都因哈哈大笑而震动了。

与此同时，从他身上可以察觉到一个注定死去的人。

也许，是这种死亡意识驱使他经常和亡者打交道，甚至看生者也常常透过记事簿里他所画过的带图案的黑框。

但是德拉戈马诺夫残酷无情地挖苦过他。他没完没了地对他瞎编，说他两年里游荡于叙利亚和巴勒斯坦的妓院里，说他在著名的哈根贝克杂技团做空中飞人杂技演员时，从秋千上摔下来就一瘸一拐了。

莱曼相信他。"亡者曾供职于外事委员会，以罕见的勤劳和精通外语而独具一格，"每到夜里他都在油灯下书写，"在被系里派往叙利亚的时候，死者两年里都在研究国家民族学……死者在哈根贝克杂技团勇于自我牺牲地工作过……"

周围都是悼文、悼文、悼文。它们填满洗脸池、窗台、床铺。它们放在枕头下、衣橱里和桌子抽屉里。在灰蒙蒙的凌晨寂静里，在宿舍的黑暗里，它们说着几千种死亡的语言——一切越来越庄重、体面，越来越哀伤……

谁知道，也许德拉戈马诺夫实际上说的都是真的呢！

11

德拉戈马诺夫的听众大概是十个或十二个左右没有学习前途的语言学大学生。诺金就是其中之一，他兼修大学里的课程和东方语言学院的课程。

务实的亲戚们、其他系里和大学里的学生对他们都很鄙视。事实上，语言学确实比会建造有轨电车车厢价值低！

但他们既不是怪人，也不是幻想家。他们只是没办法而已。这是一群缺少老一辈大学生活传统的人，他们对于新事物漠不关心，对它们感到陌生而格格不入。大学里空荡荡的，当他们出现在没有供暖的教室里，在这里冻僵的教授们凭借惯性讲着课，竭力不去注意他们称之为"俄罗斯文化的毁灭"的那件事。

教室如今已经供暖了，但是教授们仍然机械地讲课。

那些被大学生舞会、同乡会及紧密同盟占据着的"我们生活的日子"，在他们看来不过是空谈和虚幻。从德拉戈马诺夫的很少听众身上可以看出正规的大学生制服。他们靠学术为生，对于他们来说，科学要比老一辈更重要得多。这不仅仅是学术，这几乎是与学术相悖的个人事业。

德拉戈马诺夫为他们讲授《语言学概论》，他所讲授的是系里最难讲的课程。

他很少来学校，偶尔完全消失两三周，有时候用便条通知学生来找自己或者在宿舍走廊里什么地方来讲例行的课程。

他的那位最不漂亮的女听众称他"才华横溢又放荡不羁"。

12

那一天，学术圈在洛日金教授家里做客时终于打破沉默，指责德拉戈马诺夫违背自己的前所未闻的罪行，成了他学术生涯完全堕落的见证。

整整一年里他第一次准时来上课。

他高高地昂着头，沿着课桌走动，把手别在背后，贴近黑板。他穿着由士兵外套改做的大衣，还有一个从一九年起就挎在肩膀的背包。他喜欢谈的那件外套，是任何一个季节都不可替换的上衣："骂我们军需官是毫无意义的。"

这天，他脸色十分蜡黄，而且不时地抓耳挠腮，一会儿耸耸这个肩，一会儿又耸耸那个肩，后背来回摆动着。他自己都不知如何向学生们解释，这种长时间的瘙痒是吸食大麻的直接后果。他请求原谅说道："说实话，不是虱子——是大麻。"但大家原谅他的并不止于此！

他用冷漠的眼神盯着其中一个听众，开始讲解普通印欧原始语理论。以前他就讲过该理论。任何"普通语言学"都结束于该理论。从施勒格尔和葆朴时代，无数的语言学著作都是建立在该理论基础之上的。

而他，德拉戈马诺夫，在这一天，把手放在胸口上，宣布他并不赞同该理论。

他突然开始用法语发颤音，手执粉笔论述自己的证明体系。

以他之见，印欧理论无法解释某些坚决捍卫自己在语言科学领域地位的事实。他在这些事实的基础上提出了建立新的解开在印欧之前的人类言语状态接近原始起源的系统。

在五点钟的冬日阳光里，在第十二教室里，他像是平躺在布满粉笔灰的黑板上的一个灰点。他拒绝承认施勒格尔和葆朴，就像马丁·路德拒绝天主教一样。面无微笑，他用自己的话说："我坚持这点，别无他法。"

他以法国语言学家固有的那种有条不紊性，还原了这种原始语的形式，将它们归为为数不多的原始语音综合体。他傲慢无礼地认为，现存的语言类型应该被看成是人类自我发展每一个阶段的成果体现。语言的词根结构、黏着结构和屈折结构也是人类语言意识发展过程中三种按时间顺序阶段的认知概念。

诺金根本来不及全记录下来。他很多都没弄明白，他茫然不知所措。教室已经暗淡下来，早该打开灯，但他一直在写着，写着——而且字迹越来越大。

德拉戈马诺夫已经从头到脚都沾满了粉笔灰，他的动作具有一股自信和贵族般的自由。

他做着总结。结论在科学领域是一种令人惊慌失措、手忙脚乱的事情。他认为，没有一种语言是人类文明初期没有的，也就是说，印欧语系只不过是从初始众多语言走向单一语言之路的一个阶段罢了。

他克服着昏暗，就像化身成一闪而过的老鼠，在黑板上画了一个金字塔。他解释说，从凝结无数语言胚胎的深厚地基开始，人类言语寄希望通过一系列类型转化到达顶端——全世界语言的统一体。他用地基顶端向上放着金字塔形式，对印欧语系理论及其统一的原始语进行了描绘。

然而，还没等他结束，就发生了什么事情。一个影影绰绰的身影在教室里跑过。诺金将笔端移开纸面，回过头。

谁都不说一句话，只有某一细微的咳嗽声从后排的课桌传来又戛然而止。

德拉戈马诺夫站在黑板前，沉思起来，痛苦地皱着眉头。他沉默着。由于尝试替换未说完话的急剧动作，他的外套一下子敞开了。他目光黯淡地巡视着四周，徒劳地使劲回想自己要说什么，为何手持粉笔站在黄昏中怅然若失、慢慢散去的教室前……

13

深夜时分他忽然醒来，懊恼地紧锁起眉头，并从被子里伸出手来。是沙沙声，沙沙声和老鼠的吱吱声惊醒了他。他够到了香烟，但没有火柴。他从床上坐起来。他很想抽烟，满嘴唾沫星子，满眼冒金花，这些都会伴随烟气消散的（这一点他特别了解）。但是没有火柴。

他爬起身，烦躁地抓耳挠腮，摸向开关。刚伸出手，他忽然想起，宿舍正在修理什么，所以停电了。那怎么办呢？难道直到凌晨前都不吸烟吗？

他撞翻了椅子，拉开窗帘。窗外矗立着大学的花园和黑黢黢的雪地。依稀感觉到雪地里光秃秃的槭树。房间里暗淡无光。

他神经质地用牙齿咬着烟，返回到床上。不能不吸烟，那些金花已压到眼前，逐渐变大，螺旋般拉长。

他颤抖地坐到自己的手掌上，咬着烟陷入绝望。可以想象得到，这些该死的火柴应该就躺在某个地方！

他费力地将脚搭到床的另一边，随便地把手伸向任意一处，伸向墙壁和枕头间黑乎乎的地方。

老鼠的叫声把他吓了一跳，他将手伸向老鼠。他突然愤怒地晃了一下。他抓起枕头用力地扔向尖叫声传来的地方，那是老鼠啃食土豆的地方。软绵绵的一团在床上乱窜，落在他的胸上，他一把抓住它，在手里揉成一团。没火柴，没有，没有……

他用手掐死了老鼠。它撕心裂肺地叫着并不停地抓挠着。他感觉不到疼痛。它的尖叫声最后慢慢地变成了喊叫，像人一般乞求帮助，央求饶恕。墙纸打起卷并翘起来，倒过来的底边压到它头上。它死了……

几分钟后他在枕头下面找到了火柴。骂了自己一句神经病，他看了看自己的双手。手上伤痕累累，多处咬伤。点点黑血散落在床单和被子上……

14

"在最近的时间里，人们在声明，要同基督教或者总的来说宗教做斗争。斩草除根！嗯，这一点我不知道。大概是需要吧。似乎是需要。我只是毫无疑问地相信这一点：在彻底铲除之前，基督教应当被推广。这是我的儿子亚历山大……建筑师。老实说，一个天资不高的人，尽管他的最后一本关于这些那些——好像是未来主义者的小册子，我心满意足地读完了。就这样，他不知怎么地就去了乡下。唉，在路上不知什么缘故群狼攻击了他，要是没记错的话，袭击了他。他，当然抵挡住了，甚至似乎还射击了或者抛出了救命稻草。他作为一个富有想象力的人，这一切发生得太有趣了。这样一来，他来到了乡下，但乡村里一片忙碌，正在举行婚礼，但婚礼在从城里来的路上某个地方被耽搁了。他讲起了狼——瞧，瞧见没，于是人群中响起了不可思议的哭泣声。简直是哀号遍野。起初他不明白，后来才从人们那儿弄清楚。整个村子都以为这是新婚夫妇变成的狼，这就是所谓的多神教！所以，我才说——首先需要在乡村推行基督教，然后再与之斗争……最终直至斩草除根！"

矮小的洛日金用棉衣蜷成一团，坐在科学研究院会议大厅里绿色的、像是用来赌博的椭圆形桌子前。大厅里很冷，他用呵气暖手，心不在焉地盯着挂在低矮的书架上维谢洛夫斯基的画像，听着维亚兹洛夫关于多神教和基督教的讲话。

他对面坐着的独眼地精——日本文学研究员，天晓得他为什么会出现在民族学视域下果戈理纪念大会上。地精冷嘲热讽地笑着，当听到维亚兹洛夫发言时，他显然明白问题的关键不在于多神教和基督教之间的斗争。

"问题不在于多神教和基督教的斗争，"他模模糊糊地想着，"那么，老实说，问题的关键在哪里呢？"

扎拉沃夫教授介入了关于基督教的谈话中来。他神经质地眨着一只眼，碰了碰维亚兹洛夫的袖子又迅速向后靠在椅背上。

"顺便说一句，关于斩草除根，"他说道，"您知道，亲爱的伊万·伊利奇，眼下在彼得堡，谁会被最先指责铲除宗教呢？……那就是我。"

他抽动着一只眼睛，瞥了一眼微笑着的面孔，自我挖苦地笑了笑。

"别笑，不要笑！是我！你们知道发生了什么吗？大概一年前安排一位年轻人在科学院谋职。为他说话的，如果没弄错的话，就是我们最招人喜欢的康斯坦丁·阿列克谢耶维奇，前者是他的某位远亲。"

他找了一会儿缺席的康斯坦丁·阿列克谢耶维奇，便又手舞足蹈、声情并茂地形容起他来。

"最近这个年轻人——我承认，甚至当他出现在我面前时我都没认出来。他表现的……我本想说——是备受庇护。可这还不算什么！但从第一句话他就指责我……你们猜为什么？为了那个，你们看到没，由于我在关于基督教早期阶段的著作中袒护了异教徒，因而动摇了宗教的根本。'您，他说，从而和布尔什维克有紧密联系！'"

所有人都哈哈大笑起来，独眼地精也不例外。扎拉沃夫教授是最不该被指责和布尔什维克有联系的人。大家都清楚地知道，他甚至连新颁布的正字法也不屈服。老实说，他真正的声誉是从某个纪念性文章开始的，文章里为了表达自己对东正教改革的不赞同，先前通过"й"或者"Ять"拼写的单词他一个都不用。

是的，他无可指责！和布尔什维克有联系？啊，这无疑是可笑的！大家都笑了。

只有洛日金，像是要去修道院似的起身去穿皮袄，他无助地用孩童般的眼睛四处张望着。他很清楚，谈话与铲除宗教无关。铲除宗教——这只不过是个幌子。

他迎上维亚兹洛夫的目光，从中感受到一丝怜悯，于是猛然不友好地在皮包里翻寻起什么。他感觉孤零零的，孤独又疲惫。

当报告开始的时候，他对自己进行了严酷的拷问。

"你为什么坐在这里，在这张桌子前你又在做什么，斯捷潘·斯捷潘诺维奇？"——他严厉地问着自己。

"我这是在研究院，这里正进行讲座，而我正在聆听。"他思维清晰又温顺地回答自己。

"这些人，你与他们熟识了十年、二十年或是三十年了，他们研究同样的科学，而你呢？你喜欢他们吗？你对他们知道多少呢？"

"是啊，是啊，他们在研究同样的科学，我也是如此。而对他们的了解……事实上，据我所知，哎，哪怕是知道点关于这个人吧？"——洛日金差点自我问出声来，惊恐地瞟了一眼装出一副可怜相、长得像斯拉夫学教授的那个人。"我知道他……普鲁士科学院指责他剽窃……而俄罗斯科学院与普鲁士科学院作对，选举他为正式成员。还有啥？……哦，对了！由于被指责剽窃，吓破了胆，他每节课都从这句话开始：'当然，像我这样的人何其多……'还有什么呢？就是和夫人生活不睦。

还有呢？……怎么，再没什么了？要知道他似乎还是我大学同学吧？"

就这样，他将所有的人数落了一遍，一个接着一个。他不喜欢他们中的任何一个。在他们中间也没有他的朋友。他是他们之中的异类。可是关于每个人，他都知道两三个笑话。

15

报告刚开始，所有人就都睡着了。所有的人！

甚至是那些染着胡须、自以为年轻的人们也睡着了。就好像催人入睡的微风在坐满这些全白、半白和秃顶脑袋的圆桌上盘旋着。小矮个子也闭上了唯有的一只眼睛，旁若无人地打起鼾来。维亚兹洛夫一手握着手杖，一手支着下巴轻声打起盹来。扎拉沃夫，像乞丐一样，在桌下四处晃荡，用力地喘着粗气，嘴巴发出吧嗒吧嗒的声音。虚胖的、老太婆似的、不熟识的爱笑老头没心没肺地在梦里大笑着，嘴巴咽咽作响。

也只有洛日金没有睡过去。他不由自主地听了一部分讲座。那位受人尊敬的，但不知所措的俄罗斯文学史家故作自信地认为，所有果戈理式人物都可以分为重感情的、理性的、积极的和混合型的游手好闲的人。

而他的官方反对者，过去的中学教师，作为某位秘书的远亲入选研究院的那人，望着他，白痴般张着嘴把头偏向一边。

洛日金悄无声息地收拾好书，扣上公文包就逃离了阅览室。他大概不想白白地在会议上浪费时间。但是他研究中最需要的中篇小说目录不在手边。

然而，回家如论无论如何是不可能的。报告会后还要讨论他的学生中某位候选人问题。他总能安排好自己的学生——从最初的学术摘要到毕业论文，学生们无一不受到他的照顾、关心和指导。

他勉强地躺在一个斗室里。这里通常坐着的是那个拿着钥匙的暴躁的看门人。看门大妈不在——唉，随她去吧！但就这儿也没有他最需要的目录——《巴比伦王国纪事》①。

其实，他并不怀疑补写是可信的。吉洪拉沃夫错了，日丹诺夫提供的并非确切的读物。神秘的名字玛尔卡特什卡，玛尔卡多什娃，把罗马尼亚的帕列亚的编辑弄糊涂了，毫无疑问，应该是古犹太语 Malkat－švo，俄语的意思是——萨瓦女王。整个替换过程他都完全清楚。他不能想象这个名字出现在希腊音标里！是的，毫无疑问，神秘纪事的来源就是某个古犹太文本，其中的两个词没有翻译成俄语。两个吗？关于第二个他还没完全确定——那个目录，而且是最重要的，不在手边。

他今晚将验证自己的猜想，明天和犹太人交流一下，再过两三周大概就可以在梵蒂冈古代文学协会宣读自己的发现了。而还是那些灰白头发的人，他们歪着身子睡着，好像是被风吹歪的，一边在桌子上摇晃打盹，一边侧耳听着古代俄罗斯文学史《巴比伦王国纪事》。

"他与波斯国王的女儿订婚了，他命令她走进玻璃房子。他自己也坐到了玻璃王宫里。王后走进了玻璃房他的身边，她看见了一座小桥，水向她流了过来。于是王后的衣裳脱掉了。国王看见了她的身体，便把火放进玻璃房里。于是，修掉了她的下体毛……"②

人们睡醒后，会予以反抗的，也许是实质性的反抗。《巴比伦王国纪事》，哎呀！他们中谁不懂得问题文学呢？

深吸一口气后，他打开公文包并把书摊开。正教院名册中最后那个保存完好的文件引起了他的注意。他重新开始阅读它，尽量不去听那个

① 巴比伦王国（вавилонское царство），民间文学中的神奇国。
② 此处是古俄罗斯语。

关于游手好闲的人的报告，在墙外某个地方单调冗长地回荡着的，好像老式水管里流淌着的夜晚的潺潺流水。

但当他起身，在所研究文本中发现数十处线索用来证明自己的猜想时，墙外已经什么也听不见了。

他把书放进公文包，急匆匆地飞奔至会议厅。厅里黑乎乎的，空无一人，不太透明的窗户像云母一般在雪光或在沿岸灯光的映照下熠熠生辉。椅子还保持着人们起身时的姿态，都被无序地离开桌子堆放着。

显然，会议已经结束了。

洛日金不知所措地往回走，他关上身后沉甸甸的大门，尽量不发出声音。

真糟糕，这是怎么搞的？读入迷了，忘了，又错过了报告……随他们去吧，让报告见鬼去吧！可是候选人呢？唉，他们是怎么被否决的？

在脑子里盘算着所有的有可能投他学生反对票的人，把票数显示在手指上。他往下走去，来到了坐落在底层办公室的地窖里。

黑暗中他撞到了垃圾箱，惊慌地向它道歉。大钟上的灯光昏暗地照着。他看了一眼钟，被吓了一跳！哎呀，他这是在门房里看正教会名单坐了多久？这个不幸的老太婆又去哪里了——周围一个人也没有，而且大门入口锁上了。他徒劳地、轰隆轰隆地摇晃着大门，持续了三两分钟……

老太婆每晚正是坐在这个椅子上，隔壁就是解剖室。她真没有任何必要坐在这个位子，一坐就几十年，而现在，在最需要的时候却消失了。可能在教室的什么地方晃荡着吧！或者——更糟糕的是——回家了，而且把钥匙带走了。也许，只好在这里过夜了。但是，也许……而实际上，也许东方系的门还开着！

当他回到底层办公室的时候，他感觉到，学生时代学习过的地方让他觉得非常陌生。所有这些窟洞、陋巷和几乎差点长满苔藓的低矮的拱门都是从哪里得来的呢？不，不是那些地方，这个楼是陌生的，实际上是十二个彼得罗夫斯基委员。

他低声埋怨着什么，从走廊沿着东方系的楼梯往下走。这是什么呢，这些门都关着！

个头矮小的他，安静地裹着棉袄，回到走廊里，身体蜷缩着，在半冷却的蒸汽供暖管上暖着手。

他正对着第五教室坐着。第五个，是的，是的，他记得它……他在这儿讲过课……在这里讲过课的还有别的逝者……

于是他突然觉得自己是被故意锁起来的，是大家在对他耍花招，是人们在跟他开愚蠢的玩笑。明天所有人都会知道，他曾像公鸡一样蜷缩在杆子上，在空无一人的教学楼里待了一夜。可想而知，肯定睡在课桌下了，就算想破了脑袋也找不到其他地方啊！人们咒骂解剖师，看门人，表达同情，但是背地里都在偷笑，偷偷笑着，笑着。

他毛发竖立着，乱蓬蓬的，身子蜷缩着，手里的公文包来回晃动，这可不正像一只上了年纪、脱了毛的、怒发冲冠的大公鸡吗？他很快站起来，一路小跑地奔向走廊。但即刻他又平静下来。胡说，谁会想到和他开这种玩笑呢？谁能未卜先知到，他坐在看门人房里研究正教会的目录直至深夜而没被任何人看见？要知道，要是不仔细算的话，他连一个像样的仇敌也没有啊……但是，此刻他可算出了十来个敌人。

一阵响亮的脚步声惊醒了他。或是，大概吓到了他——对于这一点他自己不愿意承认。他坐下了。坐在第十一教室对面。第十一，对，对，他记得它，这里有着带纪念意义的黑板……这里上过……这里逝者上过课……

他迷茫地沿着走廊看。走廊延伸成一个空间，让人感到恐惧的空间。

教授久久地用手帕擦拭着镜片。空间恐惧症……他，想起，在中学，童年时期就饱受这种病的折磨……

他沉思起来。这个空荡荡的、黑黢黢的、陌生的大学，忽然在他看来是一个被毁坏的王国……这曾是一个刚刚结束了一场暗战的平台，在这里洛日金教授被一代人打败了。对，他这一代输了战争并撤退了——带着不计其数的损失，付出了无法挽回的孤独、衰老和死亡的代价。还有背叛行为！失败者为了仕途将他们出卖。投诚者最终获得了不值钱的位置。

至于说到他，洛日金教授，他仅仅因为无用被置于这个被毁灭的王国，这个空旷又嘈杂的战略基地。他输了战争。现在有谁需要这些关于马迈战役和巴比伦王国的小说呢？是的，他输了战争。他惊慌失措了。他被抛弃了。

他双手背在身后，久久地站在书架前，目测着黑色书脊上的书名。

"《原俄罗斯－希腊教会神职作家历史词典》。"他大声读出来又郁闷地吧嗒了一下嘴。

不对，他完全不是放在这里的，这本词典……博尔霍维季诺夫词典？它不是放在这儿的。我记得，这里通常是部门手册，俄罗斯部门手册放置的地方。

他挥挥手，接着往下读。毫无新意，他都快站着睡着了。可是，在报告会上当所有人全都睡着了的时候，他却没睡着。唉，他现在也睡不着。

最后，他来到了大学时就不喜欢的走廊这块地方。三十年来他一直不喜欢这里。走廊对他而言并不尽相同。这个地方应该属于物理办公室。或者，更准确些说，是物理办公室放骨头架子的地方。骨骼模型在窗户里伫立着。唉，随它们去吧……

教授咳嗽了一声，转过身往回走，向图书馆的方向走去。

三十年了……唉！三十年前他还是编外副教授。三十年前他最害怕说错名字或是弄混日期。那个时候都不说谎……而现在，有时候就是撒谎。了无生趣，有时候就是在瞎说着日期！

几何图形般的昏暗灯光照在正方形的木板上。为了看时间，他没有往下走，而是去了档案室。离早上还有很长时间，他还来得及。看时间，这是他整晚唯一可以做的事情。不值得经常重复这一乐趣。他在想什么呢？……

他用手托着脑袋再一次来到蒸汽供暖附近。

不对，开始追逐第二春已经晚了，如果第一次是被科……科研扼杀的话？大概是科研！

他半睁半闭着眼，几乎快睡着了，记忆中闪现并停留在第十一教室半开的门的一瞬间。他想象着看了它一会儿，之后睡梦降临。

他脸色苍白，两耳竖着，像个日本人似的从椅子上跳下来，不顾上面的皮包和皮袄。教室似乎是空的。里面满是灰尘。雾蒙蒙的晨光洒进布满灰尘的课桌间。他在门口站了一会儿，轻轻地点了下头。这也许可以看成是鞠躬。他鞠了一下躬。他这样做像是教室里还有学生们在等待他。像是在催眠后的昏睡状态，他登上讲台，稍稍弯下腰，缓慢地坐到椅子上。

不，从来没有，即便是刚开始授课的那段时间，心脏也没有像它现在跳得这么快，在这个空荡荡的教室面前。

不过，他教的究竟是什么？关于孤独、衰老？除了文学史《巴比伦王国轶事》之外，究竟是什么？

他双眼蒙眬地看着眼前梦境般的布满灰尘的课桌，然后看向纪念碑："副教授尼古拉·瓦西里耶维奇·果戈理－亚诺夫斯基曾在这里讲过课。"

　　"这样的话，决不投降，"他用手擦了一下额头，倔强地说，又重复了一次，更大声了些，"决不投降!"

第二章

爱吵架的人

1

档案室和书架之间的魔力圈被冲破了。克克切耶夫被任命为编辑。

哈尔杰伊·哈尔杰耶维奇发出的噪声界限已成为过去。哈尔杰伊·哈尔杰耶维奇自己突然变成了一个极其微小、极其多余的人，这种人既可以被申斥又可以被人忽视。

但是，长大后的小克克切耶夫和自己的父亲长得十分相像。他学着老克克切耶夫的样子，也开始抽烟。他学会用空洞的眼神看着他不需要的人。下楼梯的时候，他会挺着相对不算大的肚子向前，并可以很轻松地钻进门里。像这样钻进门的，整个列宁格勒也只有一个肚子——毫无疑问，正是那个被赋予一副最热心、德高望重，甚至有着温柔面孔的康斯坦丁·伊万诺维奇·老克克切耶夫。但同时，相较于父亲，他又显得微不足道。真正的气魄他并没有。他虽然追名逐利，或者说——过于自信，但是微弱一些。为了不拿自己的平安顺遂冒险，他非常安静地成长。

任命的最主要结果是：编辑职责使他来到第六层楼。

人们对待出版社的第六层楼的态度是双重的，甚至是三重的。第二层、第三层和第五层对待第六层的态度是有所不同的。关于第六层流传着模棱两可的传闻。它被称为聊天室楼层。

这几乎是一个俱乐部。这几乎是公务俱乐部。为了使之变得更有文学性，文学本身还不够——相对不足。

在这个俱乐部里，作家还没有泯灭。他们在里面组织各种会晤——公务的、爱情的、文学的，他们诉说着自己的构思，哭诉着缺钱，向第六层的领导们解释自己的学说、政治和意识形态。他们仅仅因为下楼去出纳处才中断这些谈话。

他们排着队。长得像塔拉斯·布尔巴的秃顶出纳，不停地往窗口外取单据。他是一个冷漠、秃头的出纳员。不言而喻，他甚至不曾怀疑文学从未离出纳处如此之近。是它①从出纳处前方走过并窃窃私语。

登上第六层楼来到公务的、几乎是文学的俱乐部之后，他找到了新的话题。在楼下出纳处逛了逛，宛如精神复苏，对他的哲学、政治和意识形态起了效果。

克克切耶夫以前就在作家中混了。还是大学生的时候，他无意中在新年的文学周年纪念晚会上碰到过他们。在这些晚会上，他作为一年级学生，一个劲地喝酒，果断地打算去体会年轻才有的所有优势。要是喝完第三杯后没吐，他就会将年轻且好色的手放在同桌女性的膝盖上。

那时，他并不喜欢作家。但是现在，由于职责的关系，开始高度珍视与他们的结识。他明白，莫斯科的出版社里充斥着选拔工作的斗争。莫斯科——是庞大的、公务性的，总显示出正确无误的姿态，凌驾于出

---

① 指文学。

版社之上，并质疑它存在的合理性。莫斯科看起来像是一个女赢家——因此，它是不容置疑的。它用严酷的手缩减预算，减少编制。它的怀疑魄力充斥着每个项目。

为了生存，需要转变出纳部门的工作方向——正因为如此，在出版社里与作家私交甚好并善于认真地利用这些关系的人们才备受推崇。

但是有一天，克克切耶夫无意中却成了差一点颠覆其之前关于作家作为出版事务出纳方的所有思考事件的见证者。

2

作家罗伯特·秋芬在房间里走来走去，不停夸张地挥着双手。克克切耶夫立刻认出了他——凭着那双大大的眼睛、过于随意地披在宽阔肩膀上的皮袄。

秋芬干瘦、宽肩，大大咧咧。他的名字配他再合适不过了。一方面，他就是罗伯特，甚至是罗伯特-魔鬼，带有演讲家式的激情，装模作样的动作，像电影一样浮夸的讲话；另一方面——他又是秋芬，即是一个热心且官阶不高的人。

他变成魔鬼罗伯特的那些日子，对于他的妻子、朋友和出版家而言是十分难熬的。他走路有点驼背，好像处于赠给他全部俄罗斯文学遗产的重压之下，说着某种崇高的却又抽象的词语，还开始庇护坏蛋。

如果只是自己的时候，他则友好得多，有些清瘦，也比较聪明。当他只是秋芬的时候，他诗意的蓬松头发看起来像个教堂执事。

写字桌旁的圈椅里坐着一个蜷缩着的、留着剪短的灰白胡子的老头。小胡子享受地梳着头。他喝醉了。他睡着又苏醒过来，对着面色红润、身体健壮、以一种可笑的姿势坐在桌边的编辑吹着口哨。

在窗边，站着一位诗人，他将手揣进大衣襟里，高傲地仰着头，表情傲慢，不单是克克切耶夫一人所熟悉。他没有听秋芬说话，高高在上地看着小胡子。显然，小胡子的行为本身，即梳头和睡觉，在他看来是一种屈辱。

"文——学！你觉得，什么是文学？"秋芬瞠目问道。他转向正在听他说话、冷漠地沉浸在克克切耶夫送来的校样中的编辑。

"文学——这是一个有机体！所有我写的，是本性所固有的！时代！"

壮士扶了扶眼镜又挖苦地笑了笑。

"正是本性所固有的！"秋芬坚定地重复说，"要是我的话，我说的是，我就在写小说……因此，要知道，这同时也是一个有机体！你瞧！每一页就是一个灵魂！你可以想象，鬼知道我在哪里，在基辅省住着一个农夫，熟识的农夫。你能吗？"

"你在臆想。"壮士无意义地嘲讽着说。

"这个农夫，对我而言就是——时代。亲爱的，要知道，这里面蕴含着所有的文学力量，"他突然温和地补充说道，"你在撒谎，你是懂我的！过去我这样写给自己，让她见鬼去吧，由于一腔孤傲很多都没有出版。而现在不是了——在胡闹！现在，每一句话！所有！所有的都该出版！因为我自己也不属于自己。我属于谁呢？时代！"

"好样的，好样的！"小胡子赞同地说，徒劳地把秋芬拉近些，"美好的心灵！真正的，俄罗斯的！对于大家来说就是好的！只有一点不好——不懂历史。用脑袋担保——不懂啊！但我却懂。我懂历史，懂得很。哈！真好！"

完成校样检查的克克切耶夫，将它放在壮汉的桌上就往门口走去。再待下去不太合适——他非常遗憾地离开这个房间。走到门槛时遇见了一位高个子的、昂头挺胸的、方形须的新作家。

已经走到门外的他，还听到小胡子这样迎接进来的人：

"你——你——你，俄罗斯文学的君主，我们向您献上一卢布极好的敬意，来自海外的跳高运动员，昨天怎么没来我家喝酒呢？你这么笨手笨脚的，怎么把老朋友都给忘了？你怎么……"

3

没有任何理由认为迷雾下的涅瓦河是一片陆地。自从诺金抓着狮子鬃毛下到冰上，他就感觉自己像脱离了城市，脱离了时间和空间。此刻，理念世界主宰着平等桥与施密特中尉桥之间。理念在德拉戈马诺夫的嘴上冒着热气。

他沿着布满干硬雪粒的狭窄小道走着，说着元音同化的问题。干涸的冰冻地带消失在他的身后，前方又出现了另一条像底片一样的冰带。向左还是向右？也许——一直到港口都弥漫着连绵不断的、单调的、非棉絮状的、圣彼得堡的、彼得格勒的、列宁格勒的迷雾。

"……对此毫无相信可言，"诺金重新想了想，"这个谈话竟发生在俄罗斯，在苏维埃共和国，在 1924 年。有可能，这是一次横跨涅瓦河的行走，发生在另外一个时间里，是他和德拉戈马诺夫间的晚间行动，另外一个特别的大地，19 世纪的大学，就横亘于迷雾边界之外。"

诺金面前出现的是一位优秀的阿拉伯学家，这位年轻而高傲的先科夫斯基教授，跨过普希金的涅瓦河，将凹凸不平、面带嘲讽的脸部藏在外套毛茸茸的领子里。诺金想起先科夫斯基或许并非偶然。诺金读他的作品已有两年了，还没有决定是否要单独研究。

"……所有这些音乐都是从建立在辅音组合基础上的语音重复计算

中呈现出来。"他听到，忽然又明白了，而德拉戈马诺夫挥动着长臂、反复嘟囔着什么，既没听进去，也没明白。

"鲍里斯·巴甫洛维奇，为了这项工作，他本该读读，哪怕是万德里耶斯。"他瞎蒙着反驳道。

幸运的是，德拉戈马诺夫没听清，万德里耶斯在这里完全是风马牛不相及。

"与此同时，没有任何统计表明这样的组合占优势。"德拉戈马诺夫停了一会儿又突然往前远远地甩一下一条瘸腿，"只要在大脑中计算一下，口语中元音和辅音是怎样的数量关系，嗯，比如我们说，句中'布鲁克，布鲁克，你的头在哪儿，什么时候你计算语音重复的?'"

一个身着毛茸茸短上衣并戴着高筒帽的女人，突然靠近，又消失在身后，消失在云雾后。

诺金笑了笑，他感觉到面部皮肤被冻得干巴而冰冷。他报以微笑的不是这个女人，是另一个。"我知道，就算把它变成什么人，可让它往哪儿藏自己的裙子呢?"他浮上心头。他们是在谈论写生画。这天晚上他还是第一次看到写生画。

"是的，这真有趣。"他瞎蒙地断定，又过了几分钟，他一边扶着德拉戈马诺夫，沿结冰的坡堤岸走着，一边惊讶地确信，他面前的这位同行很早就在发展整个马戏艺术哲学。

"即将到来的是这样一个时刻，"德拉格马诺夫冷漠地说，"当人们整夜地拜访作家和哲学家，像拜访茨冈人一样，乘坐着三驾马车。他们成群结队，由于嫉妒互相折磨并全部灭亡。那时候，健康、欢快和笨拙的杂技演员会夺取政权，还会展示什么是真正的广场、堤岸和街道艺术。

"这将是杂技演员的王国，参照的是科学家们眼中柏拉图王国的样式。请您给我指示一下长达一个世纪中如此仔细地遵从自然选择原则的异样的艺术。一个赤裸着身子的人，拉紧绳索，厚颜无耻地笑着，在云端下行走。世上没有一个诗人不是为展现自己的艺术而陷入如此的危险境地，而且没有一个诗人离天空这么近。"

诺金不能理解——他是在开玩笑还是说真的。他显然是在开玩笑。而且，在他对杂技演员的欣赏中能感觉到一个瘸子的嫉妒。

他们都是作为德拉戈马诺夫无数朋友们之一而归来的，有一位自称卡伊罗·佐藤的杂技演员。他并不是日本人。他有一个纯正的俄语名字，简单得像烟雾一般。

他们走过大学校园，一位个头不高的灰白头发的人，隐没在警卫皮袄里，从已被雪掩埋的岗棚里面警觉地望了望他们身后。

诺金准备告辞。德拉戈马诺夫简短地问道："喝茶吗？"没等到回应就径直往前走去。经过校长办公室，他停了下来，尽量浏览了一下，应该无须看那贴在进门处的某个通知。诺金点燃火柴，用手护着火苗。这是通知已故教授叶尔绍夫的朋友和熟人葬礼的时间和地点。德拉戈马诺夫看了一眼通知，冷漠地挥了挥手。

"我知道，读过了。"他百无聊赖地嘟囔着。

夜晚，大学院子里，横着马路矗立着样子拙劣的楼房，它却有一个恐怖的名字"Jeu de paume"①。他们在大门下面走着，走向第二个院子，靠近了大学宿舍。

诺金打开门，停下来，让德拉戈马诺夫先进去。德拉戈马诺夫钻进门，立刻转过身又面无表情地向他伸出手。好像是恰逢其时，可以摆脱自己的学生了。至于什么茶，他不再想起过。

---

① 此为拉丁语，意思为：掌上游戏。（原注。）

德拉戈马诺夫快速地，甚至有些粗鲁地把手从诺金那儿抽回，随后在他身后关上了门，他在黑暗中开始往楼梯上爬——像士兵一样跛着一只瘸腿，又像女人一样矫健地滑行着。

他不顾及天色已晚，卖力地用男低音唱起法国小曲。

当他艰难走近离厨房不远的自己的房间时，一股刺鼻的恶臭味笼罩了他。房间里亮着灯。他皱起眉头——在脑海中盘算着所有可能等候与他见面的人。最好的情况，可能是债主之一，他乐意向不太熟悉的人借贷，最糟糕的是——妻子回来了。想必，最后一个推测迫使他有点着急地打开了门。

一个清瘦的、带有知识分子那般令人生厌的面孔的老者蹲在桌旁，并且双手沿地板摸索着。还没来得及站起来，他无助地用一双深蓝色、惊恐万状的眼睛看着德拉戈马诺夫。

这个人不像是那种为了拿钱不顾深夜而出现在债户面前穷追不舍的债主，更不像是德拉戈马诺夫的妻子。

他看上去惊慌失措，十分不幸。

德拉戈马诺夫笑了一下，点头致敬后就坐到了床上。他浅蓝色的无助的眼睛和灰白的学院派胡子博得过赞赏。

"洛日金，"老头气哼哼地嘟哝着，胡乱地伸出手，"我不懂，搞不明白眼镜是怎么掉的。好像是打碎了，发出很响的声音。不过，但愿镜片还是完整的。"

"让我来帮您吧。"德拉戈马诺夫严肃地回道。他拿起旧雨伞，开始在桌下搜索着。一堆马铃薯皮、鲱鱼头，还有某种废物被拨弄到房间中间。洛日金不明所以地用腿碰了碰它。德拉戈马诺夫脑胀起来，生气地把这一堆又塞回原地。

这时，他才注意到床没有铺，桌上和手稿一起堆放着面包渣，灯上面还挂着漏洞的袜子；窗户上挂着脏兮兮的床单。他站起身来又忧郁地看了看洛日金。

教授酷似一个无辜的、几乎是随时准备哭起来的孩子，他眼睛深蓝色，蓄着学院派胡子——徒劳地尝试把火钩子塞进床底。

德拉戈马诺夫冷静下来，很快找到了眼镜，它就放在总是被丢失的那些东西里面，在最明显的地方。

"找到了?"洛日金以一副精神焕发的面孔问道。

德拉戈马诺夫若有所思地看了一下眼镜，又突然把它塞在窗户旁的报纸底下。至于这样做的目的，他自己也不知道。一分钟前，他脑子里还没有出现过要玩弄备受尊重的拜访者的主意。而且，这是一种忧郁的淘气。他累了，他想睡觉了。

"没有，"他肯定地回答道，"没找到。您坐下吧，斯捷潘·斯捷潘诺维奇。它会找到的。真的，它不会凭空消失的。"

洛日金用手摸索着坐下。

"没有，您看到没，没有眼镜说话很困难。"他忧伤地说，"您认识我吗?"

"我们很荣幸在大学二年级和三年级听过您的课。"德拉戈玛洛夫从容自然地，又造作而礼貌地回答。

"我也听说过您很多事情，鲍里斯·巴甫诺维奇。非常多……我，大概打扰您了吧? 已经很晚了，看来您也许已准备睡觉了吧?"

"得了吧，睡什么觉啊。我都是四五点才睡。"

"怪事，"他急忙嘟囔说，突然脸红了，因羞怯而脸上泛起绯红，"来找您，我深知想和您说些什么，但现在不知怎么地一切弄混了，我不知道从哪里说起。"

德拉戈马诺夫暗自满足地看着他，这一点他自己也不想承认：编内教授在他面前脸红了，脸红得不知所措。这太有趣。这意味着暴动——一次不大不小的、大学里的、书本里才有的暴动——成功了，以他的胜利而告终。他用肮脏的房间、同骗子的友谊、学术会议上的吵闹来暴动。

可是，洛日金马上恢复了常态，庄重地紧闭嘴唇，有意地看着德拉格马诺夫周围。

"您肯定没想到，鲍里斯·巴甫洛维奇，"他说，"我来找您是为了请您帮个小忙。我来此虽然凭个人意愿，但我准备作为一名最年长的人、不隶属社团的成员来和您谈谈。"

德拉戈马诺夫在上衣口袋里翻找到香烟，冷笑着递给教授。香烟不好，是三等的。

"我听说过您，"他严肃地回答说，"虽然我自己也不完全明白，您如何理解这些话。嗯，什么样的社团？大学的？"

洛日金站起身，撞到了椅子，又气喘吁吁地在房间里走来走去。

"要知道，我不认为无论什么样的社团都可以命令自己的成员遵守行为准则……"

"在我们的时代。"

"尤其是在我们的时代。我完全不希望您把我的建议看成是侮辱的含义。但就我个人而言，所有这些都很少能让我感兴趣……"

德拉戈马诺夫靠近桌子，将胳膊肘搭在书边上，用手托着头。

"而到底是什么吸引我呢？"他若有所思地问道，天晓得他为什么没听到回答。洛日金用平稳安静的、像是在梦中的声音说着什么。他在手上转着笔而且此刻看起来十分激动——正像人们在梦中那样。德拉戈马诺夫通过眯起的眼缝看着他。

他回想起大约十年或十二年前，他还是一年级的学生，每天都在学校大门入口遇见洛日金——戴着高筒帽，身着丝绸翻领大衣。对于一年级学生而言，每个教授都是大地之神的化身，学生们都小心地鞠着躬。

教授礼貌又冷冷地抬了抬帽子。而且金色的眼镜，不是躺在窗户旁报纸下的那个，像鳞片一样在阳光下闪闪发光……尽善尽美的体系，在那个时候沿着地面行走着——戴着镜状的高筒帽，穿着丝绸翻领的轻型大衣。

"您认识他吗？"他听到一个很近的声音，又回过神来。

"抱歉，我没听到……谁？"

"叶尔绍夫教授？"

"啊，怎么了，当然认识。"德拉戈马诺夫将第二个胳膊肘放在桌子上说道。

"这个人，"洛日金带着稍稍旧派的庄重说，"从十八岁起就把自己献给了科学。过着隐士的生活，和谁都不见面，从早工作到深夜。年轻的时候曾经疯狂地迷恋上一位优秀的、可敬的女士——我本人认识她——我不怀疑他把她献给了另一个人。从此远离朋友，不允许自己任性半点。大家都相信，这得益于类似的肯定，他至少会成为欧洲范围内的大学者。上周为他举行了葬礼。一事无成。既没有结婚，也没有成为学者。要知道，其实，他用二十五年写了一本书，但那本书糟糕透了，没法看。"

"他大概是疯了吧？"德拉戈马诺夫睡眼蒙眬地问道。

"是，疯了，"洛日金急忙确认道，"在从事学术研究二十五周年纪念日那天发疯的。据说，拿了一张纸，将它分成二十五份，开始做总结，然后发疯了。"

德拉戈马诺夫同情地摇摇头。

"我有件事没想起来，"他若有所思地嘟囔着，"要是没错的话，您，斯捷潘·斯捷潘诺维奇，是从九八年还是从九九年就开始在大学里工作的？"

洛日金在房间中间停下来，皱起眉头，他变老了，布满皱纹的黑黝黝的脖子从衣领里露出来。

"他像一个日本人。"德拉戈马诺夫突然想到。

"怎么，您真的认为我在二十五周年纪念日前也一定会发疯？"

"没有，没想过，"德拉戈马诺夫客气地说，"不一定会发疯，为什么呢？……"

洛日金看了他一眼又大笑起来。

"这里，你要明白，犯了一个大错误，"他说着又重新坐下，"也可以说，不大的，相反，微不足道的，小到什么也算不上，以至于它很难被发现。但是在完成任务情况下犯的错误，在解决之前却要花费太多的力量。这位年迈的、沉迷研究手稿的斯拉夫学者坐在科学院庄严的会议上，思考着，按照自己的志向本应该成为驻地记者。突然间觉得这一切都是胡言乱语。还有更可怕的，二十五年来这些任务的条件已被遗忘……"

他又说了几句就闭上了嘴。房间里一片沉寂。有一瞬间他甚至觉得房间里除了他什么人也没有——他一个人面对着无意识的、失去意义和形状的物品。他慌张地眨了一下眼睛，从椅子上站起来。躲在阴影里的德拉戈马诺夫睡着了，轻轻地呼吸着，把头枕在手上。

4

在平等桥和施密特中尉桥之间，在破碎的月光、雪夜下，涅瓦河流淌着，雾在散去，渐渐复苏的城市喧嚣着，渐渐变亮，迎接着冬日的晨曦。

此刻，诺金将双手背在身后，昂头看向漆黑的天空、残月，走在平等桥和中尉施密特桥之间。

一天结束了。德拉戈马诺夫将大学、语言学抛诸脑后直至凌晨。此刻他是自由的，他可以想想中学好友、大雪纷飞的去年，或者哪怕是今天他第一次看到的女人。

她叫维拉·亚历山德罗夫娜。嗯，那又怎样呢？不，没什么特别的，他只是想起了名字而已。

距离岸边不远，他把手套扔进雪里，走了几步，迅速转过身来跳起来，又微笑着把它递给……谁？他气恼地耸耸肩。真是冒失，梦想……文学！

然而，他甚至还牵起过某人的手，为了助力攀上沿岸的陡峰。周围阒无一人，他一个人走着，看起来这还蛮有趣的。

他腼腆地微笑着，还时不时地窃笑一阵——怎么了，老兄，爱上别人了？你是恋爱了，弗谢沃洛德，是不是？——他在靠近海军部摆轮被压得平平的桥面上滑行着。

在涅瓦大街的出口，篝火在摇曳着，他走近火堆，试图吸根烟——他用冻硬的却兴高采烈的嘴巴，向警察打听着什么。警察用手套捂着脸，从外套领子里抖落出融化的雪花。此时诺金无缘无故地开始傻笑着。他不停地叨咕起来。他为什么把所有的烟都给了警察？大家都在笑他，他自己也笑自己，快认不出自己了。篝火燃尽后所有的人都四处散去。最后，他估摸着该回家了，夜已深，他在恋爱。

但是，也许这一切都是一时意气，是幻想，还是小说？

5

严格地说，在纳里齐纳亚胡同只有一栋房子。上帝知道某个来自公共事业部门的怪人，回想着他家门上钉着的带有 34 号的灯牌。在战前，纳里齐纳亚胡同是不能炫耀房号的。同样，这种房子也没理由被称之为死胡同。革命憎恨胡同，拼命毁坏和拆散所有与人行道横着的房子的每一块砖瓦。胡同都被变成小巷。然而，很少有行人能在这样的小巷里散步。可能只是任意一个无视穆斯林教规喝醉的、收破烂的鞑靼人，他路过此地，挥舞着空袋子，用俄语骂骂咧咧，抑或是从某个地方钻出来的流浪汉在他后面奔跑，向他扔石子，戏弄他的长袍，高唱道：

"鞑靼人－异教徒

把猫放进口袋里……"

而那些突然了却自我牺牲愿望的鞑靼人，则默不作声地解开衬衣，并将褐色的脏兮兮的胸膛裸露在碎石和一团团纷纷抛向他的泥巴之下。

房子里，大半住着的是拾荒者和流浪汉们。这样的选择，大概是由不远处废墟上擅自建造垃圾场所导致的。众多垃圾在纳里齐纳亚胡同周围堆积如山。这是当地的比利牛斯山，捡破烂的人从早到深夜都坐在里面，呼吸着混浊的空气，用钩子和棍子在垃圾里翻寻。

而且，这座比利牛斯山具有很坏的名声。各种群体和出身低微的人都在废墟上宿营，甚至警察也不经常向人提起，除了现金胡同，这里还有豌豆胡同、壁毯胡同、喷泉胡同。

诺金住在四楼，一间破旧、潮湿、无人照管的公寓里。其主人是一个半死不活的鞑靼老头，他躺在一个巨大的宅厅里，在自己整个住宅的中间，同时用缺乏活力的双眼窥伺着亲戚和教友如何偷走他的财产。陷入疯狂的老太婆，每周都来他们这儿找事。偶尔，整晚诺金都被隔壁的吵闹声、轰隆声和疯狂的叫声惊醒。老太婆向他们扔椅子，咒骂病人，用鞑靼语或俄语骂着，最后又用某种魔鬼才懂的语言。实在不懂她有什么不满意的。也许是，缓慢死去的老头子刺激了她。

诺金不想费劲去入睡，他披着被子，久久地在房间里走来走去，在黑暗中注视着自己烟卷里的红色火星。

由阿拉伯字母组成的不熟悉的单词印刻在他的脑海里，两三个小时睡眠后逝去的疲倦又朝他袭来。他最近工作太多——这不只为了控制眼前报纸字里行间滑过的夏天那疯狂事件带给自己孤独的苦涩意识。进入学院后，他迫使自己确信，这种孤独感对于工作本身是必需的。

不，还有一个更为近似的理由迫使他用手掌捂住耳朵，那就是不停地对着阿拉伯语文件工作，直至黑色房檐板再也遮不住那精密的像蜜蜂腿般分辨不清的轮廓的时刻。

于是，他走到窗前，看了几个时辰的棕红色云朵，垃圾堆似乎将大地变成天空。

最终，残酷的持续工作，渴望颠覆所有语言思维的贪欲还是占据了他。仿佛是，只要转动一下大脑里的某个杠杆——一切就都会无影无踪：无论是涅瓦河上的夜晚，还是隔壁老太婆的咒骂；阿拉伯语变位像巨大的节拍器，在他的声音中，在鞑靼人的住宅上，在房子上，在整个胡同里砰砰作响：

赌鬼，嘎达达，嘎达嘎达，达嘎达噶……

棕红色的云彩飘移而过。在夜里的涅瓦河上，他做了一个玩笑般的痴梦，最后，他遇见了一个可爱的女人，或许是再也不会遇见的女人？这都太荒唐了！他的血液里漫游着浪漫和文学，太妨碍他背诵没有激情的阿拉伯语的变位系统：

赌鬼，嘎达达，嘎达嘎达，达嘎达噶……

他一头扎进语法里学习单词，好几个小时在喉音上拉扯自己的喉咙。他为之工作的教授，年轻而优雅，开始对他微笑，两个老姑娘——在俄罗斯－巴勒斯坦协会工作的他的同年级同学——开始憎恨他。

只有一次，只有一个无聊的意外使他停止了学习。

这个晚上，他首次着手翻译古兰经。他在翻译的是简短却充满激情灵感的第一章。它需要区分不同的语法形式，可他却忘了这一点。他大声地朗读它，忘记了隔壁病歪歪的主人和睡眠像看门狗一样灵敏的老太婆。

他还没读完，有人轻轻地敲了敲他的门。敲门声很微弱，像指甲或者订婚戒指发出的一种声音。诺金站起身来，推开椅子，小心翼翼地听了听。没有人会在这样的深夜时分来找他；他向前移动了几步，觉得要么是掉落灰尘里的蛐蛐在叫，要么是老鼠在角落里捞石灰。

他有些不安起来，但还是微笑着去开门。门再次被敲响。一个留着卷曲难看的胡子、身着厚呢子大衣、脚上穿着便鞋的小老头，站在他房间的门栏上嘟囔着什么。看上去，他对自己的勇气感到有些惊慌。过于疲惫的诺金，为了不表现出来自己的惊讶，默不作声地看着他。

"怎么也无法入睡，"老头抱怨道，突然又靠近诺金，开始饶有兴趣地观察他的房间，"也许您的工作可以小声些或者不要发出声。我怎么努力都睡不着啊。要知道，我每个中学同学都数遍了，像医生建议治疗失眠那样用力呼吸，唉！怎么也不行！因此才决定来打扰您……真是抱歉……"

"您在这做什么呢？"他向诺金问道，"您怎么来到这个房子的？"

"我来到这儿，来到这个房间，是一个房客，"他详细地向老人解释，又悄声说道，"我住这儿已是第二周，第二周了。您或许是工作繁重的缘由，一直没来得及注意到我。"

他抬起头谄笑了一下，他那毛发丛生、显得蓬乱的面孔有点像一副狗脸。

"难道都已经第二周了？"诺金急切地反问道。他忽地感觉，这种疯狂地、闭门不出地研究阿拉伯语法的工作，几乎使他丧失了理智。

"哎，再一次抱歉，"老人腼腆地重复说道，"真抱歉……我以防万一敲了门……也许大声也没什么。我尽力睡吧。晚安。"

他再次看了房间里的诺金一眼，转身径直向走廊走去。这就是哈尔杰伊·哈尔杰耶维奇，手稿保管员，爱嘟囔的文书。

真是怪事！当诺金望了一下他的背影、步态，不协调地来回摆动着左手、每走一步都会仰头的习惯，都使他想起了……谁呢？

"弄反了，您竟然向我道歉！这是我在妨碍您入睡。晚安！"诺金忽然醒悟过来忙喊道，尽管走廊里已没人了，他关上门返回到自己的工作中，然而，他感觉到这个第一章的高雅并不适度，太过文学性了。他合上《古兰经》，翻转了开关，开始脱外衣。

快睡着的时候，他决定这周一定要去趟列斯诺伊。列斯诺伊住着社团的经济学家——他的老乡和好友。大概有半年没去找他们了。

他突然想起他们中的那个人，有着长长的、忠诚的鼻子——他还第一次在自己的整个隐居生活中开心地笑了起来。

6

涅克雷洛夫睁开眼睛，片刻又闭上。他半睁半闭着眼睛。早晨来临了。显然，他该起床了，或者已该起来了。起来去谁那儿？或者该去哪儿？一些公务谈话在等着他。是的，他会起来，会起来的。

到现在他才发现自己躺在一个陌生的沙发上，在一个他不记得的房间里。他留宿在苏谢夫斯基家。苏谢夫斯基是个好人也是个酒鬼，但他还是一个差劲的作家。除此之外，他发财了——去年里，这个绣着鹤的屏风还没有呢。"他们躲在自己的列宁格勒的窝里变富了，"他思索着，"苏谢夫斯基不该发财的。如果换个皮质的办公室，他就完全不会写作了。"

清晨的寂静和朦胧交织在他的脑海中。他有些生气，阴着脸，活像一只鼹鼠，起身快速穿好裤子。他在餐桌上看到了凝乳罐上粘贴的字条："维克多，吃饭吧，亲爱的。我五点之前回来。夜里，德拉格马诺夫打电话来找过你。记得昨天的教训，我没敢叫醒你。"

他呼哧呼哧地把洗脸盆里所有的水都淋到自己光秃秃的头顶上。

"我四点左右去找德拉格马诺夫，"他决定了，"真讨厌，他没有电话。"他迅速吃完桌上所有的东西。一种冷肉他很喜欢。或许，他就需要这样的生活——每天早上和这样的屏风、冷肉一起？

于是，他决定不再吵了，不离开列宁格勒。

"问题是，他们傲慢无礼，"他暗自喃喃道，他确实受到了苏谢夫斯基某个收据条上回复的刺激，"他们太傲慢了，觉得自己完全是那种伟大的作家，甚至都无须互相嫉妒。连他们的妻子们都越来越少嫉妒了。夫人们都找到了自己的事情。男人们互相尊重，而女人们买家具。很快地，沙发都会穿上了套子，而我会被责备还没有给自己买细毡帽。人才啊！"

他又想起大约十八年前彼得堡还游荡着专靠中学生过活的流浪汉。由于羡慕一个中学生，他站在队列里对他喊："经典作家先生！Caro, arbor, linter, cos!① 经典作家先生！Sic!②"

于是，经典作家们请他吃自己的早饭。

7

自出版第一本书以来，已满十五年了，那件事却一直让他难以释怀，那就是他的名字——维克多·涅克雷洛夫——看起来像个糟糕的笔名。

当一个人敏锐地意识到他所经受过的奇怪直觉的时候，当他为自己的姓氏感到陌生的时候，他经常苦恼不已。

他是偶然发现自己的姓的。它妨碍过他的工作。他时常品尝着其不同的意味。这个姓是假的。可他是讨厌假名的。

到目前为止，他还可以轻松地生活。他本可以生活得更轻松些，假如没有过多意识到自己的历史职责的话。他有过这样的历史责任，却过多地提及了它，在文章、杂文和书信中。责任让人疲惫不堪，所以他开始感到其实他并没有责任。虽然他随时准备参与到历史进程中，一点儿也不管别人有没有请求他。

他称不上一个宿命论者。他善于掌控自己的命运。但他的身材和圆圆的脸庞仍然有点娘。也许，从身为德国音乐家的祖父那里继承的敏感赋予他这种相似。老实说，他爱哭一哭。当然这是很可怕的时刻。

时间被他支配得恰到好处，自传比文学作品卖得好。但是，和谁都不能商量，也不能向任何人咨询文学作品，这使他改变了自己的态度。

---

① 此处是拉丁文，俄文为 Плоть，дерево，каноэ，потому что！（肉体，树木，独木舟，所以！）
② 也是拉丁语，俄文为 Так！（就是这样！）这两个地方都没什么实质意义。

他在自己作品中抱怨生活将他抛到背离真实事件的一边。他没有意识到这是一种嗜好。

他写过好作品——关于自己和自己的朋友。但是他很早就背叛了这些朋友——他们对他而言只是打发孤单和疲劳而已。他发胖了，疲惫来得越来越频繁。

严格地说，他给朋友留下的都是他的轻松愉快、他的青春印象。无论是轻松愉快还是青春，都永远不会再来，他磕磕绊绊地过着没有这个或那个的生活。然而，他还有人可以去爱，一切都像从前一样。每个人在他面前都有弱点——他也被宽恕了很多。

有时，他周围的一切都动起来，活跃起来，开始走来走去。那时候，他没有重视自己的慌乱、急躁和机智。而现在，无论是这个还是那个或是其他，他都比之前看得更重。逐年地，他越来越不理解人了。他对人丧失了欣赏品位。偶尔这一点也会转移到书上。

他秃头，不显稳重，并且爱好虚荣。无数女性在他周围趋之若鹜——经常因为裙子，他既看不到妻子，也看不到太阳。

他的文学生涯就要走到尽头。事实上，他写的都是关于自己个人的，传记素材也已殆尽。他独自站在马路对面。出路还有很多。但是他缺乏勇气回到历史中或者文学史上。他并不愿意在三十八岁就意外地死去。

8

在出版社入口，他碰到了穿着阔气皮袄的阔气人——罗伯特·秋芬。

认出他时，涅克雷洛夫开心不已。这就是他从早上开始就想得罪的人！他甚至不需提前准备用随便什么过渡的话语来制造怨气。

"写什么呢？"他随口问道，"又是长篇小说？大家都在写长篇小说。全世界都是。三部曲、四部还是五部？"

秋芬严肃地看了他一眼。他不太懂这些玩笑。是的，况且这里没有玩笑的意味。

"虽然不是三部曲，但还是实实在在地写小说，"他小心回答道，"您呢，在莫斯科也开始做这些事吗？"

"要是我告诉你情节的话，你打算给我多少钱？"

秋芬高傲地大笑起来。

"不，不需要，"他边笑边咳嗽地说道，"我对自己的情节了如指掌。你算了吧，真的，现在都有各自的情节……"

"你竟然白白地不要！"涅克雷洛夫甚至都不再笑了，"你本可以利用什么东西为自己获得巨大利益。"

"说什么呢，维克多，完全不懂你。"秋芬开始气恼，冷冷地说道。

"可我都不记得你什么时候懂过我，"涅克雷洛夫嘟囔了一声，"你知道，问题关键在于：你和爱伦堡总是写着一样的东西。你别生气，爱伦堡是个不错的作家。主题也是同一个。相似的人物在不同的集中营里待过，亲属却被更换了，要么是父与子，要么是母女，要么是姐妹。猜对了吗？白军进攻红军。被俘。红军释放或者不释放。都一样，不能读。猜中了没？"

所有这些大概都极度不合时宜且不合场合。没有人叫他参与这次谈话。他不知道是否应该展现自己不重视本地列宁格勒的人脉——友情的或公务的。

但是，他没有发脾气。绣着鹤的屏风、冷肉、家具——不，他本该对所有这些感到气愤！他感觉自己是主人，在他离家一段时间里家里发生了混乱。在莫斯科他不准备和文学家们这样说话。那里是另一种语气和另一些关系。

他明白也很生气。秋芬说着什么：一切都在于幼稚，"拉塞亚就是力量"，涅克雷洛夫脱离了文学，成为另类，俄罗斯的外国人，从巴黎来的伊万·费奥多罗夫……"告诉你，托尔斯泰，列夫·尼古拉耶维奇·托尔斯泰……"

"托尔斯泰？"涅克雷洛夫使劲摇头打断他，"不一样。这与托尔斯泰无关。你知道自己是谁吗？"秃头、翘着脸的他，用开心又邪恶的眼睛盯着秋芬。

"你就是斯塔纽科维奇！他不仅写航海短篇。航海写得最好。他也写长篇小说，三部、四部、五部曲。你写的也正是这些小说。你算算！太像了。在文学理论里这就是趋同。"

9

他拜访了德拉格马诺夫，不是按照早上预约的四点钟，而是七点多点。

在出版社的公务谈话，以他的胜利而告终。他主动出击拿下，并拿钱走了。

他出现在德拉格马诺夫面前，恶狠狠地，但却和一位女士一起。

三个叽里咕噜着什么，睡眼惺忪，像孩子一样咋舌的中国人给他和他的同伴让出了房间，也让出了德拉戈马诺夫本人。

女士沉默不语，她浅色头发，身着毛皮大衣，并且状态不错。涅克雷洛夫介绍她叫维拉·巴拉巴诺娃。德拉戈马诺夫鞠了一躬，说好像在某时候有一次很荣幸在杂技演员卡伊罗·佐藤家里见过维拉·亚历山德罗夫娜。

"是的，你认识她，她很有名，你知道她干什么的，她画画的。"涅克雷洛夫几乎惋惜地说道，帮她脱掉大衣，安置到圈椅上。

"听我说，鲍利亚，为啥你还住在这里？"他快速说着，"这是什么——你的中国学生，这是宿舍吗？""你需要这些做什么？难道你没钱吗？或者你在这里找不到别的间房，是不是？"

"我还是想参加在中非的黑人暴动。"德拉戈马诺夫若有所思并非常认真地说道，"所以在离开之前换房间不值当。此外，为什么要换呢？这里十分舒适。一切都触手可得。"

涅克雷洛夫看了看——他是在开玩笑还是动真格的。年复一年，德拉戈马诺夫的玩笑已不再是笑话，而成为生平往事——况且不是非常愉快的，就如同所看到的：房间无人打扫，很脏，地板上铺满了一层烟头。

"他没钱，他不赚容易钱。"——涅克雷洛夫想道。

"鲍利亚，在莫斯科你备受尊重，"他故意不提非洲，用符合自己思考德拉戈马诺夫的想法说着，"几乎所有人都尊敬我们。我在近期书里提到了你，写了有关你的文章，读到了吗？在《出版与革命》中。但听着，鲍利亚，这间房子和这些中国人……为什么你要模仿《鲁滨孙漂流记》呢？这就工作而言对你重要吗？"

他在房间里走来走去，摆弄着东西。从桌子上拽下一个用羽毛做的有脚支架，他不停地晃动它，转着圈，用手指穿过它。这样方便他说话。

"哼，假如我是鲁滨孙，那你就是无人岛上猴子的代表。"德拉戈马诺夫懒洋洋地低声说道。

涅克雷洛夫开始哈哈大笑起来，维拉·亚历山德罗夫娜也笑了一下。

"这很好，"他快速地说，"正是猴子的代表。但是我错了，你不是鲁滨孙，你要无聊得多。知道吗？弗谢沃洛德·伊万诺夫有部关于商人之子的短篇小说，这个孩子去了沙漠，最后成为一名隐士。人们开始向他朝拜，在沙漠里盖满房子，诞生了一个城市。他再次离开，人们又一次向他朝圣，又一个沙漠盖上房子，又诞生了一个城市。这真是一个开发荒地的好法子。"他以大笑打断了自己，"瞧，他写的就是你。你的房间就是一九年样式的，周围都开始建筑了。"

德拉戈马诺夫对他挥挥手。

"可是你说的完全不是那么回事，"他若有所思地说，"你自己活得也很糟糕，维佳。我知道，很不好。你看，我这都是从报纸上得知的，那上面写你好像从事了电影艺术。这可是不值啊？"

"是的，是的，他从事电影艺术也使我很伤心。"维拉·亚历山德罗夫娜非常生气地说。

她把自己当成涅克雷洛夫的熟人。而他也时不时找过她，不断地以自己对德拉戈马诺夫生活方式的责备口气，抚摸她，摸摸手或肩膀。"可爱的女子。"德拉格马诺夫思忖着。

"不对，您好好问问他自己是如何在莫斯科生活的。"她最后说，拉开大衣袖子，看了一眼手表，"维克多·尼古拉耶维奇，如果您还要去一趟合唱团的什么地方，那么我们该准备走了。"

"你要明白，鲍利亚，她在跟我做什么呢，"涅克雷洛夫抱怨得更厉害并且抓住她的衣袖，"我和你三句两句话说不清楚。你明白，我本人很了解电影，这是针对儿童探险的艺术。在合唱团有一个文学晚会。如果你不忙的话，陪我们一起吧。让电影见鬼去吧！我跟你说说，我对文学理论中的关于语言学的思考。"

10

"Vanitas vanitatum et omnia vanitas!"①

克克切耶夫是在列宁格勒大学语文系短暂逗留期间养成用拉丁语说粗话的习惯的。拉丁语名言帮助他更圆滑地说话，鄙视那些没有获得精英教育的人们。他不放过在上司面前说任何拉丁语句的机会。"Timeo danaos et dona ferentes"② 或者 "Omnia mea mecum porto"③ ——完全无误地符合所有发生的事件——国际的、公务的或者私人的。

这看起来很可笑，但又让人对他尊重而待——而且在十年内战和革命时期，拉丁语几乎全被——甚至被拉丁人自己——都遗忘了。

除此之外，这些名言，再适合不过他这个戴着洋眼镜、身穿毛毡大衣、笨拙又显赫的少年了。

"Vanitas vanitatum et omnia vanitas!"在科学院合唱团的文学晚会大纲中提到了。他坐在舞台旁边的两边池座里，讥讽而又带有分寸地说着，谈着从门厅下面瞥向他的活泼动人的女打字员，谈着在他周围晃悠着的、来自《惊拍浪》里胖乎乎的高大优雅的女士，谈着长在她脖子上的棕红色苔藓，最后又谈起不远处在通道里准备发言的吵闹的作家们。

那个安静的小胡子，贸易部的干事，礼貌地听着他说话。

舞台闪亮起来。可爱的、长着红通通耳朵的小男孩在上面已经来回跑了半个小时，可能是主持人吧。大家都同情地注视着他。

---

① 　此处为拉丁语：虚空的虚空和一切都是虚空。（原注。）
② 　此处为拉丁语："小心希腊人的糖衣炮弹"。（原注。）
③ 　此处为拉丁语："我无所执，凡百有持"。（原注。）是《彼岸之声》中译本第七章【注一】的题目。

为晚会开幕致辞的是一个胆怯的、没什么名气的、穿着长袍的人。他个子不高，说话声音很低，像自言自语，但还是能听明白他对同路人作家的不满。在他看来，他们写的有些不对路子，而且还常常偏向不靠谱的理想。

他们遇到了很多麻烦。他们被监视，在报告人看来，是不断地监视，不知疲倦地监视。

那位有着雷声般嗓音的诗人，在他之后发了言。他有着大理石般的胸肌，身体强健。为了使大家相信"在雾茫茫的牧场之上升起他这颗明星"，他用手捶胸——大厅里沸腾起来，合唱团中像哀乐一般的嗡嗡声也停息了下来。

大家久久为他鼓掌。

紧接着，小说家们便开始了令人不悦的匆匆演讲。他们所有人不知为何都是一副面孔——无论是矮个子留着卷发的人，还是长着凶悍面孔的大鼻子的人。

还没等长着凶悍面孔的大鼻子的人结束，观众厅响起了一阵嘈杂声，所有的人都转过身去。

随着一双双眼睛和一个个肩膀转过去的同时，好奇心也沿着一排排座椅雷鸣般的飞旋而去。

涅克雷洛夫稍微跳了一下，拽起露出生气面孔的维拉·亚历山德罗夫娜的皮袄袖子，沿着观众厅疾驰而过。他来到演员区——前往合唱团，不知为何除了穿越舞台到达那里别无他处。

德拉戈马诺夫走在他们身后，冷漠地跛着瘸脚。

商务部的小胡子毫无例外地对所有名人感兴趣，从侧面推了一下克克切耶夫，用眼睛示意了一下涅克雷洛夫。

"这是谁啊？"克克切耶夫突然兴奋地问他。

"他又从莫斯科来了，"小胡子嘟囔着，"您不认识他吗？"整个莫斯科、整个列宁格勒都认识他。这是涅克雷洛夫。

带有一副凶悍面孔的小说家，假声地读着关于白卫军的故事，《惊拍浪》中一个胖女人不合时宜地用鼻子吹着口哨，她脖子上的棕红色苔藓摇摇欲坠，显得单调沉闷。

"我没问他！我问的是和他一起的女人。"克克切耶夫低声说道。

11

苏谢夫斯基是一个小说家，也是一个懒汉和酒鬼，他低声敲着鼓，鼓是音乐家们落在合唱团艺人房间里的。他刚刚从舞台下来。他忘乎所以地读个没完。主持人头昏脑涨，于是让他谦虚的妻子给舞台上的他递了一张纸条。她在纸条上写道："瓦尔卡，结束吧！"——于是他读到一半就中断了。

他心慌意乱地回到演员室，也正是因为慌张不知道该怎么办，他小声地敲着鼓。

这里很快乐。大厅里却愁云惨淡，他非常高兴回到这里。妻子尽力不去看他，他伤心地同她解释，卖乖讨好着她。

但是，寂寞就像单调的灰尘一样穿过舞台已经蔓延到演员休息室。也许是由此涅克雷洛夫受到了比平常更热烈的欢迎。

他快速地和所有人说着什么，并且忽然向所有人介绍起自己的同伴来，甚至那些在背后诋毁过他的人也凑过来跟他说话。

他热烈地亲吻了苏谢夫斯基，又试图亲一下他的妻子。他为冷肉向她表示感谢，还说少先队员式的领带很适合她。她脸红起来——她儿子都很大了，不知道该如何回答。

于是，他和一个又一个人聊了起来。

身材笔直、表情严肃而平静的德拉戈马诺夫没和任何人打招呼，他把维拉·亚历山德罗夫娜安排就座后，自己也坐在了她的身旁。

"维拉·亚历山德罗夫娜，恕我直言，这就是维克多把我们拖来的枯燥的科学院?"——他开玩笑般问道，又戛然而止，因为注意到维拉·亚历山德罗夫娜差点没控制住自己哭起来。现在已经很晚，在去合唱团的路上她请求涅克雷洛夫不要去晚会，而是直接去……去哪儿呢? 大概是直接去她家。

"她向自己的朋友承诺会带着维克多。"德拉戈马诺夫猜想。

他十分严肃地看了她一眼，又谈起了其他什么。四周所有人谈论的都不是该谈论的话。大家都在阿谀奉承涅克雷洛夫，都成了他的知心好友，所有人都拍着他的肩膀，所有人都对他的作品、事业备感兴趣。说真话的，只有一个苏谢夫斯基，也仅仅是因为喝醉了。

"听着，维克多，要知道你写的有那么点儿不合适，"他含糊不清又不时眨着眼睛对涅克雷洛夫说，但仍然带着足够的肯定，"我读了你最近的文章——你不会信的。说实话，这个在我看来完全不是你写的。你怎么回事，大概从什么人那里预订自己的文章吗? 我不懂，亲爱的，说说看，到底怎么回事?"

涅克雷洛夫自己也没弄明白。这些文章是什么——不值一提! 他正在写书。他只为书负责。这将是真正的书。它将会在十月份的《范围》杂志上发表。

这时，他被请求发言。是该补救一下晚会了。他同意了……

落单的德拉戈马诺夫，从桌子上拿起一本被谁落下的书，打开它，读道:"你知道米季金的额头上有多少子弹在忧郁中生锈吗?"他惊恐地眨了一下眼睛，又把书放了回去。他已写完有关"米季金额头上生锈的子弹"，毫无疑问正是有关那个长头发、拿着幻想箱、身穿丝绒上衣的人！

按照中学时代的老习惯，德拉戈马诺夫做出轻蔑的手势，并暗暗地将她对准桌上穿着天鹅绒夹克的人。他开始憎恨这个人了。

他把脸转过，放下在桌子上的轻蔑手势，他开始注意维拉·亚历山德罗夫娜的激动神情。她将涅克雷洛夫叫到一边。这是她的晚会。她委屈地看着他。

"可是，维克多，您同意吧……大家都在等我们。我马上要走。"德拉戈马诺夫听到她说。

涅克雷洛夫犹豫不决。他不知道该说什么。他想发言。他已经知道他应该在舞台上说什么了。

"我就说几句话，"他劝说道，"我们还会来的。你会明白的，无法准时到达。可能会迟到。不会太长时间。"

他颇具滑稽地叫着，绝望地摇着头，可还是毫无结果。

德拉戈马诺夫小心翼翼地把手伸进口袋做手势，靠近他们。

"鲍利亚，跟她好好说，"涅克雷洛夫贴近他，"我不能不发言。但不想惹怒人。"

德拉戈马诺夫赞同他，是不该让人生气。他拿起了维拉·亚历山德罗夫娜的大衣，她从他手中取过大衣，急忙跑向门口。

"你就坐在这儿，坐下吧！"德拉戈马诺夫调解道，"跟你保证，维克多，我和维拉·亚历山德罗夫娜，即便没有你，也会过得更好。Mes compliments, monsieur。"① 他用洪亮的男低音补充说道。

---

① 拉丁语，大致意思：我的恭维，先生。（原注。）

12

当维拉·亚历山德罗夫娜出现在舞台上时，一个小说家，以军人的姿势，用忧愁的嗓音读着非常有趣的小说。他傲慢地抬起眉头，暂时停下朗读。

维拉·亚历山德罗夫娜轻盈地、急冲冲地从他面前闪过，沿着楼梯而下，走到正厅。整个大厅都在注视着她，都在等待她不合时宜地穿过一排排面孔、黑暗和椅子，她心慌意乱，并备感恐惧。

克克切耶夫则把手伸到上衣衣襟，坐在包厢的正厅。安静的小胡子，还在倾听他的名言警句——很认真，但已经不那么相信他了。克克切耶夫开始想象突然变成了一个八年级中学生，他向《拍岸浪》里的女士献殷勤。他胡闹起来——不过，还得恰到好处。

突如其来的寂静吸引了他的注意。他回过头来，不久前遇到的美人迅速地向前走着，几乎是跑着穿过舞台。

在他看来，她是直接朝着他走来。但实际上她只是从他们旁边飞过。突然一切都静止了。颈部的彩色小围巾在她身后飞扬，钩住了一个距离包厢不远的白铁门牌。他在昏暗的正厅感觉到——他用手指飞快地扶正眼镜——她滞留了一瞬间，解开脖子上的丝巾并将它抛到地板上，像摆脱灰尘一样弃之而去。

丝巾就像灰尘一样飘落在地板上。

克克切耶夫跳了起来，大胡子男子生气地在他身后说着什么——然后扑向了丝巾。

而此刻德拉戈马诺夫躲开主持人，从他身后抓住外套，出现在舞台上。而小说家刚说一半话就滑稽地终止了发言，他合上书，默默退到自己的讲桌一边。他不仅仅是受了委屈，简直是被激怒了。在他的坚决和愤怒的姿势中已经明显地感觉到行军的步伐。他走起正步来，但自己却没有意识到。

一片嘈杂、吵闹、拥挤、混乱一起向德拉戈马诺夫迎面袭来。大家朝他吹口哨、尖叫、咒骂他。他面色沉静地瘸着腿走着，好像是在故意调皮。他边走边冷漠地、几乎无意识地环顾四周。

当他确信维拉·亚历山德罗夫娜没有等他就走了的时候，他的面部表情并没有改变。

克克切耶夫在更衣室追到维拉·亚历山德罗夫娜，抱歉一句失礼，递上围巾。他到跟前看了她一眼。她长得十分漂亮，只是关键并不在于颜值。他还不懂女人。

她道了谢，又继续往更衣室走。

他一丝不苟地笑着，脸色微微发红，从她的手上拿过外套。他的手或许碰到了她肩膀上的光滑丝绸裙——抑或只是他臆想而已。

13

"同志们，我现在对一个问题很感兴趣……不对，两个。两个问题。问题都很简单，比现在发言的要简单得多，嗯，哪怕是秋芬。第一个问题：'你们为什么出现在这里？'还有第二个：'值不值得延续整个俄罗斯文学？'

苏谢夫斯基今天读道：某个禁卫军军官伸出手举起一个赤裸的匈牙利女人。我就是这样开始写作的：'鼻子、眼睛、额头，整张脸都紧贴在她小腹上。'

我补充说一下，匈牙利女人——这可是女性，不是舞蹈家。女人可不能这样举。我凭个人经验了解这一点。简直无法让人呼吸。就算是双手举赤裸的匈牙利女人也需要呼吸啊。如果不呼吸，她会受屈的。

学院合唱团凭什么理由聚集了这么多听众？这里本是唱歌和弹奏的地方，因为这个大厅根本不是用来朗读的。毫无疑问，在这些听众当中，没有一位管理员是靠谱的。我提议，让他算一算所浪费掉的工作时间。

同志们，你们列宁格勒和国家出版社有这么一个人，他在仿写斯坦纽科维奇，因此就被称为无产阶级作家。

在他看来，就应该这样写，因为现在有很多走到文学界的人从来没读过斯坦纽科维奇。斯坦纽科维奇不仅写作航海短篇小说，他还写作长篇小说。比如，他写过关于两个兄弟的故事——航海长和中尉同时喜欢上一个女人，但那个女人却喜欢第三个人，大概是一个海军准尉，这个人结果还是亲兄弟。他是捡来的孩子。我承认现代的读者不知道斯坦纽科维奇。但难道这意味着就该模仿他吗？我不这样想。也许，应该重新出版他的作品，但模仿却没必要。

同志们，我不遗憾你们浪费了这么多时间。我遗憾的是，那些承诺过重新开始写作的作家，而且我们也给予了他们充分的信任，可他们却在重复着以往的东西，这是不对的。剽窃未来是不对的，哪怕是因为这样做很便利。同志们，昨天我从莫斯科来到这儿。莫斯科的作家具有另外一些毛病。但是在列宁格勒可以因为尊敬而窒息。作家们都机械地沿着涅瓦大街行走，彼此相互尊重。他们给自己扣上细毡帽，因彼此推崇而无以喘息。他们为了写好而太看重自己的工作。他们购买家具、缝制套子，并且书都是装在套子里出版的，妻子们也都是穿着套子行走的，很快人们开始不再支持我，因为我还没给自己买细毡礼帽。

他们延续着文学，但为此却不愿在艺术之家的猴舍里久坐、在学人之家领取科学院口粮。

同志们，你们中有谁还没有出版自己的作品集的吗？"

就这样，他抨击着自己的朋友、敌人和自己的文学。

当他开始说到推崇、艺术之家和细毡帽的时候——他想，德拉戈马诺夫称他为《鲁滨孙漂流记》中荒岛上猴子的代表是对的。

当他说到关于无须称谓事物名称而只须展示它们的时候，他想起因为要说这些话而得罪过的一位女士，毫无疑问，他突然觉得不该委屈她。

14

她不该受委屈。这个晚上她很晚才睡着，因为泪水眼睛肿了……

当他意识到她可能孤独待在一个陌生的房子时，感到一丝忧郁。

陌生的墙壁，在她对面坐着一个陌生的老人，他嘲讽地摇着头。这是什么——一位老人？她用眼睛寻找自己的画架，无意中望向了窗子：宏伟的，高耸的，直到天际，宛若画中的麦地在摆动着。太阳覆盖了半边天。太阳被分享着。

"既不发光，也不发热。"她模糊地想着——她转向老人。老人看了一眼太阳。他不明白，虽然太阳被分享着，分享着，颜色也在改变。但它发出的光，却像白铁罐一样。它生病了。

"现在停下来，该怎么办？"她惊恐地询问老人。之后整个大地将会变得很奇怪。并不是它在晃动——它是变冷了。这就是光明的终结。

她敏捷地走上楼梯，走向自己的房间，开始翻看、挑选裙子。这件是深蓝色带刺绣的。也许深蓝色带刺绣很适合光明的终结！某种深色的……

她把深蓝色带刺绣的裙子塞进小旅行包又看了一眼镜子。不，它看上去并不可怕。

在楼下出口处，停放着一辆顶部似乎有点歪斜的公共马车。她坐到马车上，漫无目的地离去。她是孤身一人走的，母亲没有陪在她身边。小麦在车轮下摇摆。对于光明的尽头，也许最好穿上绿色的——那件她用丝绸上衣改做的。

马车夫，一个长着鬈发的大力士，驾着马车飞驰而来。马车里坐着一个嘴唇丰满、戴着沉甸甸的六角眼镜、一只手放在马车夫肩膀上的追随者。他面色苍白，期待着，头顶上雪花萦绕，马车越来越近了。

马车终于追上了她。他跳下来，她怜悯地看着他，又故意沉默着，为了看他如何艰难地说这句话。

"亲爱的朋友，"她微笑着回道，"您爱我，但是我希望您，就这样不戴帽子站着——在马车里一生追随我，直到死亡……"

接近凌晨的时候，她不停地回想着这个梦。她十分恼火。有什么缘由使她梦见昨晚在楼梯口追上她并在更衣室把外套递给她的这个小矮子呢？他凭什么被她梦见。没戴帽子，在马车里……这都是什么鬼！

她气愤地用被子盖到鼻子。还可以再睡五分钟，之后喝茶、穿衣服，然后，上帝啊，该完成这个该死的静物写生！如果她今天完成不了，她就要被训斥了。

她很快在小小的布满裂纹的镜子前用头绳绑好头发。十八世纪。她的头发好像有点变棕红色了。这个样子的她像玛丽·安托瓦内特①。仅仅一个马拉特还不至于毁掉她的生活。

桌上的茶早就冷了，她沉浸于刚刚咒骂过的画幅中以至于都忘了喝

---

① 玛丽·安托瓦内特（Marie－Antoinette，1755－1793），法国王后，路易十六之妻。

茶。唉，要是让她画的这个玻璃瓶和一块料子不是存在于镜子中，而是在真空中就好了。

在最后一段工作时间里，她的作品出现了某种她怎么也不能克服的胆怯。她感觉自己存在于手指的每个动作里。

就该这样！不需要花费这么多时间在所有这种闲扯上，这根本不能和现在的工作相提并论。

她一边思索一边久久地将颜料碾碎。应该利用好夜晚，自由的夜晚让她陷入带着爱情节拍的音乐。假如她再一次在生活中为了什么东西而背叛写生艺术的话，就让它见鬼去吧。

她走近镜子，迫使自己发出真正的誓言。

"行行好，立刻发誓吧，女公民，从今天起除了写生之外其他的对于您完全不存在，"她对着自己的镜像说，冷冷地注视着看起来非常忧郁没扑粉的鼻子，"您发誓，所有余下的东西您都会当成神经错乱和病态臆想造成的噩梦。"

"我发誓、发誓、发誓！"她叫起来，又回到画架前。

她一直画到中午，之后喝了一杯冷茶，开始洗漱。洗漱的时候她觉得只有一个人爱她、理解她，能为她做任何事，而且永远也不会背叛她。这个人就是那个维罗奇卡·巴拉巴诺娃，至少像她现在这样——手上拿着毛巾，湿漉漉的睫毛和威士忌酒，身着匀称的长袍，被她称之为mein grüner Rock①。头顶扎着绳结，就像十八世纪法国女性的发型。

只有她一个人，没有其他人。

"对，你认识她，她很神圣，你看，她就是这样的，她是画画的。"她想起来，愤怒地把毛巾扔到床上，跑向真空中自己的画架。

———————————

① 拉丁语，意思是："绿色的裙子"。（原注。）

她手中不停旋转着画笔，突然把平和的画架当成个人的天敌，将玻璃瓶里画上一个侮辱性的舔着尾巴的小淘气鬼。之后，她将画笔扔到地上，坐在角落里，久久地哭着，一动不动，也不眨眼，固执地看着两边的绿点，也没擦拭脸上流淌的泪水。要知道，什么都没有——事实上，只有噩梦、发神经、七零八落的想象结果，再没别的了！他并不存在，"这个涅克雷洛夫是谁？"——"但您好像和他见过面，维拉·亚历山德罗夫娜……"——"是吗？……我不记得。"

走出自己的角落后，她在镜子前又哭了一会儿。此时此刻，她觉得泪水，实际上甚至是朝她涌来。算了，现在她该干活了！

就这样，她工作了一整天都没有停歇。小鬼被刮掉了，画得非常成功。

当写生画接近尾声的时候，她感觉到饥肠辘辘。她甚至来不及清洗被颜料沾满的手，披上大衣就跑向了食堂去。一个熟悉的、长得像劳合·乔治①的服务员给她端来咖啡和大米布丁……

当她往回走的时候，有个人在距离房子不远处追上了她，那人极度礼貌地脱下帽子。于是她认出了他。他比梦里还瘦。遗憾的是，他有一双修长的手指和厚厚的嘴唇。从他身上能猜到曾是一个胖乎乎的孩子。

---

① 劳合·乔治（David Lloyd George，1863－1945），英国首相。

第三章

时间的压力

1

经济学家们三天三夜都在编写工业局出版社的日历。在这件事上，无论是尤里·恺撒[①]还是教皇格里高利[②]都没有付出这么多的智慧，就像萨什卡·克利里切夫斯基——世上唯一彬彬有礼地烧炉子的人，加里·布什——有条不紊的社团常任主席，以及不久前被任命为道德维护者的热尼亚·梅里科娃那样。

他们从陈旧的中学文选《反射》或者《生动的语言》中撕下书页，愉悦地谈论着有关外国的土地施肥法的谎言，杜撰着姓名。

绝望——他们没有赶上最后期限——迫使他们决定采取行动，而这些行动没有被列入刑法典，只是因为一场莫名其妙的意外。虚构的区域名称、街垒和斜边都已经各置其位。他们成功地把所有的大学同事都拉

---

① 盖乌斯·尤利乌斯·恺撒（拉丁文：Gaius Julius Caesar，前 102 年 7 月 12 日—前 44 年 3 月 15 日）或称恺撒大帝，罗马共和国末期杰出的军事统帅，政治家。
② 指 1582 年颁行格里高利历，即现行公历的教皇格里高利十三世。

入这个游戏中。不过，他们很快就为此后悔了。在最近的一个夜里，多疑的列夫卡·叶德瓦布尼克，从头到脚都裹进一个巨大的围巾帽里，这位从神学院来到高等技术学院的大学生，来到沃罗佐夫胡同，绝望地敲门鼓动整个社区起来。

他半个小时沉默不语，然后解开了长耳风帽。整个社区的人都光着脚、头发蓬乱、裹着被子站在他周围。在详细的开场白之后，声称想出了一个女性的名字——克拉格，并认为自己没有权利向自己的朋友隐瞒它，而是有义务立刻告诉他们这件事。

萨什卡·克利里切夫斯基的礼貌拯救了他的生命……

社区欢快地迎接了诺金。因为他的到来，有关日历的麻烦事被推到早晨。大家开始做凉拌菜。道德捍卫者握了握他的手，或许握得比捍卫者想象得还要坚定一些。

和他在普斯科夫中学同桌五年的克利里切夫斯基把他拉到一边。

"你怎么这么皱皱巴巴的呢，老头子？"他拍了拍诺金的肩膀问道，"瘦得厉害！没钱吗？或者，也许是恋爱了？"

诺金看了看他那黄色分层的头发，看了看他的平额头和一双熟悉的眼睛。眼神彬彬有礼，面带同情。他沉默地握着克利里切夫斯基的手。

半小时后，他已获知最近半年间发生的所有事情——他半年没有回列斯诺伊。仁卡·克利马诺夫学习学到神经衰弱，开始唠叨个没完，只好被迫回家，回普斯科夫。

布什和电工技术员博尔特尼科夫在公民村附近把岗哨拆成木头并被当场逮捕。直到他们签署在同样的地方重建这样的岗哨并在十年之内完成的保证书之后才得到释放。

他们在社区不远处烧毁了一个简易的宿舍。这些事儿都被很惋惜地告知了诺金。简易的宿舍白白地消失了，它被白白地烧毁了，当时就如同被劈砍的柴火……布什计算，被劈砍的木柴，大概可给社区供暖三个月十七天。

新闻中最有趣的部分被写成了报告。报告名为《良好风格的直接影响》，像是萨什卡·克里尼切夫斯基的风格。

家庭的主妇，戴着花边头饰的信教老太婆，允许他去最顶层的化妆室。顶层化妆室和下面相比简直是凡尔赛宫。

萨什卡因为彬彬有礼获得了这种特权，也是因为一周一次饶有兴味地聆听了老太婆仔细地讲述她的病情及其死去的丈夫的病情。老太婆一直为经济学家们从房里拿走沙皇的画像而愤愤不平，声称最顶层化妆室有烟草，并每次都要亲自上锁，谁也不许进。

所有这一切都被一下子挖苦着讲完，还带有一些喧闹、嘻哈、刻薄的注解。

诺金看了看一旁这些熟悉的人，望了望窗外那些可爱的面孔，又叹了一口气。窗外松树成林，清新如苹果般的雪花，佛青的天空。

见鬼了，这里才是真正的冬天和真正的生活！所有这些孩子，他们不是白白地矗立在这里的！他们不是耍滑作假，他们工作不为恐惧而是为了良心，他们是否思考过这一切都还像文学吗？

这是用科学、社区游戏、松树和冬天组成的大杂烩。

然而，他不嫉妒。也没空。他被安排坐在由两个凳子搭成的木板上，这个设施被工程师布什称为构造圈椅。他面前放上了盘子，四周摆放了勺子。那个工程师布什端来一个巨大的脏兮兮的炭锅。他极具发明天性——为了不弄脏自己，他手上戴着套鞋，用它们端锅，隆重地把它端进公社食堂。

不，凉拌菜是最地道的，拌着辣椒、醋和食用橄榄油，而他们这样的吃相，诺金只能吃惊地眨着眼睛……

夜幕降临，如果相信阿列克谢·托尔斯泰的话，世界在七天内就会被洗劫一空。大概谁都没睡好觉。来了一个会熟练玩耍手表盖、闻名于整个列斯诺伊的大学生。本专业学得不好，但是手表盖却玩得相当厉害。之后坐在被子里的博尔特尼科夫被拖了出来。他真是一个祸害。他讥讽地问诺金——他是不是还在写诗，如果不写的话，那是什么悲剧性环境迫使他放弃对于整个共和国而言最重要的创作？

诺金不客气地回答他，还在写，而且完全不准备放弃，虽然有一段时间摇摆不定——是不是该用文学换生产袖珍电池，但最终决定还是不值得。

之后大家又详细地讲了博尔特尼科夫坐着不穿裤子的原因。热利亚·梅里科娃昨晚回到自己房间时，发现屋子里悬挂着各种颜色、年龄和社会地位的裤子。墙上挂着标语：

社区女性，

同情无家可归的人吧。

左边一角还有用小写字母的补写！

科学没有裤子就像爱情一样——很少成功。

毕达哥拉斯①

---

① **Пифагор Самосский**，毕达哥拉斯，公元前 6 世纪，古希腊思想家、宗教和政治活动家、毕达哥拉斯学派创立人、数学家。

而且每一套上面都别上写着详细缺点的便条。

博尔特尼科夫因前一天吃掉为迎接一个社区成员到来的糖水水果而受到了惩罚。根据一致通过的决议不给他缝补裤子。而他出于抗议坐在被子里……

然后，同情伙伴的萨什卡拎来裤子，大家开始仔细查看磨破的地方，并用手摩擦这些磨破的地方，直至弄出了小香瓜那样大小的新洞。

之后才明白，糖水水果不是博尔特尼科夫一个人吃的。布什也吃了糖水水果，却还穿着被熨平的很精致的裤子……

只有现在，正当黎明时分，当摆弄手表盖的大学生走开、布什和某个人各自回到自己的房间之后，这个不眠夜后的不安而令人欢喜的时刻才降临，正是为这一时刻诺金才去找老乡的。

他躺在熟悉的矮床上，熄灭了煤油灯，木板墙上移动着大鼻子的阴影，不知为何让他想起小时候。热利亚·梅里科娃瘦瘦的，穿着老式普斯科夫式的夹克衫坐在他旁边。

博尔特尼科夫尖尖的、令人疑惑的鼻子，竖在粘贴到黑板上的草图上方。盛煤器像摆锤一样在他头顶上摇摆着。

于是，疯狂又隐隐的内心的忧愁，和眼泪混合在了一起，一下子涌向诺金。他的心七上八下的。他不只是重又想起她，想起维拉·亚历山德罗夫娜——他再没什么可想的，除了当时在德拉戈马诺夫杂技院的相遇——那时候，他的手已被占据，[1] 谁也给不了，谁也分享不了，既猜不透也不能搞混。轻浮？妄言？文学？

他再也不能欺骗自己，讽刺已无以拯救他——它被彻底击败，在这

---

① 俄语中指被求婚。

个沉默无语、近于隆重的熄灯时刻，在即将来临的梦乡和朋友们脸上泛起的疲惫这一温柔时光。

他手握着爱情，却不知道该如何以待。

3

每个夜里克利里切夫斯基都不忘烧火的职责，他风风火火地把柴火放在凹凸不平的小炉子里。

他身穿黄色罗曼诺夫式羊皮短大衣，面带寒意和喜悦冲进房间。大衣有点臭味。它被塞到最远处的一个角落里，在博尔特尼科夫没有把它拿到外屋之前，它一直在那儿散发着臭味。

炉子烧了起来，急促的火光在对面墙上摇曳着。空气变得越来越沉闷，却也舒适起来。

"喂，弗谢沃洛德，现在你跟我们说点什么吧，"克利里切夫斯基在炉子前蹲下说道，"小老头，你好像这二十年放下了很多！但你还记得吗，你是怎么穿着斗篷来的，受到那个，他……"

"受到霍夫曼的影响。"诺金笑着补充说。

"太对了，接近霍夫曼。拼命炫耀。胡说八道。读诗。领来一些姑娘。完全是人上人。但是现在——简直都认不出你，真的。承认吧，老兄，恋爱了吧？搞到手没？"

诺金用胳膊肘稍稍支起身来。萨什卡看了他一眼……欲言又止。的确，诺金一点也不像自己了——他脸色苍白，有一张严肃、不显年轻的面孔。萨什卡靠近了他，安慰地拍了拍他的肩膀。

"怎么了，怪人，我只是在开玩笑。热利亚，给他盖上！他在我们这儿都要冻僵了。"

于是，梦不是梦、沉默不是沉默、夜不是夜，又降临了。

之后，兼搞政治经济学和经济政治学，对文学也有浓厚的兴趣的萨什卡要求读诗。诺金并没有慌张，他自己很早就想读诗，不是自己的而是别人的。他尝试了读勃洛克的诗。

"永远不会忘记，他在或者不在，这个晚上……"他停了下来。

屋里除了博尔特尼科夫和睡着的人都齐声读完了第二句。

"我们都知道，听过了。读读自己的吧！"

于是他明白了，他想读的正是自己的诗——无论它们怎么糟糕，但不是别人的。他读着：

　　　　手握着水笔，双唇紧闭。

　　　　同貌人在角落。鹰钩鼻被折断，

　　　　清晰的唇线也被折断在边缘。

　　　　烛火摇曳，光亮耀眼四射。

　　　　火光下正是我的旧烛台，

　　　　于是，我听见：下面有敲门声。

　　　　"你是我的影子！你是模范的哨兵。

　　　　我身体发冷，或许是病了。

　　　　下楼吧！有人在下面敲门。"

　　　　我微笑着回头这样说，

　　　　于是听到了隐约的回复声，

　　　　又看见：影子在墙上弯着腰。

　　　　"带上灯火！""房东，这可让我

怎么拿呀?""随你的便!"

于是从灯后伸出平坦的手。

于是,像一张黑脸,在墙上移动,

在各种缝隙里灵敏地游走,

然后返回,平稳又轻捷。

我仿佛看到,空荡荡的窗外,

一只冰冷的手敲打着冰雪,

我握紧水笔,向后回望:

在我的旧烛台之下,在蜡烛前,

烛火摇曳,光亮耀眼,

一个老人端坐,穿着绿色常礼服。

"阁下,您哪位?""斯瓦姆默丹的好友。"①

"请更明确点,阁下,您直说吧!"

他靠着桌边,沉默不语。

突然,皱纹连成一个帐幕,

撇一下嘴,马蹄代替了腿脚,

而在肩膀背后——伸出有力的翅膀。

"亲爱的主人,作为一个人,

我当然有着无可指责的名誉,

而您的名誉也异常珍贵。"

① 斯瓦姆默丹(1637—1680),荷兰解剖学和昆虫学家。

他这样说道，我觉得很奇怪，

他的发声带着外国口音，

言语低沉。一条腿压着另一条腿。

"侄儿，地狱的屋顶有什么动静，

那些高而细的影子突然消失，

它永远贴近墙壁上的油漆……

您可会像这里古老的参观者，

将它作为自己的交换卖给我？

请告诉我。"我于是回答："是的。"

张开翅膀，在晦暗的暴风雪中，

两个扁平的影子呼啸着掠过

屋顶，在蒙蒙的烟雾中。

我独自一人。暴风雪呼啸着，

孤独是我最忠实的朋友，

而一座石头城在背后晃动。①

"真糟糕！"博尔特尼科夫说，"太差了！搞不懂，甚至有害。真的，有害！一种不可思议的事情。卖影子……胡扯！影子是光线和身体碰撞造成的结果，对于他们而言是无法穿透的。它来自物理学，既不是卖，也不可能通过某种方式使自己疏远。但是你在卖。一种不可思议的事情！我也许该禁止！"

_____

① 此诗由我国著名诗人、北京外国语大学博士生导师汪剑钊教授翻译。

诺金撇撇嘴沉默不语。他看了萨什卡一眼。

萨什卡好像疑心重重地弄了很久炉子，扒开煤炭。

"不，怎么了，还不错，"他最后嘟囔着，"绝不能说……不错！只不过是，把那个斯瓦姆默丹给弄错了。斯瓦姆默丹——这还是一个历史人物，跟他打交道需要十分小心。总体而言，好像，你知道……韵律不是很准：暴风雪——朋友……但还是不错的。总体写得很好！"

他恶狠狠地看着博尔特尼科夫。"你看，小伙碰壁了，躲进来，可你还在火上浇油，老狗。"诺金在这种目光中读到。

在别的时候，其他时刻，也许他会反驳，为目光狭窄而骂他们，骂他们一点不懂诗——于是，也许就会掀起绝望的、永无止境的关于文学有益或者无益、关于精密科学面对人文科学的优势，以及是不是一个电站要比十个一流诗人更重要的大学生式的争吵。

但是，这一次诺金一句话也没说。他默默地抽着烟，深深地吸一口，好像他哽咽了。他只是想喝醉而已。完全彻底，这样什么都看不见，什么也不会记得。

也许热利亚·梅里科娃理解他。关于他的诗她什么都没说，但她却抓起他盖在外套下的手，这样友好而温柔地握着，以至于把脸伸进枕头里的诺金差一点就要大哭起来。

4

回到城里之后，他用被子把窗户遮住，两天没起床。躲藏了起来。

房间里，冰冷的墙像陷入绝望一样包围着他。鞑靼人在墙的另一边等待着死亡，老太婆整天对他吼叫，但一到夜晚却像摇孩子那样摇他睡觉。

诺金控制着自己，用冻僵的手写信："我又病又累，但是还不至于忘记您。我所做的所有的事情都很糟糕，工作对于我也无济于事……亲爱的，我没有朋友，谁也没有，除了您，而且也不能这样下去……"

当然，这封信并没有按指示寄出。它不过是一个幻想。它被撕成碎片丢到了垃圾桶。

在这个世界上没有一个人，无论是他的母亲，还是他的朋友，还是他爱过的女人——后者也许任何人都对得起，除了他之外——谁也不知道，也不会明白，这样持续下去是不可能的。他哭过，他二十次想过自杀——四楼，可以想象得出，折断自己脖子是能得逞的。

但他没以自杀而告终。他只是喝醉了，流落酒馆，蓄着胡子，给流浪汉读诗。都是些很糟糕的诗，他根本不知道该拿自己怎么办。

5

双手交叉撑着额头，小声发着牢骚，向盲人音乐家们轻声呼叫——这就是他所能做的。他再也喝不下去了。爆破黏稠的啤酒液使他恶心得牙齿打战。但音乐——他还是可以听听的！某种扎人的、剪完剩下的树枝梢让他时刻回想起——它们在空气中飞翔，周围干净、静谧、宽阔。

用口水粘在桌子腿上的烟头，随着他的呼吸而飘动着。这让他想起了吸烟。他叫来卖烟的，递给他二十戈比。卖烟的送上一包烟。

他双手抓着头，牙齿咬着烟，伴着音乐节奏在桌子上方摇晃着，音乐颤抖、抱怨着，以至于心脏都要四分五裂了。

所以当他看到不久前在房间遇到的邻居老头站在他面前时，他一点儿也不惊讶。

老头站在桌旁，干净、利落，穿着毛皮大衣，脖子上打着整齐的领带。他看着诺金，忧郁地摇了摇头。这，当然可能不过是一种谵妄，但老头完全是活生生的，他眼神关切，显然可以触摸到他，可以和他说话。

"亲爱的，"他对老头说，"我们就这样活着。喝酒，吃饭。您想吃点不？我请客。我是一点儿也喝不下去了。虽然还想尝尝英国黑啤。您要来点儿吗？"

哈尔杰伊·哈尔杰耶维奇责备地摇摇头。

"也许，我会打扰您？"他回过神补充道，腼腆地降低声音，"也许，您在等谁，或者……"

"谁也不等。只是喝醉了。从头到脚要散架了。受挫了。"

"每个人都需要休息，需要休息，"哈尔杰伊·哈尔杰耶维奇客套地说，"哪怕是为了恢复精力。怎么可以这样，怎么可以！要知道您会生病的！要知道您不是第一夜了……"

"既不是第一夜，也不是最后一夜。也不只是夜晚。不只是夜晚。一切都不尽如人意。就连阿拉伯语变位法，您想象一下，也无用了。"

哈尔杰伊·哈尔杰耶维奇无奈地摊开手。他使诺金特别想起一个人……谁呢？那个人也是像他这样摊开手，也是这样坐在桌边，坐着并严肃地眨着眼睛。

"为啥把自己弄到这个地步？"哈尔杰伊·哈尔杰耶维奇穿过桌子弯腰问道。

"亲爱的，您之前有过什么经历？最好告诉我，为什么您让我想起了一个教授……对，就是教授洛日金。"他终于想起来了，"一样的一张脸！也许您就是洛日金？大概您也是教授？"

哈尔杰伊·哈尔杰耶维奇冷冷地盯着他，慢慢地将手插到大衣襟里，他直起身来，抬起头又退到桌后。

"洛日金教授有幸成为我的亲生兄弟，"他高傲地说，"但是这个兄弟，我和他在长达二十五年里都处于敌对状态。而且我鄙视他。"

诺金若有所思地看着他。哈尔杰伊·哈尔杰耶维奇的棕红色胡子向上立着，眼神不可侵犯。他闷闷不乐地坐着，十分庄重，嘴唇紧闭，肩膀颤抖着。

"您这是怎么回事，亲爱的!"诺金真诚地惊讶道，"洛日金教授竟然是你的兄弟?"

"他是我的兄弟。依我看，他算哪门子教授? 他写了什么关于史敦达派教徒的书? 他还在写有关史敦达派教徒的东西! 我读了! 搞不懂，搞不懂。很少自己的。写的都是贫乏无味的语言，没有一点趣味。您说，和我有什么像的? 我和他将近二十五年没见了。而且一点儿也不想，一点儿也不想。至于相像……如果您找到相像之处的话……"哈尔杰伊·哈尔杰耶维奇小声地用手掌敲着桌子，"这一点也不值得骄傲!"

诺金闭上左眼，把自己的拳头弄成望远镜形状。

"相似主要在于第二性别特征，"他确定，因为感受到来自哈尔杰伊·哈尔杰耶维奇的不明所以的柔情，"不仅是您，还有他，都带着某种类似胡子的东西! 虽然您的颜色有点不同，更俏皮一些。但从相面术角度看，这个只是强调相似而已。到底因为什么竟然和自己的亲生兄弟闹翻了? 要知道你毕竟和他住在一个城市呢!"

"我的兄弟，斯捷潘·洛日金教授是一个堕落、沉湎于淫荡生活、忠实于自我、满足于兽性的肆无忌惮的人。一个恬不知耻的人。一个蛮横无理的人。"

哈尔杰伊·哈尔杰耶维奇皱着脸，气鼓鼓的，满脸通红。诺金向他旁边看一眼——看了看摆着冷菜的柜台，这位毛发浓密的、痛惜地呻吟着并在手上转动着空盘子的邻居——突然他的胳膊肘碰到了桌子，一下子双手抱住了头。他像个老人一样轻轻地哭泣起来。

哈尔杰伊·哈尔杰耶维奇跳起身来，开始惊惶不安。

"您该回家了，该回家了，"他一边温柔地说一边用手碰碰诺金的袖子，"您怎么能这样，怎么可以！要知道，这样的话，健康要被弄坏的。"

他还没说完就跑到吧台，在小小的破旧钱包里翻着什么。

诺金让人用围巾把自己的脖子缠起来，又让穿上法国别针的大衣，走在哈尔杰伊·哈尔杰耶维奇后面，低着头，用手擦着满面泪痕的脸。

"道路泥泞，寒风呼啸，滑得很，很滑。"哈尔杰伊·哈尔杰耶维奇嘟囔着。

6

事实上，正值剧烈的解冻和薄冰天气。波罗的海之风还没准时吹来，春天只在水洼里稍有露出，在湿漉漉的房屋上隐隐浮现。天气寒冷、潮湿、糟糕透了。

在他们面前的乌云桥，就像手掌一样，光秃秃地矗立在正在下沉的灯影下。桥的左右两侧，尽管刮着风，但依然对称地、并排地耸立着彼得式的楼房。城市从来没有这样，像从拳头里吹出、从手指里捏造的。当然，这里也应当产生所有这些耶尼萨里和科伊瓦萨里①——满地是兔子和穿着天蓝色背心的芬兰人的小村庄。

圣一彼得一堡！天堂！

应该毫无争议地把这首曲子献给瑞士人。

——————————

① 从芬兰语译过来的名称，指两个兔岛。

7

这天晚上，不知老头是从哪里弄来马林果茶给他喝的。

他给诺金喝了马林果茶，让他汗流浃背。又煎了鸡蛋。他久久地忙碌着给他铺床——给床垫翻身，拍松枕头。他令人感动地关怀照顾他。

于是，诺金顺从地喝了马林果茶，吃了鸡蛋、炸面包块和三明治，然后就乖乖地脱掉衣服躺下。

他躺下深深地呼了一口气，又盖上被子和自己的外套，还有哈尔杰伊·哈尔杰耶维奇的厚呢大衣。他感觉好多了。街道上和小酒馆里的漫游、鼓声、盲音乐家——所有的一切都结束了。见鬼去吧！自作聪明够了，该冷静下来了！明天他早上六点钟起来就开始工作。

"对了，对了，那你哥哥怎么了？"他稍稍起身忧虑地看着哈尔杰伊·哈尔杰耶维奇说道。

"哎，好啦，好啦，快躺下，亲爱的。"哈尔杰伊·哈尔杰耶维奇低声说着，接着一切都被睡眠前的平静、迷茫和温暖笼罩了。

于是透过萦绕于身的暖意，他看见哈尔杰伊·哈尔杰耶维奇把一块碎镜子放在桌上，倒了一杯热水。稀疏的小刷子像一个幽灵一般出现在他的手中。他努力地、缓慢地刮着脸，但好像又很忘我。忘我，荡漾在他那被肥皂弄脏的嘴唇上。

他把自己棕红色的胡子刮得干干净净，正式得像一只布满皱纹的猴子，踮起脚在房间里漫无边际地、心平气和地踱着步，直至诺金进入梦乡。

8

要是哈尔杰伊·哈尔杰耶维奇知道：单单是装饰自己的脸而这样坚决地去处理的话，他不仅是达不到目的，反而与之相反，只会更加深和自私、道德败坏、蛮横无理的兄弟的相似性——他本该回避，该克制自己轻率的行为。

洛日金教授大发脾气。四月二十六日的深夜，他也在刮胡子。

他小心谨慎却非常高兴地穿上勉强搭在一个肩膀上的睡衣，叫醒了妻子，自鸣得意地摸着光滑的脸颊问她：

"快看，玛利沃奇卡，你觉得怎么样？好些不？我看，还可以！挺好！非常好！"

还没等到惊讶不已、呆若木鸡、睡眼惺忪的玛利维娜·埃杜阿尔多夫娜的回答，他却快步回到自己的办公室。

在办公室里，他来回走了很久，不时地摸摸书脊，小声但非常愉快地哼着歌。他在唱着一首古老的轻佻小曲：

> 不要哭泣，不要害怕，女儿，
> 作为忠诚的妻子
> 你应该在这个晚上献身。

伴随着法语的副歌。从镜子里映射出他那纤弱的、布满皱纹的、陌生而稚气十足的下颚。下颚看起来很幼稚，长有他已忘了的可笑的疙瘩。

这真是一种暴动。有人给办公室生存体系带来无法弥补的损害。而这种体系在某种形式上仰仗的是科学院教授的花白的胡子。

但是，令公共图书馆和科学院感到恐惧的却是，事情并不是以消灭胡子而结束的。第二天，洛日金戴着更适合于电影导演、记者、初出茅庐的律师、列宁格勒大学一个较为普通的教授的大大的、厚重的、气派的眼镜出现在课堂上。更准确地说——透过这样的眼镜看世界很可能会头晕目眩。

但是，他完全不惊慌，相反——行动起来自信满满，而且最主要是轻松，不同往常的轻松。

他换了新发型；灰白的头发，现在开始往上梳，直到额前一绺挺立着俏皮的头发。

他在柜子里找到了一件老式的带着琥珀纽扣的针织男式西装背心，飞快地穿上它。可以想象得到——大概是因为，这件酷似国外的男士背心，恰好在这时候开始在我们这里时髦了起来。

在接下来的两三天里，他在自己的办公室堆满许多破烂、脏乱的书籍，这些书中就有关于安东·克列切特的小说和三十五卷本关于柏林城刽子手的系列书籍。

鬼知道他在这些书里找什么！

他把妻子和仆人锁在外面，像二年级学生一样好奇地阅读着它们，不时皱皱眉头，扶扶沉甸甸的眼镜。他扎进这些书中，好像期望摸到什么……他自己也不知道在找什么。大概是某种可以摆脱自己关于小阳春或者第二春想法的途径。

他是从安东·克列切特和柏林城刽子手转到了自己的计划上的。

计划是用非常枯燥、公事化的语言写成的，但是笔迹故意潦草难认——可以想到，教授害怕计划不定什么时候落入其他人之手。

计划包含了某种类似弃权的东西，至于放弃什么——那才是关键所在。而在这些关键点上，顺便说一下，有眼镜和胡子（用一些假定符号写成）与妻子玛利维娜及其所有虚构和真实的亲戚们。

在妻子后面，下一段，教授声明放弃住宅。

9

如果在起草完毕而同事莱曼还没有出现在他面前的话，这个方案就完全有可能永远不会付诸行动，相反——将永远停留在洛日金教授的纸稿上，类似于完全滑稽可笑、不足以影响到他的令人尊敬的存在之思考印记。

莱曼走过来，显得忧愁又端庄，穿着破旧的外套，外套在他柔弱的肩上就像参议员的托加①一样。

他局促不安地微笑着停在办公室门前。

他留着棕红色的平头，若有所思、十分严肃地伫立着。

洛日金邀请他入座，而自己则躺在圈椅里。

办公室里既寒冷又不舒适。

插满书签的书籍堆放着桌子两旁，窗帘拉得严严实实。

书签大大的，白颜色的——它们都是被丢弃的工作足迹。他疲惫地移开眼睛。

"有什么能帮您的吗？"他问道。

同事莱曼默默地从外套口袋中掏出装订而成的黑边笔记本，不紧不慢地记录下什么。"斯捷潘·斯捷潘诺维奇，洛日金教授。"他小声嘟囔着。

_____

① 托加，指古罗马的男外衣。

"教授，我在图书馆里找到了您的图书索引目录，"他恭敬地说道，"而我还想知道……这些都是厚书（他用手指了一下）还是小册子?"

洛日金用手把眼镜擦干净。他有点疑惑不解。

"老实说，关小册子什么事? 不，都是书籍。"

"明白了，也就是说，都是这样的厚重书籍。多谢您。"同事莱曼把身子靠在椅背上，把自己的笔记本靠近眼睛，不停地用笔发出吱吱响。

"您是哪儿生人?"他突然问道，而且好像还有点严肃。

洛日金严肃地眨眨眼睛，看了他一眼又害怕起来。他的拜访者是一个棕色头发、安静、沉着、庄重的人。

他一点都不笑。相反，他忧郁地看着洛日金。这是一种活着的人对死者的优越，令人感到痛楚。

"实话说，我出生在……我出生在南方。"教授略带几分局促不安地回答说。

"怎么在南方?"

莱曼把笔放在桌上，抬起眼镜看了看教授。

"可我听说您出生在白俄罗斯。大概，怎么也不完全是南方……"

"不是，就是南方。在尼古拉耶夫。"洛日金稍稍降低声音说。

莱曼久久地、不愿赞同地看着他。

"哎，就算这样，"他最后说，"但是，可能是别的什么人出生在白俄罗斯，您的妻子或者女儿?"

洛日金疑惑不解地扭了扭脖子生气起来。

"不对，请问，这是什么意思?"他开始神经紧张地用手敲击着桌子问道，"实话说，我需要把您的拜访归功于谁? 我有什么能帮到您的吗?"

"您瞧，我主要从事白俄罗斯逝者，"莱曼解释说，"我正是从这一角度来找您的。如果您不是白俄罗斯人，那我只好把您放到混合部门了。教授，您在哪年中学毕业的，实科学校还是士官武备学校?"

洛日金抖了抖肩，站起来又重新坐下，若有所思地眯着眼睛。同事莱曼坐在他面前，浅绿色的灯罩光落在他平静的脸庞上。他在等待。

"我的公民，请问，您知道这些有什么目的?"洛日金怒气冲冲地问，"所有这些信息对您有什么帮助? 您到底有什么目的需要知道我哪年中学毕业?"

"为了您信息的完整性。"莱曼谦逊地解释说。

"要知道，教授，接下来这将使工作变得极为轻松。比如，某个人去世了，某个白俄罗斯人，然而关于他却一无所知，甚至没有人知道。他一旦死去，就不复存在了。关于他的哪怕蛛丝马迹都没有留下。而我发明了一个避免此类悲剧的极好法子。而且是十分简单的方法——需要提前写悼词。"

"悼——词?"

"经作者同意的悼词，"同事莱曼急忙紧接着说，"您可以自己校订或者如果您愿意的话可以自己写。"

洛日金跳起身，用桌子撑住手臂，无意识地瞪大眼睛，嘴角抽搐，差点喘不上气来。

"悼——词?"他重复问道，费劲地吸气，"您是说，悼——词?"

他用手摸着胸口，用舌头舔了一下干枯的嘴唇。

"滚开! 滚开! 从这儿滚!"他愤怒地叫着，不去看吓坏的、退到角落里的莱曼，拖着沉重的步伐走到摆放长颈玻璃水杯的桌子前。他像老鼠一样脸色阴沉沉的。他的腿战栗不已。

10

一整夜直到天亮，洛日金都待在自己的办公室里。他不睡觉，什么也不吃，一句话也不搭理玛利维娜·埃杜阿尔多夫娜，夫人为了让他拿走门外一碗带炸面包块的汤，费尽了全部周折，也用尽了全部耐力。

由于慌张和担忧，她用德语不停劝说他。他沉默不语。带炸面包块的汤也随之在门旁边的小桌子上放了一夜。

不过，在早上六点的时候，教授开始吹起口哨来。他把双手背在身后，眯着眼睛站在窗前。解冻的潮湿气息散发到街道上，也扩散到正在融化的雪地下那膨胀的木块马路上。人们正在松土。显然春天要来了。由于解冻而变瘦的麻雀站在花园栅栏上。

计划，他的计划，在他面前已经变成一个狡猾且宏大的故事、一场骗局，几乎是一种欺诈的行为。他比其他所有人都有智慧，所以脑海里也再想不出任何一个他可以耍这种把戏的人。

但是他偏偏耍了。他做了。作者授权的悼词？好，他会写，他刊登自己关于自己的悼词。于是就幸灾乐祸地紧闭双唇，他此刻想好了开头："那个日期逝世的是斯捷潘·洛日金教授，老实说，天生是个音乐家。年轻时候的斯捷潘·斯捷潘诺维奇是一位与众不同的低音提琴手。"

他踮着脚悄悄靠近办公室的门，又小心翼翼地打开它。卧室里没熄灯，疲惫不堪的玛利维娜·埃杜阿尔多夫娜躺在宽阔的床上。她双唇紧闭，她大概梦里都在生气。她稀疏的头发像老太婆一样披在后脑勺上。

洛日金凝视了她一分钟左右，然后看向她旁边的空位。这是他的位置。他很快眨起湿润的眼睛、皱起眉头，挥了挥手走向大衣柜。

这个灰色条纹上衣我记得挂在这里，在角落里，在右边，在杆子上。好像还得拿男士西装背心。是这件还是那件背心呢？当他把背心靠近台灯的时候，不小心碰到床上的毛毯，差点摔倒。玛利维娜·埃杜阿尔多夫娜还像之前那样睡着。

他生气起来，放弃了拿背心的念头，于是将它放回到架子上。还需要做些什么呢？他努力不看妻子。还需要……她以前总是提醒……应该……

他把上衣夹在腋下，回到了自己的办公室。该做什么，他自己都不敢肯定。

感觉到呼吸困难，好像又自行减轻，他拉开写字桌抽屉寻找一些自己最近工作的笔记。这正是那些在《神奇国纪事》文本里的校正笔记，由此他回想起在空无一人的教学楼里待了一整夜的事情。没什么大不了的！他把这些笔记带在身边。还需要在那里完成些什么。他往公文包里又塞进了卷成桶状的上衣，就像士兵卷外套那样。

他严肃地看了看四周，便来到了前厅。睡眼惺忪的仆人惊恐地看着他。

"告诉玛利维娜·埃杜阿尔多夫娜，"他吃力地套上大衣小声说，"说我走了。"

他竖起衣领又拿起公文包。

"去尼古拉耶夫姐姐那里。"他几乎悄悄地补充道，然后用僵直的手抓起门把手。

11

一个女人穿着褶皱的连衣裙躺着，脸上挂着不自然的微笑。她是某人的妻子。

她躺着。穿着褶皱的连衣裙。穿着灰色裙子。笑容不自然。

一分钟前这个房间还是一个被随便占用的空间。房间不同寻常。放着桌子。

桌上放着台灯。一只嘴上叼着木棍、头上顶着多个犄角的鹿，用丝毫不惊讶的目光盯着涅克雷洛夫。镜子里晃动着窗帘。旁边是床。床上躺着一个女人。穿着褶皱的裙子。沃利卡的妻子。他的朋友乌拉基米尔·克拉索夫斯基的妻子。显然，他一刻也没有忘记这一点。沃利卡很聪明。他非常喜欢他。他感觉到后悔……

不，他不后悔。他只不过是坐在床上。他想吃东西了。

12

两天前他还没有注意到她。大家都知道，克拉索夫斯基娶了一位经常出去旅游的快乐女子。克拉索夫斯基曾经说她是瑞典人，而且还教会他用瑞典话骂人。除此之外，还听说她喜欢运动。不过也许热爱运动的不是她，而是苏谢夫斯基或者别的什么人的妻子。

偶尔她干扰到他和沃利卡说话。但是为了沃利卡他尽量地礼貌待她。

这不，前天——大概是前天，去找克拉索夫斯基的时候，他不在家。

房间被打扫过。窗台上摆着鲜花，好像是一些绿色、粉红色的东西。埃尔扎——她叫埃尔扎——卷起袖子、满脸通红地站在床背上，往墙上钉着丝绒桌布。

他看了看花，又看向她，紧接着他问她是什么时候回来的，很显然她哪儿也没去。之后……之后……（他想起来）……然后他帮助她从床背上下来。桌布挂歪了。他爬上去摆正桌布，弄好之后，灵巧地跳下告诉她，她变得更美了。

"告诉我，谁惹您生气了?"女人只有被惹怒时才可能这样性情大变。

实际上，他是不会献殷勤的。他开始绝望地客气，邀请喝酒，如果不是他的幼稚，那大概也是老生常谈。但幼稚使他的劝说听起来却带着某些真诚。

那个晚上，他告诉克拉索夫斯基，说他有一位美丽的妻子。

"沃利卡，你怎么说服她的? 她是不是非常生气?"

第二天他听了一场关于文学生活的报告，买了一双便鞋，去了澡堂，但是澡堂没开。之后还做了某件事或者很多事情，他和埃尔扎一起买了香槟，在电影制片厂同一个经理互骂了一场，并且跟秋芬说他的最近一部小说让人牙碜。

于是又到了第三天——玻璃灯悬挂着。窗帘在镜子里摇摆。床竖立着。床上躺着一个女人。穿着褶皱的裙子。在她的上方——他挂歪了的丝绒桌布。

他感到绝望。别人的床垫! 别的他几乎不认识的女人! 本该跟她说些话，但他一点力气都没有。

他背叛了爱他的朋友们，就像背叛女人一样。不过，面对着女人，他还是尽量不出卖朋友。她可是沃利卡的妻子——应该让她归于平静。

他在房间里走来走去，用手碰碰东西。挂在写字桌上的风景画，被他翻了个底朝天。

"这幅画这么长久地挂在沃尔金的桌子上，都快要成为文学日常了。"

埃尔扎笑了。过了一刻钟她叫他吃早饭。

他自己倒了茶，而且做得也许会让任何一位主人羡慕那样得心应手。他第二十次给她看了自己的便鞋。

"好吗？"他飞快问道，"昨天在一个鞋匠那里买的。没注意从莫斯科来的时候没带鞋掌。所有的商店都关门了。二十八卢布。贵吗？"

接着，他打算和埃尔扎谈谈自己的女儿。

他吃了半斤荷兰奶酪，劝她道，孩子——这是最奇妙的东西，还劝她（有点不礼貌）早点要孩子。这对埃尔扎是有利的。

"我有个女儿，比如，总是怀疑世界的真实性和合理性。她总是怀疑这里的事不简单。妻子不允许她弄坏玩具。而我认为——不应该干扰孩子。我却总是和她一起悄悄地搞破坏。"

但是当他的交谈者自己开始说起孩子的时候，他却坐立不安起来，开始思念，甚至稍稍地哀号起来。

"请允许不知悔改的罪人，"他突然从容不迫地说，"在第一道菜和第二道菜之间消失吧。"

13

语文学家最突出的特征在于：他走在街道上似乎完全不是在走。他是沉思地站立着，把露出书籍的公文包贴近胸口，街道像电话线一般，像在电影里的街道一样，匀称地沿着它的两边移动，直到思想终结的时候……

沿果戈理大街行走的俄罗斯文学教授也是在苦思冥想。最可怕的春季暴风雪抽打着他的无所畏惧的眼镜玻璃片，湿漉漉的雪花在他的大衣领子里融化。他困惑不解。街道随着思考而结束，来到了广场。公文包里摆动着的不是书，不是……

但灰色上衣的袖子是条纹的。

"要是不顾薄冰，穿过去……要是不管道路泥泞，跨过去……要是无视淫乱放荡的生活，度过去……"

俄罗斯文学教授脚上穿着大码的高腰套靴。他不敢穿过去，跨过去，度过去，越过去。

周围一个人都没有，只有湿漉漉的马车夫逗留在角落里。也许可以雇车？他小心翼翼地用拐杖戳戳冰。他暗示让马车夫载他穿过马路。

盼望已久的帮助，突然像雪花一样从天而降。

从他身边飞快地走过一个人，戴着飞行员式的仿制帽子，穿着毛皮棉袄，手舞足蹈，嘴里发出哼哼嘶嘶的声音，又忽然转身回来，还礼貌快声问道：

"您穿不过去吗？请允许我来帮您……"

教授慌张地看着他的圆脸，他有一双生动灵活的眼睛，但好像没有任何表情。

一只强有力的手扶着他，他便决定踩着自己的高腰套靴在结着冰的马路上走起来，最终到达了对面的人行道。

涅克雷洛夫几乎像军人那样把手抬到最高处。不，他的眼神也不缺乏表情——他的双眼温柔地注视着教授。

"我大脑受过伤，很容易忘记人的姓氏，"涅克雷洛夫非常礼貌地说，"但是我认识您。1914 年在杰尼舍夫学院，您发表过反对未来主义的演讲。"

于是他就消失在街角，这个动作敏捷的人，快乐而健步如飞，一个来自另一个时代的人。

教授又只剩下独自一人。他沉默地站着，他把公文包贴近胸口，里面露出——不对，不是书！而是灰色上衣的条纹袖子。他的高腰靴子又开始打起滑来。他困惑不解。

14

这个房间对于吵架来说太过温和了。橡树人行道以寂寞的姿态延伸到街墙周围。一堆瓷盘下挂着一个长着波斯人眼睛的老妇人画像。家具都是木制的或者冷皮制的。

难以置信，十年前在这个房间里竟然这样寒冷，以至于它的住户因寒冷连所熟悉的女性面孔都难以分辨。关于这样的事，涅克雷洛夫刚才说起过。

他起开酒瓶——以人们惯有的、为了打开瓶盖用力十足的那样笨拙方式。

这是朋友们每次为了迎接涅克雷洛夫到来而举办的一场会议。他早把自己的科学和文学相提并论了。可是这里一个作家也没有。他不是为了作家而来列宁格勒的。他所做的一切都出自文学理论的学术工作，而这些工作的关键就在于他列宁格勒的朋友们。他看重他们。学术对他而言是终生的事业。他无数次准备回到学术领域。莫斯科、电影、稿费都是障碍物。也许还有女人。

这里没有作家。

饭桌旁，木制或者皮质家具上，语文学者们坐在波斯老太婆的画像和瓷盘下面。

他很多人都不认识，但是几乎所有人都称自己是他的学生。哪怕是那些背叛过他的人。

他总是和所有人争论。德拉戈马诺夫对整个世界持一种嗤之以鼻的态度，像对灰尘一样——而学生们（向往于论文和顺遂的那些人）并不希望自己的老师总在争吵。他们并不明白，如果解除这些争论，那么学术是否也就意味着不复存在了。

还有就是朋友！他没有朋友！他久久地凝视着克拉索夫斯基。他像往常一样既苍白又帅气，在他身上像从前一样显出遗传六代的军姿。司令部军官懂得写书是多么艰难的！涅克雷洛夫还没忘掉他的妻子。他羞愧地看着克拉索夫斯基。

还有德拉戈马诺夫。他撞上德拉戈马诺夫的目光，差点洒了酒。

德拉戈马诺夫无奈而执着地盯着自己的双手，为喧闹而感到烦恼。他表情冷漠。

坐在他旁边的是一个要么是女大学生要么是女研究生，完全玩具似的、热心的，但却像蛇似的巴结奉承着（不过，她说话尖酸刻薄却也巧妙机智）。一分钟之后，德拉戈马诺夫猜到她会重复他课上的某些东西。于是就闭上一只眼，而另一只则迷雾茫茫地注视着摆满桌子的凉菜、鱼和酒，盯着他感受不到的嫉妒和好感的人们。

环视了一下后，他着手搅拌了一下白色的汤——这是一种东方式菜肴，是他自己用开水、白面、糖和奶油各种掺拌制作而成的。

他在等待。

涅克雷洛夫从桌子另一端看了他一眼，随即忘了自己左手边和右手边的谈话内容。

"鲍利亚！"——他叫住德拉戈马诺夫，又用手势向他表示为他干杯。德拉戈马诺夫礼貌而又冷漠地向他致谢，轻轻地端起酒杯。

这是一种检阅的力量，一种立场的考验。涅克雷洛夫离开活跃的莫斯科学术圈，来到另一些人中间，身处在电影院里自己脚下闲逛的那类无赖汉们的中间。他觉得他和朋友们互换了角色。他曾作为公认的指导者来到这里——查看效力情况、恢复被破坏的平衡。现在该到了伪装一家之主的时候了，这里已出现无序。无序的事情需要他来做总结。例如德拉戈马诺夫就要求他做总结。需要他总结吗？很好，他接受了做总结的请求。

15

"同志们！我有一个提议，"他几乎很平静地讲起话来，"莫斯科有一个杂志。它的名字叫作《我为人人，人人为我》。在这个杂志上可以吵架。"

他不知道那个戴眼镜的竖耳朵倾听的青年的姓，他看起来刚刚从学校毕业。青年人反驳了他，说吵架没有必要，吵架是因自动而发生的。

"好。我同意。自动化。问题不在于此。问题大概在于您需要出版。您想出版吧？"

他很熟悉这个姓氏冗长、尖刻的、男性化的女研究生。有点男性化的女研究生告诉他，她有一篇文章，该杂志就是不给刊登。这是她第一次受到屈辱。列宁格勒人几乎不接受他编辑过的杂志。他们认为这个杂志可疑，并且嘲笑它。他接受挑战。总结就是从这里开始的。

"同志们，什么是《我为人人，人人为我》？"他开始大喊起来，已是另一种愤怒的声音了，"这就如同，我们在前厅放了帽子，占好位子，但自己去喝茶。同志们，需要占位子呀。不能这么淡定了。德拉戈马诺夫……"——他站起身，椅子被推到一边，发出刺耳的声音。"鲍里斯·德拉戈马诺夫用一只眼看着我，而另一只却留作备用。他在开玩笑。"

不能说德拉戈马诺夫在开玩笑。他的左眼闭着，但是右眼开始变得凶神恶煞。脸色微黄，但还算年轻。这个人的脸很多人都认识。也许甚至提前就认识——这是最可怕的事情——而维克多·涅克雷洛夫准备说的就是关于他的事。

"不，我不是在开玩笑。"他有点小声地说。

但是涅克雷洛夫已经听不见到他说了。他谁也听不到，他叫道：

"同志们，不能再用玩笑来敷衍了。我们想嘲笑现代性，那些不开玩笑的人原来是右派。相信我！我一度取笑整个国家的出版社！我离开了学术研究，这是我的错误。但是要知道，你们在这里做的并不是该做的事情。你们不是在工作。你们是在扬扬得意。你们过于安逸。同志们……（他的大声压过吵闹声）我想向你们证明，我为什么反对安逸。我是说《我为人人，人人为我》。"

"有点家族名气的中学生杂志。"德拉戈马洛夫冷冷地、一板一眼地说道。

这是第二个总结。总结还在继续。

"好吧，俏皮话，我们同意俏皮。同志们，不要以为，我活得挺美。坐在桌旁，我不知道怎么写，该写什么。除了我的记忆，还有……还有就是作家的外皮，我什么也没有。但是，我和自己的时代共存，我知道这是怎么形成的，我捍卫自己的时代。而你们呢？"

来自佩捷尔舒列贵族中学的青年反驳他说，时代在他面前以收银台的形式呈现，在完全成功的情况下从收银台是可以偶尔得到钱的——出版学术著作每页可得四十五卢布。这个青年人有点喝醉了，非常激昂地说着，不知何故还以祝酒词的形式。

涅克雷洛夫温柔地，与此同时又激愤地听他说着。

"您多大？二十二？就二十二岁而言——做得太少！问题不在于钱。请稍相信我一下。同志们，霍屯督人有这样一些部落，那里人们用火计量时间。他们点燃一棵树，于是它缓慢地烧着。我在某处写过这件事。

他们缓慢地计算时间。之后他们又搬到另一个地方，那里的树烧得要快几倍。于是第三年他们就死了。同志们，我们仍然还有事情可说！不准备五花八门地算计时间。它会把我们从学术里排挤到虚构小说中去。它随意地毁掉我们。不需要用玩笑来敷衍。需要利用这种时间压力。"

"时间压力？"德拉戈马诺夫无聊、鄙视地反驳，对着他举起自己瘦弱的、不像男人的手打断他，"您要利用时间压力？您坐在莫斯科的破椅子上写着高级文学。"

他没有说完，涅克雷洛夫就把握在手上的酒杯扔到墙上。杯子因瞄得准既没落到左边也没落到右边——而是落到狭窄的隔板间。

他打碎了杯子，又满脸抽搐地转向德拉戈马诺夫。

所有人都沉默不语。

沉默的还有那些明白涅克雷洛夫的狂怒不在于此的人。他不是第一次把餐具扔到墙上了。他是在胡作非为，看着大家盯着他。

"问题就在于此，"德拉戈马诺夫谁也不搭理地小声说道，"正是它……时间！你打碎了杯子。你还叫喊！……"

克拉索夫斯基晃了晃站起身，一把抓住涅克雷洛夫的袖子并将他安排坐在自己身边。

"维佳，喝点水，"他轻声说，"或者，也许再喝点伏特加。冷静一下。"

"你同意我吗？我说得对吗？"

"我？同意。正确。喝点水。"

涅克雷洛夫一口气喝完一杯水，接着站起来，用手擦了擦湿漉漉的嘴唇。他着急了。他还没说完。

他沿着桌椅间狭小的空间走来走去，碰着东西，说着，说着，还是说着。他大叫起来——从他身上已经认不出一个科学院合唱团的随和的演说家了，他为了俏皮话随时牺牲友好的关系、女人或者心情。

这可谓一个人最严重的狂暴时刻，为了维护自己暴动的权利。这是一场权力之争，是面对这个面部微黄、眼神迷惑的聪明人嫉妒的一种获胜。

脸色微黄和眼神迷惑的聪明人一边听着，一边冷漠地吃着鱼。他将鱼骨头整齐地放在盘子的两边。

涅克雷洛夫说到了绝不能这样平静地坐在赤裸裸的否定之上，他们某一时刻曾写过的否定是为了还原艺术，而且"不可能让我们不下棋，而玩十五子游戏，当所有都混为一谈而且要经历失败的时候"。他说道，他为自己面前的、桌子后的无尽的满足而心痛。他还说，如果德拉戈马诺夫认为我们这里没有文学，而是一场灾难的话，他就会没有权利像他现在这样吃鱼……

德拉戈马诺夫放下鱼，又重新用勺子搅拌起自己的汤。

"不值得打碎杯子。"他小声反驳说。

"一个杯子！数数吧，我为您能说话打碎了多少杯子了……"

他说这些的时候，咬紧牙关，又大又硬的颌骨凸显在他的脸上，他差点就要痛哭起来。

"哎，亲爱的，亲爱的，算了吧，不要紧……我们的时代还没有过去。我们不是活生生地躺在保险柜里。"德拉戈马诺夫近似热忱地说道。

16

接下来，晚会接近了尾声——游戏和狂饮开始了。在房间正中间已摆好空杯子——围绕着杯子人们手牵手闹腾了起来，既有幼稚的大学生，也有戴眼镜的不太常聪明的博士生。

隔壁房间有人在赌钱。

当浅色头发、有点像长颈鹿的长腿博士宣布想唱歌的时候，天已经很晚了。

他醉醺醺的，或许因此唱起了女低音来。

> 爱情像任意的现象，
>
> 我在所有大小的体裁中都能认出。
>
> 但是激情，从科学角度看都手法相似。

他还没结束，突然哈哈大声唱起来，笑的力气如此之大，以至于灯罩都失去了平衡，像蝴蝶一样无声地在桌子上方飞了起来。

长腿博士站在房间里被打碎的玻璃杯中间，来回地摆动着他袖子里铁一样坚硬的大长手。他发出嘹亮低沉的颤音，重又转为女低音。

> 就让批判的大蛇嘲笑并凶猛地威胁他，
>
> 但是 are Caesar，ave Victor，Aspiranturi te salutant!①
>
> 研究生们向您致敬！

够了，他是胜利者吗？他真的赢了吗？也许他不该进攻，而应该防守？但是要知道他已经有诸多不顺了。"不值得打碎杯子。"是的，或许不值得。他觉得自己赢了。

他愉快地拍了拍浅色头发的博士生，把德拉戈马诺夫拽到自己跟前，让他坐到自己旁边的沙发上。

---

① 拉丁语，意思是：恺撒万岁，维克多万岁，研究生们向您致敬！

"鲍利亚，你知道，"他透过需要克服的吵闹、酒意，试图让自己找到合适的话题，"根据最新研究……这是在德国研究的……根据最新研究获胜方的军队死亡率要比被战胜方高得多。"

17

他记住了那些生他气的人的名字，为的是在第二天打电话给他们。

如果前一天晚上他因为糟糕的（或者出色的）小说而损毁一个人的话，他会说："我想起来你有一个绝妙的地方。"

他和人吵架，但两个人又面对面地和好了。

早晨到来，下着雪，于是整个世界都显得矫揉造作起来。

涅克雷洛夫沿着瓦西里耶夫岛摇摇晃晃地走着，几乎没有感到喝醉，只是把醉意当作疲惫。

他今天该打电话给谁，他该跟被他惹怒的人说些什么呢？

在第五大街他遇到了一条狗，于是久久地、非常生气地看着它。狗坐在门下，像狗应有的那样毛发蓬松、绝望又饥饿。就算这样它还是嘲笑了他。它稍稍张着嘴，耷拉着耳朵，往后移动。它嘲笑他，是它让他生气了。

以防万一，他告诉了它自己的电话号码：

"给我打电话，狗兄，告诉我你是不想惹我生气的，之后我会轻松地写作。我可是知名作家。"

他靠近狗，往院子里看了一眼。这个房子像他所熟悉的邮筒。在这个像写字台的房子里，在第二层或者第三层楼沿着黑乎乎的楼梯的平台上有一扇突出的窗户。某一时候他曾站在被打碎的窗户旁的平台上，注视着雪花如何从二十角形的洞孔旁降落，像个电影放映机。

他在等着某人……

"我在等谁，狗兄，我在这做什么？你同不同意我，我们身边的不是文学，而是浩劫。"

现在他知道谁生活在这栋房子里了。在这栋像箱子一样的房子里住着维拉奇卡，维拉奇卡·巴拉巴诺娃。

他爬上楼梯，小声地唱着或是用口哨吹着进行曲。这一切都是多么熟悉！多少次他走近却没再等他的女人，多少次他提前知道每个动作、每句话。他感觉自己就像个强盗，一种忧伤掠过了他。

在第三个平台那里，真的凸出一块玻璃。雪花比往常落得更疲倦、更沉重。维拉奇卡住在这里。今晚他要离开。他应该看她一眼。

一个穿着男士大衣、光着脚的姑娘给他打开了门。涅克雷洛夫嘟囔着、低吟着或是吹着进行曲从她身旁走过，进入了走廊。六扇还是十二扇门在他面前打开，好像反复闪过的六个或者十二个镜头。

他笑了笑，打开了他最熟悉的其中一扇门。

正值早晨的房间里，一切混乱无序。画架面朝墙壁。床铺像休假似的，静静地竖立在屏风后面。他看了一眼画架和屏风后面。画架上他看到一幅布满人用手指碰碰或者抠掉的鲜艳颜料的油画。屏风后他看到一个女人，不是妻子、姐妹或朋友的情妇。他为她的开门向她真诚地道了谢。

他坐在一个低矮的方凳上，孩子般好奇地看了她一分钟。她蜷缩成一团躺着。童年时期他总是这样睡着。然而，他的童年并不存在。那他现在是怎么睡觉的呢？

不，他并不觉得自己是个强盗，他只是一个喝醉了的人。什么也不想要。而且已不反对安逸了。不顺心一个接着一个地降临到他身上。这不是第一次发生在他身上了。但是那时候他还有东西可以失去。

他还是把她弄醒，不是因为周围的一切都变得可怕。但他预料到了。中学时代的幼稚般的魔咒再次在他身上起了作用。他料定——如果她醒后会说"你疯了"——那他就太不幸了……如果是"你神魂颠倒了"——那就意味着将面临平静、自传的终结，意味着他存在的不真实。

于是，他叫醒了她。她睁开眼睛，几乎没表示惊讶，把手递给了他。纤纤玉指就像罗马式蜡烛一样。涅克雷洛夫沉默地亲了一下手。他没猜对。她把身下的被掖了掖，捋了捋落到脸庞上的头发，用一种比他的寂寞更愉快一些的庄重说道：

"亲爱的维克多，您把我叫醒得太早了。对待近来不知为何爱上您的女人来说，您做得实在不高尚。而且我今天还有很多烦心事。我要嫁人了。"

18

维拉奇卡在屏风后穿上衣服，他透过铰链上的百叶窗看到了睡衣边角。再就没什么轮廓的变化了。他嘲弄地笑着，像张伯伦的讽刺作品，他转过脚掌坐在沙发上把一条腿蜷到身下。

"维拉奇卡，您绝不能出嫁，"他对着睡衣边儿和铰链式百叶窗说着，"您像是非常聪明的孩子，您不可以。您会落到坏人手里的。您将变成蠢人手上的纯种狗。"

他在沙发上伸展开来，躺下，在头下垫着一个绿色的围巾。

"我想画画，"他听见她说，赤裸着的肘部在屏风下移动了一下，"为了不要把自己引入歧途，我自己拒绝了一切，除了绘画。亲爱的维克多，不要试图把我引入歧途。所有的事情都解决了。"

"嫁给谁?"

"什么嫁给谁?"

"您要嫁给谁?"

"你不是谁都无所谓吗?"

"我要杀了他。"

接着他默不出声地听完她冗长的讲话,说她快二十四岁了,这太荒谬了。说她不想依赖于任何人——"那时候一切该来的都会到来"。说到了她有预见,除了自己,还有她注定不幸。她想自杀。她想出嫁。她每天变得越来越冷漠无情,她要穿并不合适于她的裙子。她想成为德国人并且编织长袜。"而且它编织不完,因为我不会编织脚后跟。"她非常厌恶自己。最重要的是——画画是为了让她看起来不显得空无,就像纯净的空气一样。昨天她毁掉了自己最好的一幅油画。最后,说到了大家至今还记得的委屈,没有原谅她。

涅克雷洛夫听她说着,不经意地微笑着。他盖上大衣,从一个地方拽出小小的沙发枕头。委屈,这才是问题所在。她不该被惹怒。他第二天没有打电话给她。

"您为什么要嫁人?"他歪着头忧郁地问,"就因为我惹您生气了?您是住在第四层?您想我从窗子里跳下去?要是我摔死了,您会告诉鲍利亚吗?他叫什么名字?"

"谁?"

"这个人。您的丈夫?"

"基里尔。"

"姓什么?"

"克克切耶夫。"

"亚美尼亚人?鞑靼人?反正都一样。我跟他谈谈。我向他解释为什么这是不对的。鲍利亚认识他吗？我把您从他那里张罗出去。他是否聪明？"

为了回答这个简单的问题，他本该详细地听一听虽然没有什么关系的基里尔·克克切耶夫的报告。她可能厌烦极度聪明的人。她和作家或者艺术家在一起才更轻松。尽管她还不了解他。他一会儿非常灵活，一会儿笨拙，一会儿张皇失措，一会儿说话没礼貌。他恋爱了。从他身上显现出与众不同的坚持，他仕途通畅。最近他告诉她关于像传教士对野蛮人进攻一样占据部门。他身材圆圆的，会说拉丁语，非常年轻，穿着漂亮，妄自尊大，有些可笑，吃得多，而且一点也不懂绘画。

涅克雷洛夫把大衣扔到一边站起来，彬彬有礼，非常愉快，他极度有礼貌地亲吻她的手。回到了原来的状态，他很冷静，非常冷静又清醒。他不时伸伸懒腰，来回把手晃来晃去地在房间里走着。他想抓住某个东西，揉成一团，再打成结。他想把火钩打结，但是维拉·亚历山德罗夫娜夺过火钩并让他回去坐着。

"我从婚礼上把您带走，"他解释道，拍了拍她的手，"您画画很好。您很可爱。我在某处已经写了这一点，而且我不能允许您嫁给这个人。第一，"他拉长这个单词，"您不爱他。第二，这不是人。这是一种病。"

第四章

她曾经很可爱，而他也很爱她。

但是他不曾可爱，

于是她不爱他。

1

不幸没有摧毁玛利维娜·埃杜阿尔多夫娜。她身上突然涌现出了力量、办事能力，甚至是智慧。次日，在丈夫神秘失踪之后，她这个好战的女大学生，产科的而不是其他什么专业的女大学生身上的原则性苏醒了过来。她好似一个工作中头发花白的侦查员，连续审问了仆人六次。已经弄清楚——教授是吹着口哨、紧接着穿好衣服出门的。可接下来的信息却与正常的理智相悖。教授在尼古拉耶夫并没有什么姐姐。曾经有个冻死在 1918 年的婶婶。难以相信他是去拜访婶婶的坟墓。

玛利维娜·埃杜阿尔多夫娜精力不减，不知为何挥动着工作手册，在警察局蛮横了两个小时。那里给她呈上了列宁格勒过去一昼夜间自杀而亡的所有公民的详细名单。上面有由于不同意住宅委员会把他划入自由职业而失业的会计，二十岁的留下剪短便条的小姑娘："原因——对生活绝望。"但是教授洛日金不在这个名单上。

玛利维娜·埃杜阿尔多夫娜从警察局出来直接就去了科学院。没有跟常任秘书商量，她就要求面见院长。她没能顺利见到院长，但是得知：科学院表示同情，承诺采取有助于她的一切措施；而且——这可以从谈话的本身语调看出来——也许是，甚至是期待着杳无音信失踪的教授的诸如此类的某种把戏。除了她，所有人都期待着。她一个人把他看丢了。

从科学院出来的玛利维娜·埃杜阿尔多夫娜看上去凝重又坚强。但是，一回到家，她突然感觉到自己不幸的程度。上帝啊，大家看她就像看一个被丈夫抛弃的女人。

她完全没去找亲人。还有剩下的朋友们。难道斯捷潘·斯捷潘诺维奇没有朋友，自大学以来的朋友？难道他不受爱戴，不受尊重？

在自己毫无结果地搜寻的第三天，她穿上一件黑色的丝绸裙子，几乎每一步都感受到了悲痛的素服，拿着长柄眼镜，然后去找维亚兹洛夫。

2

当她看到留着长长淡褐色胡子的、驼着背的、聪明的维亚兹洛夫的肩膀时，她的嘴唇由于可怜自己而开始颤抖起来。但她克制住了，只是把手帕捂到脸上。维亚兹洛夫（他走到前厅为了迎接她）非常同情而且表现出一种他这个年纪少有的意外的轻佻，向她鞠了一躬，把她的手放在嘴唇上。她报之以用力亲吻他的额头一下。所有这一切都发生在完全的沉默中，十分庄重，几乎像洛日金教授已不在人世了一样。

维亚兹洛夫扶着她的手，将她带进自己的办公室，把圈椅向壁炉挪了一下，安排她坐下，自己坐在桌前。

她直挺挺地坐着，紧紧地握着手中的帕子，双唇紧闭。

"这不，伊万·伊里奇，我来找您了。我把所有的希望都寄托到您身上了。要知道，您一直是我们的朋友……"

这一切说得十分肯定。他从来不是朋友。相反，由于玛利维娜·埃杜阿尔多夫娜，他和洛日金好几年都处于冷冰冰的关系，她不止一次挑唆丈夫和朋友不和。

维亚兹洛夫夫稍听了一下她说的话。

"什么，还是没有找到他，斯捷潘·斯捷潘诺维奇?"他边问边用手掌捋着胡须，"那也许，他出国了? 我今天夜里不知怎么，想着他可能出国了。而且是去了巴黎。"

玛利维娜·埃杜阿尔多夫娜惊讶地抬了抬眉。

"但是要知道他连出国护照都没有。"

"没有，这有什么要紧的! 这不重要。例如我有一个这样的熟人，马拉切维奇，参议员。不是那个在警察局工作的马拉切维奇，而是另一个同姓的人。他——至少他的妻子跟我说——有一次从国务院会议回来，甚至吃完了午饭，大概是，然后就走了。去了巴黎，于是消失了。之后有人在地中海的港口的某个地方看见过他，和希腊人生活在一起，捕鱼为生。"

玛利维娜·埃杜阿尔多夫娜无助地摊着手。

"不过，至于斯捷潘·斯捷潘诺维奇，"维亚兹洛夫夫想了想补充道，"的确很难假定这样的事情。这个马拉切维奇，其实他本来就很蠢。哎，那侦缉队呢? ……您向侦缉队打听过了吗?"

"侦缉队什么也不知道，"玛利维娜·埃杜阿尔多夫娜说道，"真的没有。他们说的，"她委屈地抿着嘴，"说这是斯捷潘·斯捷潘诺维奇的私事，说他可以生活在任何想生活的地方，而我完全没有权利干涉他。"

维亚兹洛夫把烟盒挪到自己面前，用颤巍巍又干燥的手指塞满烟卷。

"哼，这很有趣……对于侦缉处，这样的角度——毕竟是新闻。这算什么……现在这样的法规？那么，如果人们杳无音信地消失了——他有权这样做吗？我想——我就消失，我想——就不！意志自由，这么说，非决定论。我听过这个，非决定论某种程度上现在不流行了。而他，看起来，甚至对法律也有影响。哎，也好，可见他们用意志自由理由放弃寻找他喽?"

"不是放弃，但是什么也没答应。"

"奇怪，真奇怪。而以前侦缉部门哲学上教育程度很低，但是工作却清晰明了得多，显然，更成功。我有个儿子，叫亚历山大，有一次也消失无踪了。的确，他那时候还很小。他，似乎是被保姆弄丢的……或者不是，是安德烈的保姆弄丢的。而古斯塔夫·欧麦尔的亚历山大，读了很多书后就跑到美国去了。我那时候也去侦缉处了。而他们找到了。在靠近莫斯科的一个小车站被截住的。"

玛利维娜·埃杜阿尔多夫娜笔直、苍白地坐着。看起来，她十分感兴趣关于亚历山大的故事。但是当维亚兹洛夫说完的时候，她把手帕蒙在眼睛上开始哭起来。

"可是他一句话也没有留给我。他前天晚上把自己锁在办公室待了一夜。而且身上没带钱，就带了一个公文包走了。"

维亚兹洛夫眉头紧皱，捋着稀疏的胡须。他站起身同情地摸着她的袖子。

"玛利维娜·埃杜阿尔多夫娜，相信我的话——能找到的。这件事没什么大不了的。疲惫而已。他去休息休息，他现在在皇村的随便什么地方住着，休息一会儿就回来。"

玛利维娜·埃杜阿尔多夫娜擦干眼泪，擤了鼻涕。

"不，不，您只是安慰我，伊凡·伊里奇。我知道，知道。他不顾自己年迈。我都明白。他不是一个人走的。"

维亚兹洛夫敲了敲拐杖又惊讶地盯着她。他的眼睛讥讽着眯缝起来，他清咳了两声又从鼻子里放出烟雾。

"他和谁走的?"

"和女人，"玛丽维娜·埃杜阿尔多夫娜肯定地说，"经常有高等女校学生来找他，打着考试的名号，每周都来。他开始穿着讲究，开始躲避我。他被勾走了，勾走了……"

3

当失眠变成努力入睡而怎么也睡不着的时候，德拉戈马诺夫站了起来，蜷缩着把手放在腋下取暖，来到走廊。

走廊里万籁沉寂，沉睡中发出白菜汤的臭气。

德拉戈马诺夫一瘸一拐地沿着柔和的灯光下走着。

那个瘦弱的，在叶尔绍夫教授葬礼上，甚至因追悼言语中抱怨厕所旁边的邻居并且为人所知的大学生，出现在了他对面。

"哎，厕所怎么样?"德拉戈马诺夫礼貌地问他。

从三层楼往上，还传来断断续续的说话声、脚步声。每夜在第三层楼都聚集着一批生活放荡的人，其中包括所有决定为所欲为过着荒唐放荡生活的一年级学生。

德拉戈马诺夫拐过角落，进入一个更具有家庭气息的氛围，于是站在莱曼房门前，用脚敲门。

月光簇拥着莱曼，一起睡在他的床上。

他陷入枕头里躺着，窄窄的肩膀从灰色的军被里露出来。

睡梦中他像一个退休的杂技小丑，像一个筋疲力尽的丑角。

德拉戈马诺夫懊恼地看了他一眼。但可怜起他来，于是没有叫醒他。不仅没有叫醒，而且还关怀地盖住从被子下面伸出的孩子般的脚后跟。

接着坐到桌前。

看起来，书桌被整理过，一直这样，莱曼的书桌：右手边和左手边都各放着一摞书。一瓶墨水旁边有一个航海罗经。莱曼以他为傲——罗经是一位因为自己的悼词而非常高兴的航海员送给他的。

德拉戈马诺夫看了一眼箭头。北正对着南，西对着东。他们还没有离开自己的位置，没有互换角色。

德拉戈马诺夫感到惋惜的是，他们没有互换角色，于是就把罗经放回原位。

他无聊地开始翻看着书籍。

已很清楚莱曼读的书是：有关瑜伽术、广播、最快最简单学习催眠术。这里还有详细改写的关于白俄罗斯人的文章，是以这样为开头的："绝对满意！……"

德拉戈马诺夫没什么特别兴趣读白俄罗斯人是雅弗人的直系后代，于是就将文章放到一边，之后他又看到一本粘贴整齐的笔记本。本子皮上用铅笔刀非常精致地刻着：

材料笔记

历史系学生

伊万·莱曼

而下面小写着：

带有自传性质的一些补充材料

德拉戈马诺夫兴奋起来，往亮处坐了坐。那么，是什么呢？历史系学生伊万·莱曼在写回忆录？大家一直认为他痴痴的，可他却悄悄地记载着。也许是，他正是为此而伪装成无害的人，以便不受干扰地观察、记录、记牢。

德拉戈马诺夫打开笔记本，怀着巨大的好奇心扎进去。

莱曼写着：

"越多次地重读自己的或是别人发现的一切，越不止一次地重新思考我的陈旧脑袋里所滞留的，就越加对一切感到厌烦，最后一个月我完全无所事事，因此处于难以忍受的寂寞中。是在菜园里忙活还是在自造的牢房周围闲逛？每天都受着炎热的干扰。出去狩猎？这个时间没东西可打，况且牛虻还骚扰马匹……"

德拉戈马诺夫眯缝着眼睛，困惑不解地转动着手中的笔记本。

"什么样的马？在哪个养殖场？"不过，夏天他好像去了某个地方。但是"在陈旧脑袋里"？显然，他发疯了。

他接着读。

"怎样度过一天，特别是怎么缩短午前的大把时间呢？写作？……我大概早就忘记了写作，要不是维持这个不能给予实在物质的并不重要的通信的话。但是有什么用呢？不做没价值的事情，所以不该写所有落到笔端的东西。而我的时间：这是我的写作对象。我想写我的一生和我记忆中发生在其间的最重要的事情。而且也不会有什么人认为，我一心只想以这些不怎么重要的事情来获知文章创作者的面孔。绝不！我知道作家需要什么样的天赋、信息、知识、理论和口才，献给自己或者作为恩赐于一直传递到最近一代的勇士的巨大功勋、统治者的荣耀、人民的灾难。我打算写自己，为了自己，为了自己的人——所以，我按照自己会的那样去写，不给自己树立克谢诺丰托夫①，或是利维耶夫那样的榜样，要低于这个时代和以往时代的其他安排。我的文笔类似于行为，会很简单，但却真实，以此盼望召唤我的女神——真理的帮助。"

德拉戈马诺夫惊慌失措地用手摸了一下自己的额头。莱曼的语言美极了。而且，语言算起来无论如何也不少于 150 岁。

"生于白俄罗斯小城博洛特诺依，生于如果不是最有名和最富有，也是最健康和最年轻之家。父亲彼得·彼得罗维奇·莱曼，21 岁的青年，由于互相爱慕娶了 16 岁的我的母亲安娜·伊凡诺夫娜·科连科娃，而他们于第十个月的幸福组合，也由于我的诞生而得以增光添彩。由健康、年轻的父母所生的第一个孩子被母亲哺乳得很壮实（将来至少在一方面站稳脚跟），意味着：一出生就获得了坚实的家庭基础、纯洁的血脉、健康的汁液……这可以根据所有的优良马场和其他的工厂看得出来。

"瞧瞧这个仪表优雅、彬彬有礼的青年：他脸上的所有特点和他身体的所有动作，是否会得出他就是当两个善良、敏感的个体在夜晚愉快地散步后、在一个远离人烟的宁静殿堂里一个安静甜蜜的时刻陷入了纯洁爱之激情的产物？他那脸颊上鲜明的绯红、自身肌肉的弹力、宽阔的胸膛、洪亮的声音和一贯的欢乐，是不是可以证明他是身强体壮、勤劳的农民在身材粗壮而健康女友的睡梦中，在枝杈繁茂的小树林的背阴处，在芳香草垛的微风中之吉祥的结合产物？"

德拉戈马诺夫在桌前弯着腰、吸着烟，一直把笔记本读完。

---

① 伊万·克谢诺丰托夫（Иван Ксенофонтович，1884－1926），苏联国务和党的活动家。

莱曼接着宣称，他的母亲在生完第二个儿子之后，在生命的第二十个年头丧偶，而且因为惹怒了姑姑，又一次嫁人了。

继父本该将他溺死在距离科特利亚科夫卡村不远的池塘里，但是还没来得及完成，就被路过的村民阻止了。

为了离开这里，他尽量靠回忆，好像梦见了前往明斯克学习，生活在某个叫瓦尔瓦拉的女人的监护下，"完全游手好闲"，在大街上闲逛，而且"由于水果极度丰富，他们吃得很饱"。由此引发的不良倾向使他陷入淫乱放荡的生活中。由他的上司、女人瓦尔瓦拉所引发的一意孤行的为所欲为，使他养成任性的所有恶习。但是白俄罗斯的，哪怕是糟糕的教育不仅让他摆脱了注定的死亡，而且在他身上养成道德、友善和遵守规矩的品质。

德拉戈马诺夫轻轻地把笔记本放回原处。

回忆录是与众不同的。

贫穷的历史系大学生伊万·莱曼！他从哪里抄来的？从拉季舍夫那里？卡拉姆辛？对于他的庄重又体面的悼词，庄重的回忆录是不够的。是声响吸引了他。语言像铜币一样洪亮，几乎像祷告。

"一意孤行的为所欲为……注定的死亡"。

4

过着放荡生活的一年级学生，已不再用鞋跟敲击地板了。当德拉戈马诺夫从莱曼房间出来的时候，走廊里的台灯已经熄灭。他回到自己的房间——大概不是为重新尝试入睡，而是抓住清新的晨光来工作。

纯净的雪光从涅瓦河上撒落到他的窗前，物品都放得矮矮的，就像孩子放的一样。他眼睛明亮地坐在桌前，摊开手稿——他从语言学角度写着有关小说语言的长篇大论。

但好像什么打扰了他工作，手也不听使唤，笔也不好使。

他懊恼地摇着头，返回到莱曼的房间。

"莱曼，唯物的手稿抄录人，唯物主义者。"说完，他就断断续续地大笑起来，并把被子从他身上扯下，"历史系大学生伊万·莱曼！抱歉，把您吵醒了。"

莱曼忽然尖叫一声，把裸露的用棕红色的羽绒褥子盖住的双腿蜷缩在身下。他惊恐地眨着眼睛竭力躲避。

"莱曼，重要通知，请注意，"德拉戈马诺夫再一次说道，又坐到他身边的床上。"你写的那些悼词，看来，有一篇是可以投到报刊上的。不是白俄罗斯人，"他开始抓挠着莱曼的脚后跟补充说，"而是教授。普通的编内教授，不是任何什么人。而且是科学院通讯院士……啊哈！自杀了！身后没有留下一点痕迹，没有一丝风吹草动地死了。姓洛日金，名叫斯捷潘·斯捷潘诺维奇。你可以在自己的回忆录里记述他：'他曾经存在过，但是他现在不存在了'，或者'结束了自己的生命'，或者'生活再也与他无关'。写一篇关于他的文章吧，亲爱的莱曼，亲爱的历史系大学生伊万·莱曼。就是一点我不怀疑。关于这一点我很惋惜。这一点我完全确信。这就是，亲爱的伊万·莱曼，你不能在他的葬礼上宣读悼词！"

5

所有黑人——都是黑发男子，我——黑发男子。所以，我——黑人。

小前提未必是正确的。逻辑学教授维亚泽利就不是黑发男子。他是灰白头发的。整整一群灰白头发的人坐在教研室里。从这一群人里偶尔听到了笑声。

教授是一个有名的好高声大笑的善于讥讽人的人。

站在他们面前的是一个高个子大学生，他长着漂亮的鼻子，总是热情地往后甩的头发，正如他们所说，"他在漂游"。

他已经漂游了二十分钟左右，但是没有丧失尊严。对于维亚泽利的每个问题他都委屈地晃动着蓬松的长发，嘴唇微动，但是一言不发。

答卷上他的名字旁边早就被画了一只小船。这是维亚泽利的习惯。如果学生答出，小船旁边会画上有点像帆的加号，要是没回答出来——就是减号，大概可以当作被折断的舵。

在考期快结束的时候，整个水上交通已暴露出学生的失败。

诺金睡眼惺忪地、疲惫不堪地、气势汹汹地坐在最后一张课桌前，一边打着哈欠一边看着第五教室里熟悉的天花板。

他忠实于书中的可靠的规则——事到失败，要补救也来不及了——他也没看。他是一气之下准备考试的，就三天的时间。

连续三天他都是早上六点起床直到深夜都在学习逻辑思维的规则、反驳推论的方法。

由中世纪僧侣发明、以促进记忆正确的模式的一首拉丁诗，如同百叶窗那样啪啪撞击在他的脑海中。

芭芭拉、塞拉伦特、达里、费洛克、普里奥里斯、塞萨雷、骆驼、费斯蒂诺、巴洛克……

教研室里浓密的灰白发人，在他看来是逻辑错误。

"哎，好吧。放过黑人吧。您，这位同学，明显对哈米特人种族没有好感。那您根据这样的三段论说的是什么？您——不是我这样的。我——人类。因此，您——不是人？

这一次学生应对很快。

"错误在于，"他自信地说，"我也是人。"

考卷上的小船旁不紧不慢地画了一个舵。

"我不敢怀疑，"维亚泽利非常严肃地反驳道，而且全身因大笑而在自己颠簸的椅子上颤抖起来，"整个问题在于，您是不是很忙的人和能不能再来找我一次?"

大学生沉默地拿回记分册，气愤地把它塞进手中的逻辑学教程里。他完全什么也不知道，一个问题也没能回答出来。

然而，在他从教室往外走时，又很委屈地甩了甩自己的头发大声说道：

"哼，真奇怪!"

于是，啪嗒一声关上了门。

诺金忧愁地在他身后苦笑了一下："现在走来的是，那个胖胖的女人，从早到晚在大学走廊里晃荡的矮胖子。恐怕也考不及格。接下来就是我啦。让他们见鬼去吧，他们为什么要逼迫东方语言系学生和逻辑学打交道。维亚泽利留着胡子。我没有胡子。因此我不是维亚泽利。而且什么错误也没有，我的确不是维亚泽利。所以我现在要像子弹那样穿过这个维亚泽利。哎，要去面对维亚泽利了，维亚泽利很会主持考试。"

一个小时之前，他在无聊地等待教授的时候，曾在图书馆和小卖部之间晃悠，一个熟悉的女学生告诉他，她是怎么考过维亚泽利的逻辑学的。他只向她提了一个问题：

"是否存在否定概念?"

"教授，存在的。"女学生肯定地回答。

他撇了撇嘴，冷漠地看着她，想了一会儿。紧接着在她的记分册上打了五分。接下来指着门的方向问道：

"那好，那边还有很多人想考试吗？"

"非常多，教授。"

"嗯。这样，去跟他们说，否定概念不存在。"

那个胖姑娘很了解课程！还没等维亚泽利说一个字，她就充满激情地甚至信心十足地向他宣称：她兢兢业业地上他的课，不是别人的：笛卡尔是唯理论最著名的代表人物之一，由同一种物质组成的，但是具有不同性质的两个单独的概念在某种程度上被互相称为亚反面……而维亚泽利有些懊恼。他忧愁地把胡子弄得乱糟糟的。他从讲台上垂下另一只手，于是诺金清楚地看见了上面修长的、精心雕琢的黄色指甲。

"不，这个指甲不合适维亚泽利，"诺金心想，"和胡子不搭。他可能只是用它在页边做标记。而这样的指甲还可以做什么呢？剔核桃仁？……咯吱？……挠痒？……要知道矮胖姑娘考过了！好一个矮胖姑娘，经济委员会的。"

一个身材像蘑菇的学生，正是那个守在教室门口并检查考生名单的人，早就给他做了手势。

诺金朝他点了点头，他把手放在太阳穴上。太阳穴直跳，有个圆圆的大包在手指下来回翻滚。他习惯性地将双手交叉，就像之前在面包球上做的那样——两个大包开始在手下滚动。眼睛发涨，一切好像生病中那样乱了套。

当他站起来准备走向讲台时，他还期待着，他刚一说出第一个字时，熟悉的清晰的条理就会迎他而来。

但是清晰的条理并没有降临。

他沉默地看着维亚泽利茂密的、又脏又白的胡须，而且整个胡子膨胀了起来，变得越来越密，越来越大。他轻声地说出有关主体和谓语的东西。一片黄色指甲摸着考卷滑动着，寻找着他的姓。哎，他也没白来见维亚泽利啊！

"根据第三条特殊规定，"自言自语，并感到自我惊讶，他用的是另一副陌生又紧张的嗓音，"根据第三条特殊规定……什么是第三条特殊规定呢？"

大家同情地、低垂着眉毛看着他。在远处一个地方，在玻璃门外站着学生们。长得像蘑菇的学生在他们中间走来走去，像挥舞旗帜那样挥动着以此消除生活中危险敌人的名单。

诺金中断了自己，然后请求提另一个问题。维亚泽利欣然同意。他若有所思地用自己的指甲挠挠耳后，让诺金陈述一下数学归纳法的规则。

可诺金甚至都没在数学归纳法周围游过。他像锚一样沉入水底。

6

考完试后他就直接去见德拉戈马诺夫。他太阳穴酸涨，眼睛疼痛，要知道，整本逻辑书一页不落地了然于他的眼前。他不明白自己是怎么失误的。

德拉戈马诺夫不是一个人。

他的房子中间站着一个完全赤裸的人，诺金是凭着画像认出他的。

然而，这个人不是站着，而是围着一摞内衣跳着，并从中间挑拣着淡紫色的男士衬裤、袜子、毛衣。

德拉戈马诺夫笑着看着他。

接着他把眼睛转移到滞留在门槛上震惊得不知道该进去还是出去的诺金身上，于是大笑起来。而此时赤裸的人也看到诺金了。

此人跨过带靠枕的小沙发床，背对着穿上男士衬裤又迅速向诺金伸出手。

"不要害怕,"他说道,"我是涅克雷洛夫。鲍利亚,这是谁?你的学生?让他坐下,只要他不是女人。顺便给我点水。我要梳洗。"

突然意识到自己是一个学生,诺金顺从地坐在沙发上。

涅克雷洛夫有一个又大又白又圆的躯体。他身上有一种优越感。他占据着主动。

他把双腿放在洗脸盆里,瞬间把整个德拉戈马诺夫的房间贱满水和肥皂沫。

"我该拿苏谢夫斯基怎么办?"他边说边用纤维团擦着整个肩膀,"他说我写得很糟。我写得不好吗?"他快速向诺金询问道:"你们——大学生?大学生都怎么议论我?你懂吗,这个苏谢夫斯基?"他皱着眉对德拉戈马诺夫说:"你看过他的房间吗?他的书?他不懂现在什么重要。"

"我也不明白。"德拉戈马诺夫沉思地说,"不知道什么重要。什么都不重要。"

但涅克雷洛夫说的已是另一回事。他用海绵擦着结实的无毛的腿并聊起其他的事情。

"我昨晚喝得很醉吗?我好像打碎了餐具?也许我也不完全对。时间会证明谁是对的。但是,你看到没,他们做的不是该的事情,你的学生们。"

"还有你的。"

"好,我的也是。我们研究理论是为了扭转艺术。而他们呢?他们写自己的文章只是因为这些文章在他们之前没人写过。这是不对的,胡说八道,一无所成。诞生一批系主任助理、系秘书。您是研究什么的?"他问诺金。

"先科夫斯基，布拉姆别乌斯男爵……"诺金脸红了，开始在口袋里寻摸着根本没有的烟卷。

"不对。你瞧，鲍利亚，他们已经不明白他们为什么这样做了。"这句话说得得意扬扬，"他们想要撰写正确的书。他们想要科学院尊重他们。为什么是先科夫斯基？你们需要这个做什么？"

"他是阿拉伯学专家，"诺金心慌意乱地解释道，"何况我也学习阿拉伯语，并且我想……他写过一些有趣的有关六音步长短短格的理论文章……"

"哦，不要紧，诺金！勇敢些，批评他吧！"德拉戈马诺夫高兴地说，"是的，他一点也不懂六音步长短短格，你们可以把他关起来，狠揍一顿！"

涅克雷洛夫哈哈大笑起来，抓了抓后脑勺，背对着坐在盆里，泼洒出水。

"我想证明，"诺金勉强地克服着害羞之后说道，"说他用阿拉伯语诗体系统来总结自己的六音步长短短格起源理论。"

涅克雷洛夫用铅笔刀修剪脚上的指甲。

"鲍利亚，这有趣吗？"他问道，"也许有趣吧。那就写这篇文章吧。你叫什么？为什么我以前哪儿也没有见过你？"

他最终往身上套上男衬裤和毛衣。毛衣不合适，他扯下纽扣又把它塞进德拉戈马诺夫的上衣口袋里。

"鲍利亚，你单身，拿着，对你合适。"

诺金睁大眼睛看着他。这样的人，他一生中还是第一次见到。他是如此像"那些完全难以想象的不受我们时间和空间束缚的人们"，那些他坐在阿拉伯语语法后面，在纳利奇内胡同的比利牛斯山脉上臆想出的人！在这个人身上可以感受到何等的力量和不守秩序啊！

他已经差不多爱上涅克雷洛夫了。他抓住每一句话，用充满爱慕的眼神看着他。

涅克雷洛夫一边在房间里走来走去，一边系着裤子。他已有两次准备跳起踢踏舞。

他熟练地收拾水盆，用拖把拖干净地板，他在德拉戈马诺夫房间进行着久违的扫除。

"你该买餐具橱，"他从窗台上收走烟头和装满马铃薯皮的烟灰缸解释说，"而且大概可以结婚……短时期地。一年或者两年。让你跟谁结呢？让他娶谁呢？"他对着诺金问道。"你，需要，结婚，娶一个不搞文学的好女人。娶一个不搞文学的、不一定年轻的。来莫斯科，我给你安排。"

德拉戈马诺夫结过婚，两三年，但认同了。

"但你要记住，维佳，我喜欢顽皮的女人，"他非常严肃地说，"爱开玩笑的。"

他一动不动地坐着，近乎不情愿地听着涅克雷诺夫说个不停，赐予给他一整套的行为风暴。

他偶尔也微笑一下，张开露出黄色牙齿的嘴，他的后背在椅背上来回移动，但为了方便涅克雷洛夫却一步也不动。

至于对房间做什么改变的想法，他明显处于完全冷漠的状态。

"但终究，"涅克雷洛夫说着什么，"终究……终究……终究我是要走的。今晚吧。虽然可能不是今天。鲍利亚，我在走之前还需要杀一个人。这不是带引号的。我说真的。"

"也不是隐喻？"

"也不是隐喻。"

他坐在沙发上，坐在自己的一只腿上，脸色忧郁起来。然后又把另一只腿放在身下。他像土耳其人那样坐着并生气地转动着脚。

"我不知道该拿他怎么办。我要杀了他。或者打伤他。我得想个办法摆脱他。听着，鲍利亚，你知不知道，这个——克克切耶夫是什么人？"

德拉戈马诺夫皱起眉头。他从上衣口袋里掏出纽扣，愁眉苦脸地看了它一眼又丢到一边去。

"我知道克克切耶夫，"他不紧不慢地说，"但是怎么对付他——我不知道。打他没有用。"

"你懂的，我不能允许维拉奇卡嫁给他。"

德拉戈马诺夫眯缝起眼睛又若有所思地摇摇头。

"奇怪，"他说着又重新开始坐立不安，"要知道，她好像还是一位年轻的女人。好像也很温柔。你是说维拉·亚历山德罗夫娜？"

"我说的就是维拉奇卡·巴拉巴诺娃。"涅克雷洛夫生气地转着脚说。

如果他不是那么沉浸于自我，他大概会注意到那个他立刻就忘记了姓的大学生，他向后一仰，靠在椅背上，又重新脸泛红了，然而紧接着又变白了。他试图起身又脸色惊慌地回到椅子上。

德拉戈马诺夫听到摩擦声转过身去，他注意到他的学生出了点状况。

他站起来，一瘸一拐地靠近诺金。

"我的好孩子，你大概头晕吧？"他关心地说，"你一副病态。喝点水？你怎么了？你是不是疲劳过度？"

7

他眼前的房间轰轰地响着，像一个个打铁风箱堆放在一起。耳朵里轰轰地响着。他茫然地盯着自己的双手，为发生的事寻找称名。这是一种不幸。这是普通的事情。这是……瘟疫。某人的某诗句自然而然地浮现在他的脑海里：

这是一种暂停。

不是相遇在考期的可怕的审判。

胡说八道。他用手扶着额头，强迫自己去听德拉戈马诺夫在说什么。

德拉戈马诺夫在说着克克切耶夫。他是多么厌恶、挖苦地说着克克切耶夫！

在革命前不久（他说）他无意中来到彼得格勒一个顶级的俱乐部。为了打破所有赌博新手走运的传说，他半个小时内几乎输掉了所有。他的好友，一个艺术家，基塔耶夫："你好像遇见过他，维佳，可他后来在战场上被枪杀了。"跟他碰了一下酒杯。

"可不是什么安慰我噢。"德拉戈马诺夫解释说，后来他不敢一个人喝酒了。茨冈人式的忧郁袭击着他。

在这件事上，他关注过赌徒们，也听过谗言，城里没有一个出色的人物不认识他的好友的，他首次看见了克克切耶夫。

克克切耶夫嘴上叼着烟坐在金色桌前。他身子圆滚滚的，一个快乐而殷勤的人。

他的右手边和左手边都是女人。

"都是非常好看的女人们，"德拉戈马诺夫附带提醒一下，"现在这样的完全没了。肌肉真棒！他知道她们的用处。"

克克切耶夫为了她们喝酒。为了一起的所有人，也为了每一个单独的人。也在玩赌。他这样玩赌，脸上的每根血管都在调动着。但是随着每一次赌输，他为自己储存的就剩下一个金币。所有剩下的，都以真正的俄罗斯人的真诚和与此同时欧洲人的灵活性，亲手分给了自己的女人们。

德拉戈马诺夫看着他心软起来。

"很年轻啊，我简直被他吸引了。多高尚啊，胸怀宽广！可这个人身上有着何等的轻浮啊！"

于是基塔耶夫开始告诉他，什么是宽广、高尚、轻松。

为了确定自己的讲述招来熟悉的庄家，他请求肯定。

于是庄家确认了，好像是在严守机密的情况下：

"康斯坦丁·伊万诺维奇，他玩得很正派，我无话可说。但只是有一点吝啬。一点吝啬。他是算完账才发给女人这些钱的。游戏结束后，它们有很多盈余返还到他这里。"

"不知道是不是真的，"德拉戈马诺夫补充说，又把桌子推到一边，把腿放到桌上的图书之间，"但也不否认，他此刻可以把作家请到身边来，给他设下陷阱，要是这个人还欠他人情的话，给他上残羹剩饭作为稿费。"

"我想……这样做是不对的，"涅克雷洛夫快速地说，"他没必要发钱。但也是无所谓的。他不是那个克克切耶夫。这个人还年轻，他才二十岁或者二十五岁左右，不会再多。"

8

诺金不知道自己怎么从宿舍走出来的。大概是，他沿着楼梯、走廊逛了半个小时左右。在空荡荡的教室里他直挺挺地躺着，脸朝下，就一直这样躺着，直到有个气呼呼的老头，毫无疑问是住在管理员办公室的人，不光是问他，而是用手威胁让他立刻滚开。

诺金用手揉着额头，小声说着道歉。不稳地踏着脚步，走出来后立刻离去了。

事情很简单。在文学理论中举的这个例子是作为最简单的情节架构："她很温柔，于是他爱她。但是他不曾温柔，因此她不爱他。"

而这个简单的事情已经不能用妄想、浪漫和文学来解释了。

他站在大学门口，紧皱额头、紧咬牙关。在桥面上冻结着一层脏兮兮的冰，几只瘦弱的麻雀在冰面上跳跃着。

悲剧在于她不认识他。她对于东方语言系的某大学生这样爱她、没有她既不能生活也不能工作这件事一点概念也没有。他本该写一封情书给她。他不该写给她。他祝愿她幸福。

一个身着棕红色外套、面熟的副教授，手背在后面、近视地眨眨眼，忧郁地从他身边走过。

他祝愿她幸福。

身材瘦小的、留着灰白头发的守卫，敞着棉袄，坐在自己岗亭的椅子上。

他祝她幸福。

于是他忍住眼泪，冲到堤岸上。

倾斜而下的雪花迎面扑来，还有涅瓦河上的风。但他敞开了外套，弹了弹后脑勺上的帽子。

他的脸在发热。他感到很热——出于可怜自己，出于感动。

9

"看在上帝的面上，请原谅我，我鼓起勇气出现在您面前，几乎不认识您。"

她沉默地歪着头，请他坐下，接着自己跷起二郎腿坐下——就像她那天晚上坐着那样——没系扣的便鞋从脚上脱落下来，在脚趾上晃动着。

"问题在于，我无意中成为议论您的见证人——请允许我不说出任何人的姓名。我认为自己有责任向您提个醒。"

她敏锐地向他抬起眼睛。

"什么事？"

"很多事。"

而关于自己，关于自己——一句话也没有。

"我应该提醒您……正在蓄意谋害您的意志。他们想干涉您的选择。您的……您的朋友有危险。"

她看着他，看着他陷入黑眼圈的眼睛，沉默不语地看着他，而没系扣的便鞋从她的脚上落下来并在脚趾上晃荡着。

"但谁能向我保证您说的都是事实呢？我几乎都不认识您，我和您只见过一次。"

于是他微笑着，面带自备，或者讽刺，歪着嘴笑着，他站起来鞠了一躬。

"我是为了提醒您才决定这样做的，假如事情不牵涉到您，我大概永远不会做的。我是凭自己的良心做的，您还需要我什么样的保证呢？"

于是，她开始感谢他，向他伸出手，有些发颤并摇晃着，带开襟的袖子从肘部落下悬挂在那儿。

他沉默地把手贴近嘴唇，坚定地做出离她远点的动作。他将永远地离开她。而关于自己，关于自己——一句话也没有……

他虚构了这段谈话，当他向科学院附近的一个骨瘦如柴的残疾人购买烟卷的时候。

"怎么样，您很冷吧？您还是离开沿岸街吧，有风。"他温柔地跟残疾人说，残疾人没回答什么，只是耸耸肩又用围巾把脖子裹得密实点。

当诺金趴在空荡荡的宿舍楼里的教室课桌上之际，他决定必须去找维拉·亚历山德罗夫娜。

但是，正在爬楼梯的时候，他突然开始动摇。要是他表现得像一个小孩子，像一个中学生，那可怎么办？

也许，他这个不速之客、局外人，没有任何权利干涉别人的事情？

他站在破碎的窗口旁的第三层平台上，一动不动地站了几分钟，一边无意义地沉思着，一边观察着在铺满干燥玻璃泥的破碎窗户附近雪花在如何飘落。

终于，他嘴上叼着熄灭的烟卷爬到了第四层楼的平台上。他什么也不想了——他的脑子里一片烟雾、混沌、黏稠……

一个身穿破旧大学生制服上衣、留着海象胡须的人，给他指了路。他嘴上蠕动着，冷漠地看了一眼诺金那激动不安的面孔。

"沿走廊右边第五个。"他用手捋着胡子说着。

于是诺金站在左边第五个门前。他缓慢地从嘴里把熄灭的烟卷拿出来并扔到地板上。他的心像节拍器一样，像正常心脏那样跳动着。几乎什么也没想，由于紧张都忘了敲门，他推开了门。于是门无声地开了。

他看到了她的脸，几乎是让人无法抗拒的，带着一副困惑的眼神。面色苍白。还有那只无意识地握住发型的手。

握住了，但发型还是散开了。

他随即看到了她冰冷丰满的额头和六角眼镜。这个面临威胁的朋友……他，像一只敏捷而入的兔子，像一只耳朵夹紧的、享乐的兔子。

断断续续的喘息声，回荡在房间里。从事体力活儿的人们，困难地呼吸着。

脊背在房间里做主。

脊背圆滚滚的，几乎不是太雄性的，匀速地在散乱的枕头中来回移动。

10

他湿漉漉地回到家，带着这样一副面孔，这让为他开门的老太太慌张不已地开始跟他说起鞑靼语。

他踏着沉沉的脚步走进自己的房间。

房间里亮着灯。

哈尔杰伊·哈尔杰耶维奇手上拿着报纸站在窗前，好像是在等他回来。当他看到诺金的时候，报纸从他的手中一下子跌落下来。

"我大概是生病了。"诺金嘶哑地说道，一下子跌倒在椅子上。房间天旋地转起来，他直打哆嗦。他沉默地触摸着双手，寒战从头到脚袭击了他。他试图用不听使唤的手解开皮鞋带，鞋带锁死了，他无助地努力解开死结。

需要爬上床。但是，如果眼睛被压住，如果枕头是用什么都无法取代的白点，该怎么到床上呢？

表情凝重、身穿长襟礼服的哈尔杰伊·哈尔杰耶维奇站在他面前，不同寻常地漂亮。他沉默不语。

致哀的黑纱，淡雅的致哀黑纱戴在常礼服的衣袖上。如果不是打寒战，如果不是房间天旋地转，诺金还会注意到他的带着泪痕的眼镜，他的拳头里攥着被眼泪沾湿的手帕。

"哈尔杰伊·哈尔杰耶维奇，"他仍旧牙齿打战地问，"这是给谁呢？……您为谁戴黑纱呢？难不成为我？"

"我哥哥死了，"哈尔杰伊·哈尔杰耶维奇小声地说，"我昨晚才从晚报中得知。"

诺金解开鞋带并最终脱掉了鞋。他努力咬紧牙关在房间里走来走去。床摆在右边的某个地方，他撞到墙上又转回身用模糊的眼神寻找哈尔杰伊·哈尔杰耶维奇。

"我就是愚蠢，难以忍受地愚蠢，"他晃着疲惫的双手说，"我十九岁了，但是我仍然一句阿拉伯语都不懂。这个在德拉戈马诺夫家里跳舞的赤裸的人，我害怕他，他是强盗。哎哟，我的上帝，我太蠢了！我再也不写诗了！我需要躺在床上把头埋在枕头下。"

他一边穿着袜子在房间里走，一边在地板上留下湿漉漉的痕迹……
突然被时间抛弃的他，半夜才回过神来。
半夜里，他在床上醒来，双手抓住自己的头，把被子从头上扯下。
手臂上戴着黑纱的哈尔杰伊·哈尔杰耶维奇坐在他的脚边。

枕头边的小桌上放着一些小玻璃瓶和盒子。还有一杯茶。茶是马林果的，度数较低的，红红的。

"您大概感染了肺炎，"他听到一阵轻声细语，"我去请医生。安静地躺着。想喝水吗？"

"我不喝，"诺金透过由于寒战而聚拢的牙齿说，"我要写信。给我纸笔。只是铅笔要削尖的，好用的，非常好用的。"

他的手跳跃着，沿着哈尔杰伊·哈尔杰耶维奇在他面前打开的书里的小纸片上写了什么。

"亲爱的，我以自己的名誉求您并发誓。"他说了些不该说的，又试图改正，"我以名誉担保，但只是您要找到他，预先提醒他，给他递纸条。"

他闭上不听话的嘴巴。房间已不再旋转，而是转到了一股股冲力，它在和水做着斗争。水咆哮着，而他裹在漏风的破旧的被子里，在热水里游着……

哈尔杰伊·哈尔杰耶维奇勉强地弄清纸条地址上的人名。这个名字他非常熟悉。

他把便条放进信封里，认真地封起来。接着把手别在身后在房间里走来走去。随后，他拿起盖在台灯上的尖顶帽，又看了一眼诺金。

诺金睡着了，看着消瘦许多，嘴巴病态地张着，闪烁着无光泽的牙齿。

11

"我脑子里有多少喜剧！悲剧！历史剧！我的脑子里满是俄罗斯戏剧，一直到最时髦的轻松喜剧！你说呢——法依科！法依科不能写，他是个优柔寡断的人！但我行！我发现的都是一些什么样的词语！不是单词，反正像是什么东西、物品，将直接从舞台上飞向观众！……戏剧现在需要怎么制作呢？用陌生的语言！用教会斯拉夫语，例如：'但愿没人敢在势力眼前揭去覆盖物，但愿这个想法在诞生之前就从根源上死亡……'这是什么鬼，绝不是语言。'想想这个'。你想象一下戏剧里这样的话语——膝盖都会发抖!"

秋芬把一块白鲑鱼贴近嘴巴，白鲑鱼从叉子上滑落，掉到地板上——有关戏剧的话就没说下去。

他身边担任秘书的下流坯及时地跑去拾起鲑鱼。

老克克切耶夫咀嚼着。他的巨大的假牙，为了碾碎食物在有节奏地磋磨着。

餐厅给人一种细长、有礼节、干净的样子。

一个外表诱人、穿着便服的女人，一边在舞池中跳舞，一边随便地展示着结实诱人的大腿。她跳起了狐步舞，起步从左轮手枪射击式的动作开始，最后以一种表达生命乐趣的姿势结束。

秋芬郁闷地看了一眼这个姿势，又回过身，不满地吧嗒吧嗒自己的鲜艳的丰满嘴唇，他给自己倒了杯酒。

"我认为餐厅里应该禁止这样的淫荡，"他说，"而且幸运的是，谢米亚金没和我们一起。要是谢米亚金在这儿，大概无论如何也不会让的。"

关于谢米亚金，其实，他没有一点概念。

"他死了。"

"难道死了?"下流坯震惊了，"可是他身体显得十分强健啊?"

"他是一个气色红润的人! 单手可以举起一头母牛! 瞎治自己。每一小时就服用一次什么散剂。眼睛不知为何涂着绿色软膏。后背上抹着芥末膏。于是就死了。"

"我认识他，他是酒精中毒死的。"克克切耶夫冷漠地解释。

"他不喝酒。"

秋芬得意地，同时又怜悯地把手放到西装衣襟上。

不喝酒。滴酒不沾，除了药水。但是问题不在于此。我是说他另一

141

点。一次，我和他坐在一家小型剧院里。在图拉。那里有一个女演员……名字没法提！鬼知道是什么，不是女人。当时就是这样的姿势……（他对着跳舞的人的方向摇头）——奇怪的女能人。一次，我和谢米亚金来到这个小酒馆。正进行表演，没什么，第二个，也没什么。我们坐在那儿。但当乐曲进行第三个动作时，她竟做出这样的姿势，我的谢米亚金开始打寒战。坐着不能自持，呼吸沉重，含糊不清。令我恐惧的是，他看着看着——竟站了起来！他站起来，穿过整个池座走到舞台上，牵起她的手，打断了演出！并且一瞬间就去了上面，到了办公室里。过了十五分钟后返回来，帷幔重新拉起，表演重新开始。想象一下……

秋芬把烟灰缸拿到手里，兴奋地用它拍打着桌子。

"表演一到这个地方，她就即刻以这种姿势躺下。我回头看了谢米亚金一眼，看到——他面色全无。'受不了，'他说，'天性，这样的性格……我克制不住。'你懂吗，科斯佳，我的心抽紧了。我抓住他的手：'女士，'朝着她喊，'女士，请变一下姿势！'而她，你瞧，从舞台上向我示意，不做这个姿势的话就断然拒绝扮演自己的角色。她说，这是最成功的地方，高潮。而他又一次追上去抓住她的手，再一次把她带到办公室。再一次打断演出……"老克克切耶夫用纸巾擦了擦油腻的嘴唇，什么也没说，显然，对这个不大可信的故事完全不感兴趣，笨重地走进盥洗室。

一个男孩鞠躬行礼，全身弯成一团，为他打开前面的玻璃门。

12

他边系扣子边想着，要不要给这个男孩小费。觉得不值得。最后就没给。

他大腹便便，但步履轻快，善意地回到自己的位子上。他不在时，秋芬开始感到无聊。他们是好友——公事上的，如果不是心灵上的。他们的友谊流传着许多笑话。讽刺画家把他们画在一起。这是商业情谊，他们像是两栋看上去体面的、有偿债能力的、从上世纪九十年代就存在的商场彼此关联。

他心满意足地看着克克切耶夫是怎么靠近，怎么坐下，怎么往衣领里塞餐巾纸，怎样双手拿刀叉，怎样把火腿挪近自己的。秋芬看了看火腿，感到了不快。

"斯坦丁·伊万洛维奇，你能不能停下来不吃呀，哪怕一分钟，"他沮丧地说，"你会把自己弄中风的。你不能吃多。脂肪会长胖，心脏会坏。你看看我——我的肌肉。我的心脏怎样厉害！就像钟表在敲击。而这多亏什么，你想？尤其是胃。我甚至梦到自己停止进食。梦到我在啃一头猪。我就去占卜。跟我说：'老爷，别吃了。你干脆别吃了。'他说着，'猪肉吃得太多，所以你的心脏不安宁了。'我就言听计从了，不吃了。于是感觉自己好很多，年轻了十岁。就像暴风雪——这不是我说的，这可是女人们跟我说的。年轻得认不出来了。"

克克切耶夫没听他的。

吵闹的群客坐在邻桌，年轻的人们穿着非常干净的内衣，女士们穿着超短的裙子。

他非常不满地看着这群人中的吉留什卡。

吉留什卡的左手边是格洛巴切夫的妻子（需要结识——不错的人），而右手边坐着的则是撇着嘴、往四周抛撒嘲弄目光的苏谢夫斯基（酒鬼，可疑的人——差劲的人）。

看到父亲之后，小克克切耶夫高兴地朝他挥挥手。举起酒杯，他勉强地抿了一口。

"为你的健康干杯!"

克克切耶夫温柔地朝他点点头作为回应。他有点难过,但是没有表现出来。女人们——这没什么,但是吉留什卡的好友,他很少有喜欢的。"他该结婚了。"他思考着,终于吃饱了,便把盘子推开。

13

老克克切耶夫在枉然地为儿子操心。吉留什卡长大了,就像被风吹大了似的。顺风顺水,事事成功。

他被任命为编辑已过了一个月,就像车厢里的夜晚,像他完全不存在似的。

他面前的仕途,简单得就像字母表。它可以被搭建,也可以被拆解,它顺其自然地前进着——几乎比他想要的还要快些。

今天,命运就坐在他的左手边,高大,浅色头发,身体白皙。她有一双松软圆乎乎的手,她闷闷不乐地坐着,在酒桌前——闷闷不乐,手托着头——完全就是绣架后的一个俄罗斯妇女。她叫叶夫多基娅·尼古拉耶芙娜,她是掌管最大一个列宁格勒出版社之人的妻子。

这不,他跟她聊了半个小时左右,试图想个办法打动她——她一直回绝着,一杯接着一杯地喝着伏特加,但却在保持冷漠,乃至好像变得越来越忧郁。

他坐在她身边,看上去就像一个尽心尽力的胖乎乎的孩子。

"叶夫多基娅·尼古拉耶芙娜,"他说道,试图装作比实际上更醉的样子,"您要知道我爱您,说实话,爱您。我一生中第一次遇到您这样的女人。"

叶夫多基娅·尼古拉耶芙娜平静地看了他一眼。

"哎，瞧，您已开始撒谎了，"她忧郁地说，"您从第一句就开始撒谎。"

"叶夫多基娅·尼古拉耶芙娜，把酒喝下去。"克克切耶夫站起身，从桌子的另一端拿起一杯波尔图葡萄酒，并站起身来，"我没撒谎，如果您愿意——我今天夜里向您证明我没撒谎。请允许我，叶夫多基娅·尼古拉耶芙娜……"

"即便如此，可您也是一个厚颜无耻的人，哪怕不像，"叶夫多基娅·尼古拉耶芙娜看着他，冷漠地晃着腿说，"如果我告诉彼得·瓦西里耶维奇的话，他就会蛮横地即刻把您赶出部门。您就是个无赖和恶棍，而且完全不配人爱。就因为这样的恶棍，我今天整个早晨都在哭。我再也不想这件事了。我谁也不需要。要是有个修道院的话，我就会抛弃丈夫去修道院了。可是，现在修道院也是这样，完全无处可去。"

吉留什卡惊讶地看着她，偷偷地摸了摸她的手。她耸耸肩，但手没有挪开。她的脸部表情几乎是冷漠的。

"我会告诉彼得·瓦西里耶维奇，"她补充说又轻轻一笑，"他会蛮横地把您赶出去，一定会的。不知道，现在女孩子嫁的都是什么样的青年！要知道，您好像正在准备结婚。等结了婚后再相信您。不，不信。"

"叶夫多基娅·尼古拉耶芙娜，"克克切耶夫说着又亲了一下她的手，"'Timeo danaos et dona ferentes'①。只要您不把我赶走，我就不结婚。好吧，今天的确有一位女士让我享用过，嗯，一个可爱的小姐。但是结婚？叶夫多基娅·尼古拉耶芙娜，我怎么能结婚，如果我爱您的话。您不相信我，可我没有您就不能活。唉，我该拿您怎么办？"

---

① 希腊人送礼时余犹畏之（我害怕希腊人，哪怕那些带着礼物的）。

他，当然是在撒谎：他准备结婚。维拉奇卡·巴拉巴诺娃是他的未婚妻。她已是他的妻子，或几乎是妻子了。而且他真的爱她——不是为了仕途。要是其他有什么人敢这样说她，像他所说的'可爱的小姐……让人享用'这样的话，他大概会打起架来。

然而，拿叶夫多基娅·尼古拉耶芙娜怎么办，他清楚得很。胖胖的、热情的膝盖在她的短裙下晃动着。哎，不管晃到哪儿……

要是苏谢夫斯基没拿着酒杯靠近他，他大概就把手放在这个膝盖上了。

"哎，大人，我们来喝一杯。"苏谢夫斯基说。

苏谢夫斯基醉醺醺的，有点不开心。他弄翻了酒杯，还没把它放在桌上就继续说着。他已经说了很长时间，却没人听他的。

他跟每个人说的恰好都是别人所想的，而且所说的一切都达到了非同寻常的程度，以至于所有的人都把这些当成了笑话。

他告诉那个无精打采、不停地拨弄着念珠的女士说她有口臭，又向一个令人尊重的、留胡子的人，一位著名的为列宁格勒所有刚开始写作的作家提供赞助的人说，他的赞助工作，毫无疑问只是因留了胡子才受到支持，还说，他对于外国人来说只是留胡子而已，算不上人物。整个晚上，他都称克克切耶夫为大人，赋予他以荣誉，但却用空杯给他当"警卫"。他令所有人讨厌。他不会默默地喝酒，或者不想喝酒。

"基里尔·克克切耶夫，大人，恶棍，"他懒懒地说，"你这个小狗，不用怀疑，你是在靠我过活。权利意识让你看不见自己。你是黄口小儿，你就是牛奶生产的废料。要是我不能全权掌控你的话，我大概会在二十一岁时输给你。把波尔图葡萄酒递给我！那天，当你被任命为整个文艺作品部门领导的时候，我把红旗粘在我的拐杖上，从家里拿来半打年轻诗人的印刷作品，又保护你免受革命伤害。"

他喝完了，把杯子放到瓶子上。

"我们应该提出最后的通牒，要求把你和另一个管理发放预支款的会计室的骗子吊死！我们应实行法规，根据规定每个公民不受编辑干涉，有权一生中有一次机会出书，我们或许应该摧毁收银台的秩序，我们会让第二部电梯投入使用！我们要获得行动的自由。我们将把国家出版社平庸的球体置于空气中——让它腾飞！我们应该夺走半裸女神的缝纫机。这本该就是征服我们大概知道该怎么对付的二十个姑娘的愉快征途。"

"苏谢夫斯基，这是剽窃品，"留着外国胡子的人从桌子的另一头朝他喊道，"这一切都是维克多·涅克雷洛夫当着我的面说您的。"

"啊哈，维克多·涅克雷洛夫！您向这个人打听打听维克多·涅克雷洛夫。"苏谢夫斯基指着吉留什卡说，"他正准备归还涅克雷洛夫的新书手稿。穿着国外西装背心的家兔们，获得高等教育的家兔们，你们开始垂涎蟒蛇了。啊呀呀，基里尔·克克切耶夫！哎哟，我怎么能在你父亲眼里输给你呢？你的父亲是个无比寻常的人，他是个可爱的人，他是个坏蛋，但他不是官员。他也是个骗子，对他谁也不会起身，但他不是官员。而你是当官的，你是个钻营家，基里尔·克克切耶夫，大人，浑蛋。"

只有现在他才注意到，在摆满空瓶、完全捣碎的冷盘桌旁，孤独地坐着一个人。

吉留什卡早就跟傲慢的叶夫多基娅·尼古拉耶芙娜跳起舞来，人群散去了，那个留着胡子、吸引外国人的人坐近另一张更符合他年纪、智力发展和社会地位的桌子前。

苏谢夫斯基忧郁地把叉子插进他的唯一的听众——剩下的鱼骨头里。骨头没和他说"阿门"，骨头无助地躺着，也许不再期望重新长满肉了。

"瞧，兄弟，我们就这样活着。我们喝伏特加，吃黄瓜。"苏谢夫斯基忧郁地跟他说道。

14

餐厅已空无一人，侍者们重新摆弄着椅子，把它们抛在桌子上，音乐家们收放着乐谱，秋芬由于酒精有几分浑浑噩噩，但依然威严自如地找到克克切耶夫，他面带表情，一边蠕动嘴唇一边跟克克切耶夫说：

"吉留沙，找你爸爸去吧，亲爱的。不知他是睡着了还是……不过，我也不知道。在我看来，就是不愿意付晚饭钱。"

老克克切耶夫坐在那个整晚只须起身一次还是刻不容缓的那个位子上。

他坐在那儿，像个庞然大物，身子圆滚滚的，后背显得沉重，头搭在胸口上，手插在长裤口袋里，睡着了。

这不是他偶尔喜欢玩弄的把戏，当晚饭后需要偿付餐馆账单的时候。

他真的睡着了，自然地做了个梦——他长了一副睡着的鼻子、睡着的眉毛、睡着的肩膀。

"竟然叫不醒他，"秋芬抱怨道，"毕竟不能一整夜都留在这个酒馆呀！要知道，无论如何——他都是上了年纪的人，吉留沙，他可能会在没有任何准备的情况下发生些什么。他总爱吃猪肉。我警告过他——是的，那怎么能行呢，但是他不听。同时，猪肉使人变重，你知道，有点影响心脏。我要是你的话就把他带回家去。你知道，即便他准备死去，但家还是更合适些。妻子，那个，这个，孩子们……"

吉留什卡看了父亲的朋友一眼，觉得有点惊讶。秋芬也完全醉了，惊人地醉了，但还是能轻易地甚至优雅地克制住自己。而且，不多说一句话，就离开了，又很快拿着从打扫大厅的服务生那里借来的拖把返了回来。他把所有没喝完的酒倒在拖把上，带着一副担心、几分忧郁的面容，把它放到老克克切耶夫鼻子下面。吉留什卡及时地接过了拖把。

一直若有所思的秋芬，走到他跟前说了几句靠谱的俄语。紧接着又回过身走向出口，步履坚定，向前迈开了双腿。

在出口处，他做了一个轻松的单脚尖着地的全身旋转，而且没摔倒，只是用手抓住门框暂时中止了。

原地站稳之后，他带着往常的自信，跨过门槛便消失了。

吉留什卡仔细端详了父亲一分钟。秋芬是对的。父亲老了。以前他在餐厅的桌前没有显露出来。

他对父亲感到一丝怜悯，掠过一丝优越感。父亲的苍白头发，睡着的、宽大而充满疲惫和力量的面孔，引起了他的同情。

他体谅地微笑着，晃了晃他的肩膀。老克克切耶夫没醒。他只是无意识地晃着头，就又向后仰在椅背上。丰满的胸部从敞开的上衣下面露出来。他打起盹儿来。

于是，吉留什卡突然蹲下来。他蹲下时稍稍眯缝上眼睛迅速小心地看了看四周。周围空无一人——留下来的服务员正摆弄着棕树，卷着地毯。

他急忙解开父亲的上衣。他那又短又胖的手指不停地移动着。

他慌张地微笑着，把这些手指伸进父亲的侧面口袋里。

这是十分轻浮的现象，当然（从他是大学生时候起，就拿过父亲的钱），鬼知道，今天晚上他白白地把自己所有的薪水都用在叶夫多基娅·尼古拉耶芙娜的晚饭上了。

父亲的钱包在他的手上抖动着，手指颤动，他神情紧张地扶了扶眼镜……因为不相信自己的眼睛，神经质地又扶了一下。

哈尔杰伊·哈尔杰耶维奇，那位手稿保管员，印刷水印计算员，单位最不起眼的公务员，站在了他的面前，此人抬着头，双手插在长长的黑色常礼服衣襟里。

他一动不动地站在那儿，沉默地注视着，实际上是，自己顶头上司的那双熟悉的胖乎乎的手，在对陌生的钱包做着什么。

上司紧咬牙关，迅速地把手上的钱包放在身后。

"您在这里有什么需要我的地方吗？"他含糊不清地问道，感觉到绝望的脸红，他使劲地让自己恢复平静，不再为此更脸红。

哈尔杰伊·哈尔杰耶维奇一句话不说，踮起脚摇晃着，嘴巴动了动。

"没什么，"他最后说道，又悄悄靠近一点，头仰得更高一些，手往上衣衣襟里塞得更深一点，"我什么也不需要您。无论是这里还是别的什么地方。我有封你的信。根据寄件人的请求要立即送到。"

面对着克克切耶夫，他把揉皱的信封放到桌上，迅速用他的又小又干的手掌抚平，再舒展开。

"万一，要是您想要回复这封信，"他重新踮起脚，"十分感谢寄到我的地址。而且，这封信的寄件人现在处于完全不省人事的状态。而他在恢复健全的理智和清晰的记忆情况下，愿意或者不愿意和您有什么联系——这我就不确定了。大概，他不愿意。"

他鞠了一躬，把右手放在背后藏起来，以避免握手和谈话，又抬起肩膀，沿着黑黢黢、布满烟头的饭店大厅移去。

他不紧不慢，依旧满怀尊严地踮脚走着，貌似一些矮个子人习惯走的那样。他走着，看着烟雾弥漫的夜间餐厅被隔成数块空间的镜子里，用近乎高傲的眼神迎接着自己。

15

这一天，事务性的、近乎是文学的俱乐部，气氛不是太活跃。

不是因为作家们搬到了俱乐部，也不是约见比较少。公务的、爱情的、文学的会见都预定在列宁格勒最大的出版社之一的六楼。

涅克雷洛夫几乎厌倦了所有的人。这一天，他显得有些凶煞，仿佛随时大发雷霆。

他坐在自己的椅子上摇晃着，双脚抵住桌子，桌子后平常坐着是些耐心等待编辑的人们，蓄着小白胡子的水兵们，他们仿佛突然发现了自己身上的才气，有散文的也有诗歌的；或是令人尊重的八十年代的女作家们，她们在渴求着迟来的认可。

这次要求迟来认可的是一个严肃的老头，他和米哈伊洛夫斯基一样可怕。

他被从自己习惯坐过的位子赶走，勉强地落座到窗前并勉强微笑地站起来，抽着一种味道浓重的烟草，以至于做编辑工作的女大学生不停地做着深呼吸。

涅克雷洛夫歪着头，愁眉苦脸地看着他。

老头交给编辑部的诗歌是献给不久前"根据新历逝世于三月十四，享年八十七岁的女歌手加林娜·赫里斯多弗罗夫娜·列普斯"的。

诗歌这样开始：

为了图书馆的学科教科书

你努力奉献了几乎十七年！

还有自己做教师资源中的财富。

哎，这一切都是你的值得尊敬的事迹！

他诡秘地笑了一会儿，忽然向前走去，然后请求那位幽默的、体魄健壮的编辑允许他大声读一读这首诗。于是就读了一遍。为了不被打断，他又立刻换成献给牛顿的长诗。长诗开始是这样：

二项式和导数，地球引力，
彗星移动和七色光谱。
所有行星和地球绕太阳周转，
形形色色的大发明算什么！

最终结尾是这样：

像俄罗斯上空枝繁叶茂的橡树，
教授科尼置身在祖国之上。

在持续的二十分钟里，编辑一直在劝他相信：教授科尼没研究过物理学。一直等到编辑结束，他才宣布说他个人很熟悉教授科尼，并说他预报的天气非常富有天赋。

"究竟是什么，您想想，牛顿？"他把自己胡子攥在拳头里问道，"在我们俄罗斯，哪怕在我自己身上，都不会，很抱歉，从来不会评价天才。我们这儿有很多这样的牛顿。一大堆！你想想，导数。"他补充说，没注意到他和自己的长诗产生了毫无疑问的矛盾，"为什么您认为第五点重要？他能根据这些导数预报天气。又搞错了，预报得并不准。

我有一次因为气压表想去巴甫洛夫斯克。指针停在强烈干旱上。这样，在巴甫洛夫斯克——您不会相信我的——不是雨，而直接是泥浆从天而降。如果让我打电话给科尼——无论如何也不会去的。然而，我刚把内衣挂在院子里，瞬间就打给牛顿了。于是——就好像诊所里的诊断。他说：从两点到两点四十七分要有降雨——准确无误！两点开始下雨，到了四十八分时它就像刀子划得一样戛然而止。"

实习生没等听完就把手帕捂住嘴巴，跑到走廊里去了。

编辑本该是个天性爱笑的人，但他却强忍住大笑，紧张地转动着眼珠。

一位年龄不大、面带忧郁的作家（突然出现在房间里），脸型有几分像斧头，时断时续地发出嘈杂声，在桌前沮丧地移动着鼻子。

只有涅克雷洛夫找到了足够的精力来宣告他非常喜欢这首诗。这首献给已故少女列普斯的长诗，他甚至誊写下来给自己做纪念。

请原谅，请你原谅我们，伟大的女公民……

"这首不错，不比多罗宁的诗差。"他边抄边说。
在您的纯真里有未来祖国的传说。

从银行付给她的不是退休金——
而是不朽的记忆——我们永恒的职责。

"这个需要立刻出版，"他十分严肃地声明并把抄写的纸张塞进记事本里，"剔掉胡子吧！到了您开始吵闹的时刻了！"

16

米哈伊洛夫斯基似乎是在娱乐已近绝妙时刻离开的，当时他看上去明显年轻了许多。他敏捷地挥动着拐杖和褐色小礼帽，当取而代之出现的是出于鄙视对全世界半睁半闭着眼睛的、穿着灰黄色春季大衣和方格软帽的苏谢夫斯基之际，当脸上有几分像斧头的散文家准备陈述自己在新小说中欲揭露自己的亲姐姐的情节之际，当从紧挨编辑部厨房里传来浓重的酸菜味，使得技艺高超的编辑吸了吸空气又做了一个有食欲的用嘴咀嚼的动作之际，当太阳离开紧密的编辑部范围，移向了会计们和打字员们之际，涅克雷洛夫又开始忧郁起来。

他已经等了德拉戈马诺夫接近半小时，并准备在出版社着手安排出版他的书（因为在列宁格勒大概没有一个人比德拉戈马诺夫不操心自己的书的），这个德拉戈马诺夫本人在九十年代被耽搁太久了，丢失了手稿，像鲁滨孙一样活着。他被骗了，没有来。算了，这是他的事！

涅克雷洛夫一边轻声地唱着，颠着，一边忧郁地在编辑部走着，磕碰着什么东西。

走近苏谢夫斯基时，他忧郁地把帽子拉到鼻子上，重又往前走。

他面临的将是一场不愉快的谈话。而且更糟糕的是，这段谈话没有开头。结局他很清楚。中间很清楚，但是开场白？

"开场白应该是礼貌的，"他颇感遗憾地想了想，"要是我突然打他，那他大概就会跑。他跑掉，就没用了。"

他撞到了礼貌式的开场白，就像民间童话中的施以援助的野兽。

"瞧——苏谢夫斯基，"他突然说了一句，便把手插进口袋里在他面前停下，"活力十足的苏谢夫斯基。请告诉我，亲爱的，你为什么感到无聊？你为什么需要这个？请你回想一下，什么时候在两句话之间不用'которые'和没有逗号连接！而现在，要出版你的书，你就是伟大的俄罗斯文学。你从早到晚都应该高兴。可你却感到无聊！"

"关于逗号和'那个'你跟我说了四次，"苏谢夫斯基无聊地摇摇头反驳道，"甚至当时你的手也是这样准确地插在口袋里面的。你或许会想，如果所有的逗号和'которые'都被忽略掉，这样就会产生普希金的作品《黑桃皇后》。可这是产生不出来的。"

"亲爱的，别生气。你知道今天早上我想起你什么了？当你朗读自己第一部短篇小说的时候，我夸赞了你，因为你还很年轻，还穿着毡靴，而左琴科却把我叫到一边说：'维克多·尼古拉耶维奇，您为什么夸赞他？你要知道，他会从现在一直写到死的。'"

苏谢夫斯基看了他一眼，尽量看上去漠不关心。可他的脸却微微泛起了红晕。

"可你知道我昨晚想起你什么了吗？维克多。"他几乎若有所思地说，"当叶赛宁到这里来的时候，你因《酒馆莫斯科》而开始诋毁他，他没有把你叫到一旁说，你正是因此才成为批评家，而不是诗人。你的诗集也验证了这一点。诗歌糟透了。在马雅可夫斯基之下。"

涅克雷洛夫哈哈大笑起来，绝望地挠挠后脑勺，把手摊开。

"我认输，"他喊叫着，"那就这样吧，画上自己的逗号吧！告诉我，克克切耶夫是什么样的人？我无论问谁，所有人都开始说起父亲。而我需要和儿子说话。"

"克克切耶夫——这是一个学会把作家变成笔杆的人，"苏谢夫斯基阴沉地说，"他有时会毁掉我们的。你想和他说什么？他，大概还准备归还你手稿呢。我要是你的话，就不和他说话，而直接骂他。我认识他。他是个败类。"

涅克雷洛夫停了一会儿。坐下。接着再问：

"什么？手稿？什么样的手稿？"

编辑神经质地在自己的椅子上坐立不安起来，脸变得越来越红，对苏谢夫斯基做出一副生气的面孔，接着又不安地把目光转向涅克雷洛夫。

"不知道，这只是听说的，"用舌头舔舔牙，苏谢夫斯基低声含糊地说，"好像是要返还。手稿。书……"

长着一副沮丧鼻子的散文家在最吸引人的地方中断了自己的情节，而女实习生像孩子般张着嘴看着涅克雷洛夫。

涅克雷洛夫大笑起来。

"苏谢夫斯基，你有秘书吗？"他问道，"你们所有人都需要雇用秘书。要是我生活在这里，我估计会组一个秘书团，把你们所有的出版社都从喀山大教堂的屋顶上扫射下来。"

"维克多·尼古拉耶维奇，你要知道，这里发生了一件奇怪的事情，"编辑不安地扶正眼镜小声说，"书，是被接收了，合同方案就放在我的桌上。我想，这件事会以些许改变而告终。但是克克切耶夫……"

"哎，瞧您，小事一桩，"涅克雷洛夫说了一句什么，站了起来，他感到了一种非同寻常的高度礼貌，这是他从未感受到的，"我都无所谓。我和他谈谈。"

"他在秘书处，就在这层楼，向右，"编辑调解地解释说，"您跟他谈谈。他若坚持己见，你明白要……"

但涅克雷洛夫已不在房间里了。他从嘴里倒抽了一口气，就走了。

而在门外，在走廊里，他的步伐开始变得愈加沉重，眼睛也变得愈加昏暗。他咧了一下嘴，开始晃着头……

17

技术部门的女打字员，那个戴着蓝白相间蝴蝶结的、真正活泼好动的姑娘，停在了秘书处门口，一边倾听一边眼睛向上看着，面孔因好奇而有些泛红，之后就继续跑下去。一分钟后她带着两个有点像年轻士兵的女友回来了。女友们看上去也是兴趣盎然的样子。

又过了一会儿，商业部门的那位习惯于发出吱吱响的女文书，也加入到了女打字员的行列。

女文书听了两三分钟后，急忙跑到楼梯上抓起维利弗里德·维利弗里多维奇·多奥特斯曼的袖子，和他一起回到了秘书处门前。

秘书处通常是那样一种办公场所，即在那里，维利弗里德·维利弗里多维奇每天都要待上差不多六个小时，一分钟一分钟地度过。他是刚从这里离开的，想用一杯茶和法式白面包恢复一下自己的精力。

此外，由于自己是有家眷的人，身后有着不太成功的社会出身，所以他不仅不想走进秘书处，而且希望与它保持友好的距离。

"那里有哈尔杰伊·哈尔杰耶维奇呢，不要紧的！哈尔杰伊·哈尔杰耶维奇会把他们拉开的。您放心吧，哈尔杰伊·哈尔杰耶维奇不会允许打架的。"他肯定地向惊讶不已的文书说，又严肃地抬起脚向后走到平台上。

秘书处正上演着闹剧。事情发展范围越来越大，而且愈演愈烈。

闹剧像水管一样轰鸣，已经无法听清说话了。这可不是什么可笑的事，甚至连活泼好动的蜻蜓姑娘都不敢笑了。

"把眼镜摘下来，我现在想打您的脸！"

接着——一阵尖叫。于是被丢开的椅子在镶木地板上轰隆一声。好像是开始了打斗。

秘书处门前已经站满了一整群人。

谁也不打算进去：维利弗里德·维利弗里多维奇，总会在紧要关头想起自己是一个和平法官，他从平台上喊道："应该找找和解口角的办法。要是无法实施这一点的话，就应该叫守卫或者其本人离开。应该把他们抓起来，劝解开，实行禁令。"

实施禁令已经晚了。

一个人，像个矮小的、皱巴巴的、鼓囊囊的布团，穿着内衣从门里滚了出来，在走廊里停下来，毫无意义地张着嘴巴。

他不是在双脚站立，而是在用裤子撑着——由于恐惧而双膝爬行着。一张干酪般的、年轻而苍白的脸——眼镜从上面跌落到他的肩膀上，耷拉着。

不能相信，这个因为恐惧而堆碎着的人还能抽烟、施令，最终不过是占位子而已。

不过，他的位子在之后遭到了完全的破坏。

涅克雷洛夫暴动了。他用脚踩碎从桌子上落到地板上的纸，弄乱着东西，他捣毁着写字桌。他捣毁着写字桌，不但有种享受感还很轻松，很擅长——他好像一生都在做这样的事。

他以某种疯狂的严谨，一个接着一个地拽出抽屉，用鞋跟踩穿它们，砸碎它们。桌子像干面包一样，在他的脚下化为碎块。

他用矫健的步伐在房间里走动着，歪着秃头，一边挠头一边摇晃——就像是在挑选着还有什么可以破坏、压坏、捣毁的东西。接着他在克克切耶夫之后跑了出去。

一群同情的、愤怒的、偷摸笑着的职员站在克克切耶夫的周围。维利弗里德·维利弗里多维奇成功找来老看门人，于是在分发鞋牌的前厅里激动地告知所有人，根据旧刑法要求严令禁止打架和决斗。

由于慌张，他一字不差地引用了完整的几页。老看门人听了他的话又胆小地环顾了一下四周。他正手拿着某个人的套鞋……

涅克雷洛夫一个动作分开了人群。他狂怒不止，寻思着某个词，牙咬得咯吱作响。

苏谢夫斯基靠近他，抓紧他的手。

"维克多，镇定一下，你怎么了，你疯了吗?"他说着，由于自己有点害怕涅克雷洛夫，所以努力不去看他的脸，"冷静下来，怪人，你可知这样会把人打死的。"

"我在和他算账，和这个坏蛋。"几乎不张嘴，涅克雷洛夫嘶哑地说。

一个长着将军式长鬓角、很有代表性的老头儿——出版社里因善于调解纠纷而出名的大管家，果断地、非常严肃地从楼梯上飞奔下来。

"劳驾，请立刻离开房间，"他庄重地宣告，并不靠近涅克雷洛夫，"您干扰公务工作了。"

涅克雷洛夫就像挡灰尘似的挡住了他的手。

"您是有家室的人吗?"他匆匆地问道，"离开这里吧，如果您是有家室的人。"

于是又陷入一阵不知所措的局面。周围变得安静下来。一个长得像塔拉斯·布尔巴的秃顶出纳员穿过人群摸爬了过来，并突然挥了挥手，由于激动用颤抖的声音说了一句:"我建议报警。"

克克切耶夫两手抓住楼梯栏杆站着，呼吸急促，尽力提了提下垂的双唇。他早就在努力解释着什么，抱怨着什么人，不知是医生还是检察官。所谓的眼看着灯笼在燃烧。

他徒劳地尝试用不听使唤的手把领带塞进上衣衣襟里——被拉开、

揉皱的领带在他脖子上晃来晃去的。

涅克雷洛夫慢慢地走到他跟前，身后拖着苏谢夫斯基，后者还是抓着他的手而不肯撒开。他用发白的、因鄙夷而皱起的鼻子看向那张干酪般的脸。

"我忘跟您说了，"他带着一种可怕的从容口吻说道，"我会让您……黄鼠狼……让您连想都别想跟她结婚。"

于是，所有的人看到，克克切耶夫如何瞥一眼闹事人，驴一样的昏暗的眼睛，痴痴地笑着，又轻微、非常轻微地点了点头。

18

但是谁也没看见留在秘书处的哈尔杰伊·哈尔杰耶维奇在干什么。谁也没想起他，谁也没问起为什么他对发生在列宁格勒最大的出版社之一屋檐下的离奇的冲突结局不感兴趣。

同时，哈尔杰伊·哈尔杰耶维奇也是唯一的从这场冲突中获得真正满足的人。只是他不承想"为了寻找调解不合的人，为了立刻把看门人叫来"。

相反，当涅克雷洛夫以行动来实施这种所谓的侮辱，在房间里走来走去，破坏办公室，捣毁办公用具的时候，他却很殷勤地向他移动家具，急忙从柜子里拿出文件夹。他在庆祝。

剩下独自一人时，他谨慎地半掩着门，在被掀翻的克克切耶夫的文件上做了一个开心的儿童般的舞姿。

捋着新长出来的胡须，他在被掀翻的克克切耶夫的公文上跳了舞——蹦跳着，像熊一样踏着脚。他脱下已过时的赛璐格式袖口，把它放到了桌子上，他疯狂地向空中挥舞着拳头，沿着看不见的敌人的脖子猛打。稍稍眯缝起眼睛，对着拳头吐吐沫，他毫无失误地命中了看不清的、自己过去的下属。他就像一个绝望的孩子，像一个疏于管教最终造成斗殴的好打架的人。

于是，他如此尽兴地打着架，就像是这个骗子真的站在了他的面前并且无一切地看着他，这个骗子，这个浑蛋！

19

雨点落在列宁格勒精神空虚的大地上。

雪花落在列宁格勒精神空虚的大地上。

雨夹着雪尝试填满他的空虚。

他如同被连根砍掉而倒下。

电车司机用袖子擦着玻璃。

他在倒下，不听反驳地。

他倒在床上，因为屋顶交给从旧金山来的先生修理了。

有轨电车沿着大街缓慢地行驶，爬上桥，而轨道在桥上轰鸣着，如此无法忍受地轰鸣——需要默不作声，需要用被子抱住头。

于是，他沉默着。他还有公事，非常重要的。他是因公事而去的。他知道这是奎宁药引起的酸痛——为什么给了他奎宁？

路桥向背后掠过，走向恶劣天气，走向永恒，街道无声地飞奔着。街灯闪闪发光。

诺金看看窗外，他从昏暗处透出的影子里认出自己。带波纹的窗影和有轨列车一起飞驰着。

影子是一种伪装的映衬。

影子是一种光线和物体相撞又不可穿透的结果。

影子既不能买卖，也不能通过任何方式疏远自己。

儿歌在他的脑海中回响：

克维恩捷尔——科恩捷尔患着咽炎弹唱着，

克维恩捷尔——科恩捷尔掉进了深渊，

克维恩捷尔——科恩捷尔有个妈妈，

但咽炎把他带走埋葬。

有轨列车转圈行驶。到了区限，所有人都下车，只剩他独自一人。他手中拿着几张票，沉甸甸的。

他不知道该拿它们怎么办。

疲惫的女乘务员不耐烦地看着他。

他轻轻地把这些票放在自己旁边的椅子上，又买了新票。新一批乘客走进车厢，抖落着衣服上湿漉漉的雪花。他们坐在他的左右两边。这是一种空无，他们的脸都像搪瓷似的，这很好！

他给带着熟睡孩子的女人让座。

他和戴着护耳的棉帽的人谈天气。

他向他解释，下课回来，课程延迟了。他给戴着湿漉漉的棉帽的人看一些自己携带的书，而那个人一副同情的面孔听着他说。他让那个人相信，他有事，非常重要的事情，说他在两个系工作，这不，生病了，这不，受不了奎宁。

返回的有轨电车爬上桥，轨道重新响起。再次什么声音也听不见。嘴上说话声也平息了。

于是，他跟戴着湿漉漉棉帽的人攀谈起来，她的手往后移去，按了按发型。按住了，可发型还是散开了。什么克克切耶夫，基里尔·克克切耶夫，他就像一只谨慎的兔子，像一个长着紧贴着的、享受的耳朵的兔子。

戴着湿漉漉棉帽的人听不清他，同情地朝他点点头。而那个女人抬起头、忧愁地看着他的脸。孩子睡在她的怀里，她一边轻轻地摇着一边捡起落下的小被子。

于是，诺金挥挥沉甸甸的手，开始唱起了萦绕在脑海里的儿歌，音绕不断，不得消停：

> 克维恩捷尔——科恩捷尔患着咽炎弹唱着，
> 克维恩捷尔——科恩捷尔掉进了深渊。
> 克维恩捷尔——科恩捷尔有个妈妈，
> 但是咽炎把他带走埋葬了。

但是他怎么证明，他在来自旧金山的先生面前什么错也没有。

20

一个大圆灯，如同枝形大烛台，在离他很远的地方吊着。柔和的尖顶帽在他周围游着，被充满气鼓起来，又胀破，像被圆帽压破的肥皂泡。

接着，一个穿白色大褂的黑人，突然从破碎的空间出现在他面前。他手拿一个小黑管在摇晃着，一个医用小锤儿竖立在腰间。黑人摸着脉搏，把肥胖多毛的耳朵贴紧在胸口。他背后站着怯生生地跳动着棕红色眼皮、惊慌不安地摊开双手的哈尔杰伊·哈尔杰耶维奇。

但是呼吸——呼吸困难。

诺金努力地做着沉重的呼吸，从被子下伸出大大的白色的，连着五根骨质的凸出的东西。凸出的东西慢慢地移动着，看来好像顺着他身上爬着。

他没认出是自己的手，于是由于害怕、虚弱和疼痛而哭起来。

21

当他第二次苏醒的时候，他听到了两个声音。

奎宁①不再使他耳鸣了，他双手放在被子上面，显得细长又自在。他留心地听着，不想抬眼皮。

这两个声音十分相似。相似到可以认为自己确信自己是某种习惯于孤独的、能同客观事务对话的人。

"我亲爱的孩子，要知道，这至少也该二十岁……哪是什么二十啊……二十六年过去了……你还在生我的气吗？一切都记得吗？"

这是一个轻轻的、疲惫不堪的，但是平缓的声音。这不是哈尔杰伊说的。哈尔杰伊是在自己嘟囔呢。

"我还记得，你是怎样不计任何后果地欺骗我的，你是怎样利用我的信任诽谤我的。我记得呢！"

这不是别人，就是哈尔杰伊说的。可是哈尔杰伊竟是这么嘲讽地、这么带有挖苦地喃喃地说着！

诺金睁开了眼睛，缓慢地翻了一下身。

如果他不是那么虚弱，他肯定会从自己的床上跳下来——他看到的这一幕对他而言太奇怪了。再次进入噩梦后的混沌思维，使他因惊讶而

----

① 药，俗称金鸡纳霜。译者注。

痛苦地摇起头。可这一切太不像噩梦了。

两个哈尔杰伊·哈尔杰耶维奇面对面站着……

或者不是——只站着一个对于诺金而言更真实的哈尔杰伊·哈尔杰耶维奇。穿在他身上的是那熟悉的常礼服，不过，上面再没有了惹人注意的哀悼的带子，好像自从他生病那天开始，他就完全没取下来过。

他站着，向前伸去一只脚，把双手放在背后，抽动着肩膀。

另一个是非真实的哈尔杰伊·哈尔杰耶维奇，他使诺金感觉熟悉的不仅是与自己同貌，而是面对面的真实，他怯生生地坐在椅子边上。鬼才知道他穿的是什么，太多的东西穿戴在他那弯曲的肩膀上和蜷缩的腿上！这里有哈尔杰伊·哈尔杰耶维奇的、他的、诺金的、熟悉的呢子大衣，绿色的学生制服，还有某种末端弯曲的女士睡鞋。

在从开关延伸到窗户的砖红色炉子上方，用绳子悬挂着湿漉漉的裤子、内裤和变干前不合身的、扭曲的上衣，冒着蒸汽。仿佛是夸夸其谈的人所处的境况。他的右边袖子被高高撩起来。

"可见，你一直都认为我那时在你面前有错？告诉我，错在哪儿，要是你觉得经过二十五年我们还不晚和解的话。"

"错在哪儿……"

哈尔杰伊挥挥一只手又重新把它放在身后。

"在于，你诽谤了我，斯捷潘。在于，你趁我不在时从我身边夺走了未婚妻。还有很多地方，只是可怜你不愿意回想更多。你把我们两个都毁了。既有她，也有我。"

不真实的哈尔杰伊把自己裹进大衣，疲惫不堪地看着他。

"亲爱的，究竟谁毁了谁，要么我毁了她，要么她毁了我……如今说这个还值得吗？要是我在你面前有什么错的话，那也是年代久远了……"

"年代久远？"哈尔杰伊鄙视地反复问道，"那么，要是我把这些年代久远归咎为特别的犯罪呢？年代久远！而你这些年怎么过的？读书？抄袭其他人的著作？你哪怕有过一次想起我吗？你是假仁假义的人，斯捷潘！你是伪君子和强盗！"

不真实的哈尔杰伊靠近炉子，胆小地向前伸了伸灰白的有点颤抖的双手。发黑的脖子从大衣领里露出来，他像一个日本人。

"哎，伪君子就伪君子吧，"他微弱地反驳着，"哎，我现在能为你做什么，亲爱的？哎，强盗。哎，读书？而关于她，要知道我没有强迫她，她正是自愿嫁给我的，而不是嫁给你。"

"自愿？你说是自愿？那你忘了，怎样在我回来后，你建议我为未婚妻写毕业论文的？为了自己现在的妻子，为了玛利维娜·埃杜阿尔多夫娜，在列克斯未出嫁时，建议为我搞一个有关混乱年代的研究？就这样泡汤了！散了！"

哈尔杰伊·哈尔杰耶维奇踮起脚在房间里走过去。他好像试图安抚自己。但是过来时更加拘礼和愤怒了。

"忘不了，"他庄重地说，"我胸中的气哪儿也去不了，而且血也不会冷却。永远不原谅。这不只是降临到人身上的意想不到的灾难的命运。你这样欺骗了我，这是任何命运所无法欺骗的。不光是我，任何一个拥有足够力量的人，因你给我造成的委屈都会向你施以报复的！你是伪君子，斯捷潘，而且不仅是伪君子！你是小气的预谋犯，你占据别人的……"

哈尔杰伊·哈尔杰耶维奇自己停止了嘟囔。不过，这已经不是嘟囔了——水管里的水在哗哗响着，地板干裂着，印花壁纸也在崩裂作响……

对方在他面前低头坐着。

诺金早就认出他了。这就是洛日金，逝世的教授洛日金，那个最道德败坏、过着淫荡生活、忠于自己禽兽般的好打架闹事的性格的兄弟，哈尔杰伊在给他（或者这是他在病中听见的?）戴着孝的人。

他坐在砖炉前，这个好打架闹事的哥哥，穿着诺金的蓝色学生裤子。

安静地坐着，非常安静，像是怕眨眼睛、点头似的。

"你干吗把这一切都怪在我头上?"他最后回答道，轻轻地吸了一口气，"现在晚了。要知道我和她过了一辈子，和玛利维娜。而你与其责怪我不如想着我们之间谁更不幸——对我而言，是不是在二十五年间没有一分钟感觉到自己是个人，或者对于孤独的你，是不是? 现在还说这些干什么? 她已经是老太婆，而我和你已经是老头子了。现在回忆起这些事难道不可笑吗? 就像过去我曾为她和你争吵那样。"

"不好笑。"

哈尔杰伊僵硬地站在房子中间。他背在身后的一只手紧紧地抓住另一只，明显地颤抖着。

"不好笑。"他重复了一下，突然哭了起来。他弯着腰，脸紧皱了起来，细微的眼泪从毛烘烘的发红的眼睛里流出。

还没擦干眼泪，他就在皱巴巴地礼服口袋里寻找着什么——好像手足无措起来。

于是第二个不真实的哈尔杰伊也哭了起来，他轻轻地哭着，就像一个坐在椅子末端的姑娘，胆怯地摇着头。他是痛苦地挥了一下双手哭起来的。

诺金什么也不说，只是尽量不被看出他醒了，他听到了整段谈话，诺金无声地面朝墙，把被子拉到自己耳朵上。

一种莫名其妙的喜悦使他喘不过气来。还有虚弱。他生气地用被单擦干眼角。

或许因此他没能看清哈尔杰伊·哈尔杰耶维奇怎样躬下腰来，腼腆地拥抱了兄弟，并开始用纤细的手拍着他的肩膀，让他振作一点，自己哭着却劝他不要哭。

第五章

"忘记责任，践踏荣誉，不知羞耻，泯灭良知……"

人民教育部要向讲课有水准的大学教师和不畏惧上课的学生致谢。高级僧侣要感谢教会勇敢完成使命的堂长。

波捷布尼亚①。《俄语语法讲座》

1

在洛日金教授抛弃妻子、住宅和办公室生活体系的一个小时后，就有人看见他出现在大学寝室里。一个大学生看到他从德拉戈马诺夫的房间里跑出来。这是早上七点，稀稀落落的光线洒落在宿舍的楼梯和走廊上方，正是在这种灯光下洛日金像个影子一闪而过，准备好随时消失。他手上拿着公文包，一路上试图将灰色上衣塞进包里。

而德拉戈马诺夫一瘸一拐、高高兴兴地出现在自己住所的门口。他微笑着。他对着洛日金的身后喊着什么，对于住在厕所旁边的大学生来

---

① 波捷布尼亚（Потебня，Александр Афанасьевич，1835—1891），乌克兰和俄罗斯斯拉夫语文学家。

说感觉怪怪的。

"为什么是外套，而为何不是裤子？"

沉默不语的洛日金像影子似的已经消失在某个空隙里，直至平台上的某个地方。

最后一个看到他出现在大学范围内的人，就是那个瘦小的、灰白头发的看门人。

正值薄冰天气，教授像一个滑冰运动员顺着校长办公楼滑行移动着，紧张地掩上皮袄襟。看门人猛地一抖，想要帮忙，但当从岗亭里走出时，影子却无了踪影，教授消失了。

2

出版社把持他的著作已快一年了，还没有决定是出版还是拆版，他获得了部分自己的稿费。这是一笔不小的数额。

他离开了。当然既不是去故乡也不是去荒芜了第十八个年头的姑母的墓地，而是去拜访中学时期的好友医生涅高兹。

涅高兹在三十年前因为某种不顺离开彼得堡后定居在一个小城镇，距离十月号铁路沿线的一个三等车站不远。

洛日金从没和他通过信，但是知道奥古斯特，医生奥古斯特·涅高兹住在彼得堡附近或者彼得堡和莫斯科之间。他经常回想起那个高高的、笨拙的、有点忧郁的中学生，他穿着正式的制服，密实领子下面带着白色花边。

一次，在完成硕士一些科目考试后——洛日金寄给了他一本自己的新书，但是没得到回复。书是出于自豪而送的，不是因为珍视老朋友的友谊，题词也不是它该有的样子——于是涅高兹什么也没回复。

接下来，就用匀称的脚步，多少次丈量从学校图书馆到科学院图书馆距离的脚步，发生了后来所发生的一切。生命流逝了。

洛日金跟自己说过的正是这些话，当取代那个穿着白色碎花领的、得体的中学生，他看到的是一个年老的、有点驼背又瘦骨嶙峋、长着灰黄的海象一样长胡子的医生的时候。

3

涅高兹在见面时没有一下子认出他，但认出后，立刻激烈地亲吻了他，而且不少于十五分钟抓着他的手摇晃，拍着他的肩膀。

当洛日金告诉他是来度假的时候，他发出了因沉默而嘶哑、刺耳的笑声。他笑成了那样，以至于他的未必什么时候听到过主人这样笑过的厨娘，都出于害怕从厨房下面跑上来，卷着袖子，手上拿着耙子。

他把洛日金安排坐在床头带着皮枕头的宽大圈椅里——这个圈椅是整个房间里唯一软和的东西。他把整张桌子铺满了某种油炸饼、小鱼干和去年的零碎饼干。他命令自己的仆人立刻摆上馅饼，向她叫嚷着某种有关豆蔻的东西，以便让她别忘记，就像上次那样，摆好豆蔻、番红花苹果。

洛日金暖心又和善地在几个不大的小城镇式房间里走动着，亲热地看着涅高兹——好似很久没看到外面世界的人了。

吃晚饭的时候，他们都没有互相问对方的私事。他们一个接一个地数落着自己的中学老师——被称作大胡子的严肃的拉丁语文学者，真的，有一次，正是这个有胡子的人制造了一起殴打玻璃、批评学监的巨大丑闻。还有桑克·科尼亚日宁，数学老师，他竟被叫作桑尼卡，尽管他无论如何都不小于 55 岁。洛日金甚至模仿起他——紧闭双唇，把一只手背在身后，而另一只嘲弄地挠着下巴。

"涅高兹，你在做什么，浑蛋？"他快速地说，"你毕业成绩很差，涅高兹！坐下，立刻回到自己的位子上！"

涅高兹捧腹哈哈大笑起来，伸着两条又长又细的腿。

他们回忆起了维克托林·巴甫洛夫，地理老师，一直以妈妈将他注册进俄罗斯人民联盟而自豪的人。他慢腾腾地拿起雨伞和教鞭走进班级，想笑，就用手捂着扑哧扑哧地笑。他们弄错了：俄罗斯人民联盟当时还不存在。

还有米季卡·拉普捷夫，历史学家，此人坐在教研室里用自己的梳子把跳蚤梳掉，还用力地把它们压死在班级里的杂志上。

当听到桑尼卡三十五年前被自己的厨娘吊死的时候，洛日金感到伤感，拉普捷夫被校长迫害至心脏病，当着区督学的面用他的伞痛打了他，于是带着耻辱被赶出中学死于疯癫。

而糊涂虫呢？利恩克斯，老拉普捷夫斯基的学生，喜欢在上德语课的时候展示击剑艺术手法和伤疤——布鲁塞尔和维多利亚团体之间古老的敌对迹象。

这都是些什么宗教学校，我的天啊！这一切好像都很久远，所有这一切好像都异于寻常。

4

洛日金临近早上的时候醒了。室内光线暗淡。他静静地躺着，被子一直盖到眼睛，试图入睡又惊惶不安地意识到睡不着了。紧接着，他用力地把头从枕头上抬起来，用手转动了一下开关。

什么开关也没有，连台灯都没有，甚至连摆放台灯的床头柜也没有。没有眼镜，没有昨天他还没来得及看完的书。或者不是昨天，而是前天，或是……

他从床上爬起来，光着脚走在吱吱响的地板上。沿着一块板——不是镶木地板：是另一种板。他靠近窗户，拉开窗帘。雪覆盖在低矮的栅栏上——清脆、发黑，稍稍有些融化。低矮、光秃秃的槭树随风摇曳。清晨降临。另一种清晨。

搓一搓冻僵的双手，他又重新回到床上裹起被子坐着。这就是事情的缘由：他是匆匆忙忙地逃走的，他逃走了！他抛弃了妻子，脱离了家。谁也不知道他在哪儿，无论是妻子、仆人、公共图书馆还是科学院，都不知道。而他在涅高兹这里，在距离十月铁路轨道的一个三等车站三俄里的偏僻的小城里。

为了重新入睡，他不需要数着曾在图书馆办公室和大学教室里度过的日子。有轨电车不再会在拐角处鸣响，窗格子也不再倒映在天花板上——可是就算有倒影，那也不像是第二、三、四个，洛日金教授所度过的任何一个夜晚了。

他终于自由了。他可以做所有想做的事情，他可以想躺就躺，想起就起。而且不需要跟以前打交道的人说话，不需要因为自己的存在向他们道歉。

也没有书，墙是简单的、木质的、自由的。

不用微笑。

5

几乎在所有的空余时间涅高兹都拿着凿子、刨子在工作台上度过。他喜欢做活。除了专门为重要客人准备的软椅之外，凡是洛日金在他的小屋里看到的东西都是他亲手制作的。

他是极好的医生，然而这一点并不影响他鄙视自己的职业。

"唯一的情况是当原因出现在结果之后，"他对洛日金说，"这是当医生走在自己的患者的坟墓之后。"

在城里他备受喜爱，农民们不远几十里来找他看病。他是因瓦罐的故事而出名的。事情是这样的。

大约十五年前，以乡会会长为首的庄稼汉们来找他，为了把他从附近的一个乡村带走。

在那儿，在圣像下，躺着一个高高大大、多毛发的老头，他是卫国战争的目击者，根据双边协议必须活到庆祝 1812 年卫国战争百年纪念日。

他喊叫着他。在他的肚子上放上炉罐。

从城市医院回来，他便对干燥的罐子治疗功效感到震惊，他拿了一个罐子往上面打肥皂，在里面烧了一小把亚麻，给自己拔罐。

肚子完全被罐子吸进去。

三个惊慌失措的医士在老头周围忙活着。他们徒劳地在警察的注视下试图把手指塞进罐子里。

老人骂了他们。宣称他跟波拿巴①有私交，说其他目击者的护照都被刮去了年份，他要求医士立即减轻他的痛苦。

涅高兹看了他片刻——他那海象般的胡子差点由于强忍的笑意明显地颤动起来。

他环顾四周发现了炉子旁边的火钩。所有人都好奇地看着他。他手上拿着火钩带点拉脱维亚口音说道："喂，现在坚持住，老家伙。"用火

---

① 拿破仑一世，拿破仑·波拿巴（Napoleon，或 Napoleon Bonaparte，1769－1821），法国皇帝，科西嘉岛人。

钩猛地一下打在罐子上。罐子碎成几块。125 年了，毛茸茸的，焙烧过的，历经艰辛却是快活的肚子，从中解脱了出来。

从此，在方圆百里每个小孩子都知道涅高兹。他很单纯。他的怪癖被原谅了。人们认为这是怪癖，例如他无论什么天气每天早上习惯在当地的小溪里游泳。

在洛日金到来的第二天，他就拖着洛日金去游泳——于是后者惊恐地看着涅高兹是如何脱掉长长的裤子和轻薄的茧绸上衣，便开始在岸边下沉，弯曲或伸直虬筋盘结的手。他一点也没察觉，刺骨的寒风迫使洛日金竖起衣领，系紧脖子上的围巾。

"很有益啊，voluntas sana in corpore sana!"① 他向洛日金喊着，做完体操后就爬到水里去了。

冰刚刚融化，水温还很寒冷——但他不紧不慢地沉进好几次，稍稍弓起背，拍拍自己衰老却还敦实的身体，爬上了岸。洛日金惊惶不安地看着他的骨瘦嶙峋的长腿怎样稳稳地站住，他用手擦掉水然后用长绒床单用力地擦起来。

这一天他本该去医院，但由于好友的到来就没去，于是他们整天都在城市里晃悠。涅高兹陪他看了城市。用手指着一栋房子，简单地说：这是"房子"，指着药店——"这是药店"，指着邮局——"这是邮局"。

没地方可介绍。药店就是药店，房子——还是房子，邮局——就是邮局。居民也不像野蛮人。

跟所有沉默寡言的人一样，涅高兹说话稳当，不是一股脑儿地说话，并且爱停留在意外的地方。介绍过药店、医院和邮局后，他又跟洛日金讲了自己工作中的几件事。

_____

① 拉丁语，大致意思：健全的意志赋予强健的体魄！（原注。）

有一次，一个警察张着嘴来找他。他似乎在唱歌，不停地唱，可就是出不来声。他绝望地转动着舌头，勉强地向涅高兹解释，还张着嘴在小饭馆里喝了一碗汤，于是乎就这样张着嘴了。饭馆老板和帮手努力强迫他闭上嘴，但是做不到。

"我用拳头敲了敲他的颌骨，"涅高兹简要地说，"当然，这只是简单的脱臼。可是在他来找我之前，嘴里沾满了灰尘和各种废物。当他闭上嘴的时候，差点喘不过气来。"

在回家的路上，涅高兹又提起一件事：在中学毕业的时候，洛日金、他、克赖特尔、波波夫，还有某个人，决定每五年相聚一次。克赖特尔现在是波士顿的数学教授，波波夫差不多十年前去世了。

不过，在这里，在城里生活、在省统计局工作的不是别人正是叶尼尔·陶贝——"斯捷潘，你应该记得他的，他比我们高两或三年级。"

此时此刻，他们决定叫上叶尼尔·陶贝，决定在这个晚上举行"草地上幼稚的喧闹"——涅高兹这样说。

6

开始了"草地上幼稚的喧闹"，涅高兹着手加热红酒，用力捣碎桂皮，然后往锅里倒晾干的石竹，再用用啤酒杯测量砂糖。

"亲爱的，你看到没，我还没忘记这是怎么做成的。记得不，在巴巴耶沃的房子里我们是怎么做潘趣酒的吗？"

洛日金记得。在巴巴耶沃的屋子里住着住读生。涅高兹也是寄宿学校的学生，而且是所有中学晚会上的知名主持人。

之后，叶尼尔·陶贝来了，年老体衰的老头，留着一把干瘪的灰色络腮胡子，鼻子还挺灵敏的。他的眼睛总是眯缝着，一只眼睛使他流露出一副怀疑的表情，另一只则斜视着。

洛日金有点害怕他的出现。但是叶尼尔甚至都没往他的方向看。他稍微嗅一嗅气味之后，竟直接走向正在忙活红酒的涅高兹。

他尝了尝红酒，说里面伏特加少了。

"见鬼去吧，你。"涅高兹一气之下对他说道，又抓住他的肩膀来到洛日金面前。

"世上疑心最重的人。"他十分严肃地说，"用面粉做的面包涂上碘之后再入口。出于对苏联政权的忠诚一直到现在都不戴领带，这样戴着领扣就来了。"

洛日金怯生生地看着老头。他的确没有领带，看着很吓人。

7

涅高兹坐下叉开双腿，他解开了衬衫扣子，不住地甩着落在他额头上的一簇头发。他像一个上了年纪却很结实的骠骑兵，抱着细颈玻璃瓶唱起来：

Edite，bibite，

Col—le—giales，

Post multa secula

Po—cula nulla!①

没有人伴唱。分散在世界各地的大学生们早就忘了忆起曾经做过他

---

① 拉丁语，大致意思是：吃吧，喝吧/同事们/即将逝去的几个世纪/酒宴再无！（原注。）

的朋友，有些人还宁愿搬进了狭窄、安静及潮湿的远离各种喧嚣的房子里。

只有洛日金不时地用忧郁的嗓音伴着他唱。

Po－cula nulla!

多么让人心欢，当证明不存在永生。

但是，最终他还是走开了。红酒很浓郁。叶尼尔·陶贝说伏特加少了是在撒谎。

"你还记得玛鲁秀·娜维亚日斯卡娅吗？"他问道。多好的姑娘，多好的辫子！你追求过她，奥古斯特。

涅高兹唱着，毫无目的地挥着双手。他喝醉了，他那海象般的胡子垂了下来。

"拉宾家的小山坡呢？还有省长家的鬼屋呢？"洛日金询问道，"而那个在毕业考试之后的一次酒宴上你差点把他淹死的现实主义者米米呢？我当初想说可别淹死他，他却掉到沟里去了，可说的完全是另一回事。说要不是警察你就把他淹死了。"

"我很遗憾没淹死他！"涅高兹用拳头敲着桌子叫着，"我很遗憾没淹死他。他可是个阔少爷！米米，狗脸，你有什么权利高高在上？"他忽然想起来，于是大笑着抱住洛日金，稍微抬到空中，又重新温柔地放到椅子上。

"想那些做什么，还是唱歌吧，来证明你在自己的文学史工作中还没生锈。"

于是洛日金喝了一口。在自己的全部生活中，他大概都没有喝过像在涅高兹家一晚上喝过的这么多酒。

他对着叶尼尔·陶贝，充满爱意地看着。

"叶尼尔，丢弃统计学，来做天文学吧，"他伸手抓起统计学者的袖子，令人惊讶地自言自语地说，"搬到列宁格勒从事行星研究吧。计算它们，这还没人做呢，而且不要结婚。不要听奥古斯特的话，不要结婚。普希金都说过，妻子——是一种护耳的暖和帽子。"

叶尼尔凑近嗅了嗅他。他沉默不语，一只眼睛斜视着，另一只刻薄地眯缝着。他是四十年前结的婚，那时天文学吸引不了他。他陶醉的是另一件事。

他把手从洛日金那里抽开，插进口袋里，又突然神气地两手叉腰在房间走来走去，短小的瘸腿踏出有节奏的声音。

于是，一切都在洛日金教授醉得晕晕的大脑里混沌了。他醉醺醺地摇晃着头，醉醺醺地在房间里晃荡，不时地撞上沙发。

"教授……别找了，我的朋友，特别的意义在于……"

在哪儿呢？他该去哪里找特别的意义呢？

欢快的蓄小胡子的人——邮递员或是邮局官员——像做梦一样突然出现在房间里。是他喝完了剩下的红酒，也是他从厨房拉来了厨娘，让戴带着头巾围绕着一直双手叉腰、扬扬得意地站着的叶尼尔·陶贝跳舞，于是所有的人都坐起来，努力地一会儿伸出自己的左腿，一会儿是右腿。

也是他要求洛日金出示工会证，声称不愿意出现在非工会组织里的公民面前。

是涅高兹把他塞到桌子底下了，或是官员道歉了？

可能是叶尼尔·陶贝，用力侧过身来抓起厨娘的上衣，也可能是洛日金教授干的，于是厨娘开始生气，做出嘲弄的手势，走出了房间，拉平了裙子。

他只记得一件事：六十岁的敦敦实实的中学同学，医生奥古斯特·涅高兹如何站在房中间，立起一撮银白的头发，挥舞着一双像盘子一样的长手唱着：

Edite，bibite，

Col—le—giales，

Post multa secula

Po—cula nulla！

8

失眠弥漫在各个角落里，在被拂晓笼罩着的灰蒙蒙的窗户里。他一动不动，面色苍白。他悄无声息地呼吸着，心脏跳动着。他对周遭的事物、昨日宴会上散乱的家具，以及桌上洒满红酒的残羹剩饭，都感到了厌烦。

野餐！这可是一场野餐。这就是他去暴动的目的地，是他用自己的妻子和书籍换来的。

他竭力不发出声响，站起来，用手托着头，开始收拾自己的东西。

他忍着手指上折磨人的酸痛，给涅高兹写了一封告别信。

他感谢他的殷切款待，并请他原谅因意外情况造成的不辞而别。

他在空荡荡的桌子上发现一小块柠檬，就用一小勺子湿湿的茶水洗干净，然后津津有味地吃了。

在他计划中，是否有这么一块柠檬、斜眼的叶尼尔·陶贝，以及长着卷曲不详胡子的邮递官员？

他心情压抑地离开了涅高兹的家。暴动没有成功。

9

在火车上，他想起德拉戈马诺夫——大概是因为在兹纳缅斯克广场遇见了他，由于不相信自己的眼睛就从旁边走过了。

"的确"——很难认出德拉戈马诺夫：最近一段时间他变化太大，这次见面完全不同于大学宿舍最后一次谈话。

他靠在纪念碑的栏杆上站着，双手蜷缩在自己长长的破旧外套的袖口里，双眼蒙眬地看着自己周围。外套上的扣带被扯断了，它挂在肥大外衣的窄肩上。疲惫不堪的红脸妓女在他周围窜来窜去，小孩子们兜售着芳香的纸巾。

洛日金折回来又从德拉戈马诺夫身旁走过，本该用手拿着毡帽，但是由于慌张还是没问候。德拉戈马诺夫于是扭过头，依旧用迷茫的眼神看了一眼他身后，突然摘下洛日金的帽子。

"斯捷潘·斯捷潘诺维奇，"他恭恭敬敬地喊道，"很高兴终于见到了您。我又忘了还您眼镜。除此之外，我还向您表达最真诚的道歉。一直不明白我怎么会允许自己那样粗鲁地和您交谈。"

10

就这样开始了旅行——一次为寻找丢失的眼镜、逝去的时间和结束的谈话之旅行。

德拉戈马诺夫走在前面——一只脚瘸着，昂着头不看四周。

他像个无业游民，但走起路来却像一个罗马人，自由而有尊严的人，在他看来，脚下的一切都是多余的。他的步履不紧不慢。而洛日金跟在他身后跑着，因怕感冒，把皮大衣的领子竖起来，紧系着围巾。

洛日金心神不宁。他甚至好像有点伤心遇见德拉戈马诺夫。德拉戈马诺夫的礼貌让他害怕。

11

10 月 25 日的大街空无一人。

路灯刚刚熄灭，每栋房子都像是带着不透明玻璃窗的圆头盒子。房子四周空荡荡的，灰蒙蒙的北极霞光宛若下垂的天空，飘洒在房子上方。在人行道上，在暗淡无光的商店橱窗和黑洞洞的门旁，门卫们都裹在大皮衣里，冷得刺骨，打着哆嗦，然而却庄严地保持着在那孤独的夜晚里我自岿然不动。

风刮着，屋顶慢慢地变暗，直至消失看不到了。

12

"斯捷潘·斯捷潘诺维奇，您喜欢涅瓦大街吗？"德拉戈马诺夫轻松地问了一声又跷起二郎腿。他们已经坐上了有轨电车上。"我现在简直是无法忍受。城里唯一的地方，就算不爱但至少也是值得尊重的地方，就是瓦西里耶夫岛。我觉得要是彼得成功将它变成了威尼斯的话，那么这里大概会是地球上最美丽的地方。此外，那里还有上好的小酒馆，也在瓦西里耶夫岛上。我到过东方很多地方，看到过这些巷口酒馆——从语言学角度说，它们的确十分有趣。我曾经对地中海的黑话很感兴趣。但是类似瓦西里耶夫岛上的酒馆，无论在西方还是东方都碰不到的。如果沿着二十七号线随便什么地方走走，突然在一个拐角处就会看到一个房子，那里就只剩下一个拐角，坐落着一家啤酒屋。您可以看到一切想要看的东西，看到店铺在熏制小香肠，直到受不了而喘不过气来才关门。豌豆配啤酒。小偷横行。而且老板——毫无疑问，也是小偷，但文雅端庄，受人尊重，有着浓密的大胡子和明亮年轻的眼睛。棒极了。"

洛日金对他的话表示了赞许。在瓦西里耶夫斯基岛上他已经住了30年了。自从硕士论文答辩之后，没有得闲去过一家酒馆。可是当他还是大学生的时候……

忽地响起了三次炮击声，一个接一个，间隔很短，出现了沉重的轰隆声。开始发大水了。

还没说完他不安地看了德拉戈马诺夫一眼。

"超过了平均水位三英尺，"德拉戈马诺夫面无表情地解释并站了起来，有轨电车已经从宫廷桥站开始挤成一团，"那么，斯捷潘·斯捷潘洛维奇，当您还是大学生的时候……"

13

德拉戈马诺夫的房间似乎发生了变化，自从那天洛日金伴随着奇怪的裤子问题从房间里跑出来，无助地翻着皮袄起。

房间已不是简单的脏乱了，它的丑陋已经无法用《鲁滨孙漂流记》的玩笑话来形容了。地板上到处都是烟头和土豆皮，桌子、书上都是一层灰；土一样的脏兮兮的枕头立在没收拾的床上。德拉戈马诺夫不再为这一切而抱歉，也许，他甚至完全没在意。房间里弥漫着腐烂的气味。

他帮助洛日金脱下皮大衣，让他坐下，接着自己也坐下，腿伸直交叉着。他一副疲惫的模样。他沉默不语。

洛日金亲热地用手转动着自己陈旧的眼镜，朝它吹了一口气，用手帕起劲地擦拭着镜面，朝着灯光看。

接着戴上眼镜，稍稍把头歪向一边，尝试去读放在桌上的一本书籍。读后感到了满足，他疑惑地看了一眼德拉戈马诺夫。

德拉戈马诺夫沉默不语。他看上去已不是一副疲惫的而是落寞的表情。

看来，编内教授在他面前脸红或者没脸红这件事已不使他感到好笑了。他慢腾腾地靠近桌子，在一堆书里找到一把剪刀，准备用纸剪成……鬼知道他要剪什么！

洛日金若有所思看了他一眼，突然他脑海中浮现出了弓着腰、可怕的，拳头上握着烟卷的维亚兹洛夫。

"您想要提及的人，老实说，凭借人的复杂智慧几乎不能理解。"

而且他好像称他为沙赫玛托夫①的继承人?……

"鲍里斯·巴甫洛维奇，那为什么您还不是院士?"他问道，又有点惊讶于自己这个问题，"要知道，您已经有很多著作了。而且是很有分量的。"

"这是因为没人死去。没有位置。"德拉戈马诺夫冷漠地反驳道。

洛日金惊慌失措地眨了一下眼睛又不知道为什么取下眼镜。回答有点出乎意外。

"也就是说，在于有无空缺? 我告诉记者成员，"他犹豫不决地说，"您还是太年轻了。"

"那我该向他们报道什么呢?"德拉戈马诺夫突然气恼地回答道，"我甚至，要是您想的话，我愿意担任记者。"

洛日金用手擦了一下鼻梁。

---

① 沙赫马托夫（Шахматов, Алексей Александрович, 1864—1920），俄国语文学家，彼得堡科学院院士。

"如何担任呢？不懂。"

"我曾是《西伯利亚古代生活》的记者呢。"德拉戈马诺夫简略地解释道，"笔名——来自地方的声音。我写作，有人付钱。然而科学院据我所知不付钱给自己的记者——况且我同意，"平静一下后他补充说道，"但是，首先我要完成自己的一篇成果。顺便说一下，斯捷潘·斯捷潘洛维奇，也许对您而言论文的题目看起来不无意思。论文题目为《言语生成的合理化》。未来的日子，要是身体健康的话，我就准备在科学研究院宣读它。"

洛日金靠在椅背上，高高地抬着自己孩子般分成两半的下巴。《言语生成的合理化》？他不明所以。接着惊慌了起来。

"要小心他，"他又想起维亚兹洛夫，"据说，他混迹在中国人中间……"

他为什么要接近德拉戈马诺夫呢？他在跟这个人说什么呢？……

德拉戈马诺夫把他的剪纸平放在桌子上。用手弄平，从侧面看一眼，没有着急撕碎。

"斯捷潘·斯捷潘洛维奇，您的那个计划如何了？"他慢腾腾地问。

而洛日金整个身子蜷缩在自己的椅子里。

"什么计划？"

"关于你的上衣，"德拉戈马诺夫冷漠地接着说，"您还记得准备将上衣扔到桥上吗？或者是沿岸街？"

洛日金脸红了起来。他隐约慌乱地笑了笑。

"哎，鲍里斯·巴甫洛维奇，您在胡说什么。"他嘟囔道。

"为什么是胡说？非常令人好奇的建议，而且已被采用到文学中了，或是便衣里的文集。① 怎么，我记得清楚着呢。斯捷潘斯·捷潘洛维奇，您知道吗？我对您的计划思考得很多，我还认为应该对所编辑的死后文集稍微修改。不是'我死去请不要怪罪任何人'，而是'请求没人怪罪我死去，在绝望发生之际我把裤子留在身上，标志，这不符合合理节约原则。'关于这点我对着您身后喊过。您没有听到。"

洛日金神经质地转动着脖子，拽紧毛衣领子。他的脸庞上透出点点红晕。

"我也是因此想提醒您这一点，"德拉戈马诺夫残酷无情地接着说，"一件上衣，不可能让任何人相信你的死去。当我在哈尔科夫中学读书的时候有一个朋友。他打算创造的正是这样的神话，不仅脱了上衣，还有裤子。的确，他之后在自己的酬客宴上喝多了。然后围绕着整个城市奔跑，为了证明早就死去，死在波浪里，但是他把自己的事业进行到底了……"

洛日金跳起来。

"鲍里斯·巴甫洛维奇，您想嘲笑我吗？"他非常高声地问道又挺直了身子，"您想想，那些迫使我关注您的事情——关于这一点，我不会停止惋惜的——应该给您提供出洋相的权利吗？您有权挖苦我吗？我想，您在我身上还是能看到一个值得、哪怕是不值得尊重却也是普通交情的人。您应该原谅我。我错了。"

他由于愤怒而变得面色苍白。他猛地转身，跑近挂衣架，取下皮大衣，打开了门。

---

① 指便携的袖珍小书。

14

1821 年普尼奇和马格尼茨基这样指责过彼得堡大学：奉行一些不相关的目标，"忘记职责，践踏荣誉，不顾羞耻，泯灭良心"；当俄国文学教授加利奇回复指责时写道，由于意识到无法拒绝或者推翻给他提供的问题项，所以请求不要提及因年轻和无知所导致的过错，但要对加利奇的狂热和完全接纳的回应致以沉默，而回应再出版并用认可来取代作序的提议时，他却沉默地回避了。当大学变得空荡荡，为审理案件持续三天举行的会议结束后，一位教授，由于被指责违反国家法律走到街上，陷入冥思状态，像士兵似的直挺挺地走着，分不清哪儿是哪儿地走了一整夜。

他穿过整个城市——直至凌晨时刻水兵才在科洛姆把他拦下，"从那儿把他送回家的时候，他的身体和心灵都处于极度松弛的状态"。

洛日金教授正是在这样的浑噩般状态下，沿着瓦西里耶夫岛闲逛了很久。离开德拉戈马诺夫之后，他甚至断然拒绝等到坏天气过去——当时狂风呼啸，下着雨夹雪——他从大学宿舍走出来，不知何故努力靠近沿岸街的栏杆，直接往前走，手上紧紧地握着显得越来越重的公文包。

他不明所以地看了一眼挡在他路前的狮身人面像。

他迟疑地远离了栏杆。

海军元帅克鲁森施特恩[①]的纪念碑，他没有认出来。

他像走在大学走廊里那样，在城里走着，不卑不亢地歪着头，手轻松地握着自己皮大衣的边角。涅瓦河就像教室一样在喧哗着。白色的月

---

① 克鲁森施特恩（Крузенштерн, Иван Фёдорович, 1770—1846），俄国航海家，海军上将，彼得堡科学院名誉院士。

亮还悬挂在艺术科学院上方。

他不顾身后刮着的寒风走着，头冻僵了，脚步还算轻快。

在醉夜之后，通过和德拉戈马诺洛夫的愚蠢谈话，他感觉不错，他的精神发作差不多结束了。他穿着长长的拖在地上的皮大衣，感觉还不错，算有尊严，可手里的公文包，不，里面装的却不是书。上衣的袖子是白色条纹的。

如果他们在马斯良内高地①附近碰到他该说些什么呢？——他的妻子、科学院的人，还有决定他命运的玛利维娜·埃杜阿尔多夫娜。作为证据，他该列举什么来证明他没有任何秘密的预谋在城里转悠，还能像在大学里那样证明涅瓦河就像教室一样喧哗？

而就在距离海滨不远时，疲劳最终击垮了他。他坐在一块脏兮兮的竖在雪下的树桩上，环顾四周。他不是在克罗姆，他的身体和精神都处于极度虚弱的状态。不是在克罗姆——而是在一个奇怪的地方，至于此处的存在——他在瓦西里耶夫岛度过的所有时间——从来没有怀疑过。

几间因年久而发黑的，荒无人烟、破败不堪的，窗子沉陷地里的茅屋，竖立在几座八层楼房的中间，这在市中心是不多见的。狭窄的铁管道，破破烂烂，黑乎乎的，在年久失修的房顶上盘旋着。大棚矗立在柱子上。一头懒洋洋的猪在脏兮兮的、春汛时被抛洒在岸上的冰块里跑来跑去。一个婆娘戴着头巾，穿着一件薄裙子，被风拂起露出光秃秃、青筋凸起的大腿，在台阶旁喂着母山羊。公鸡在鸣叫。

这就是乡村，无聊的乡村，顶多不超过三十户院子，它所面对的城市，此时此刻是一个比任何时候都要大的城市。但是被变为一片简陋破旧小屋的房子，却孤零零、空荡荡的。它们看起来更为孤单，因为透过

---

① 此处俄文为 Маслянный буян，意思是：马斯良内高地。

简陋破旧的小屋看到的是海滨——被黑色的水面空间分割而成的冰雪平原。这是城市的终点，旅行的终点。炮声在这里几乎听不到——或射击声也被风刮到一边。但它们没有白白地发出撞击。正是在弯曲的墩子那个地方，从那儿最终驱散了教授洛日金的疲惫，他清楚地看见水位很高。

15

这不是著名的 1924 年洪水，当涅瓦河庆祝自己和彼得堡的战斗一百周年的时候。①

当木块马路向上翘着，就像木质的大地在马腿下坍塌的时候。

当女人们脱下便鞋和靴子，穿着高高卷起的裙子穿过马路的时候。

当唯一的城里居民和自己住宅隔断了联系，愤怒地和马车夫讨价还价的时候，洪水对于这些人来说，却成了好事。

当从淹没的商店里拖出袋装面粉的时候，谁也不知道是在抢劫还是在抢救属于国家的商品。

当整个市场断电的时候。

信号炮每三分钟发射一次。

当惊慌失措的警察不知道怎么对付不听号令的洪水。

当摧毁了交通，断了电，关闭了电话之后，洪水创造了无政府状态，于是城市自建立以来开始了从未有过的宁静。

当滞留在马尔索沃田野的兄弟公墓的分裂分子们大声地祈祷，为反基督者在沼泽深渊中建造的城市的灭亡预言将要实现这一时刻而高兴。

---

① 1824 年彼得堡发生的洪水比 1924 年更大。

当好似水上强盗的消防队员们在无法比拟威尼斯水道的大街上的小艇里哭泣的时候。

当领取面包和煤油的队列以及人们的奔忙很快改变了就像二月革命的那种习惯认知的时候。

这是瓦西里耶夫岛百年里不止一次发生的例行洪水中的一场，几乎是每到春天或秋天都要发生的。

16

没人警告教授洛日金处于什么样的危险之中，他坐在弯曲的墩子上模糊地浏览着不同时期的建筑及以此建成的港湾。港口和海滩人烟稀少，周围两米内难以辨清一人。当看到河水到脚下的时候他有点惊讶。他扶了扶眼镜，有点难以置信地看着河水：河水就像一个老朋友似的朝他走来，它也不准备离去。相反的是，随着时间的流动，它也流动得越加舒缓。

他耸耸肩站起来，几乎转遍了整个港湾部分，于是沿着现金小巷重新前往港口。鬼知道他为什么非得在这个不适宜于散步的时间里沿着海滩晃荡。

他本该重新回到码头，如果不是人群挡住了他的去路。

人群站在现金小巷，好奇地看着河水。水慢慢地、轻步而来。人们往后退着。没有人慌张。老实说，洪水来得井井有条。洪水如同人群涌来。而人群退却着。

只有穿着绿围裙、留着高尔基式小胡子的工人扰乱了秩序。这个人醉醺醺的：他早就开始大骂洪水，并用拳头威胁着它。他是人群中唯一没有退却的。他对着好像错过洪水的消防队员喊着什么，愤怒地爬到自家破旧房屋上方台阶上，房子差一点首先被淹没。

然而，直到他跳上去谁也没关心他。只有一个老太太怜惜地说，这是伊万·伊万洛维奇又来闲逛了，工作还没干完呢。

但是，当伊万·伊万洛维奇的全部家当被洪水从地下室冲到现金巷子的宽阔地带的时候，木块鸭子似的漂浮在他的周围，他不再跳了。他挥手脱下自己的破旧鞋，用挂在支架上的围裙卷起来，然后爬到了水里。他成功地抓住一两块木板，但在追赶另一块的时候踩空了。他可能掉到了沙坑里，这类沙坑不仅现金巷有而且码头地区遍布都是，也可能是洪水把他冲个底朝天——洛日金全神贯注地注视着他，突然明白工匠会沉下去，如果没人帮助他的话，他会呛水。

"打扰一下，怎么能这样，要知道应该帮一把，否则会沉下去的。"他惊慌失措地说。

那个怜惜伊万·伊万洛维奇的老太太十分赞同他，是会沉没的。

"没事，消防队员很快回来的，"她告诉洛日金，"消防队员会把他拖出来的。只要他没有被洪水带走。要是被冲走了——无论如何也找不到了，无论怎么努力。"

"可是，抱歉，他还活着呢。"洛日金慌张地嘟囔着。

"不，不是活的，沉下去了……请接受吧，主啊，你的奴隶的灵魂，"老太太边说边画十字，"苏联政府做了什么!"她补充说，便开始哭起来。

他自己都不知道在做什么，洛日金慢慢地走近洪水……他已经听不到身后向他喊什么——人们在喊着什么。他浑噩地想到，应该留下公文包，它会湿透的，公文包会丢失的，他朝着鞋匠走了几步又停了下来，无助地四面环顾。他的皮袄向上翻着，他尽力用一只闲手撑着，皮袄被浸湿了，而双脚一瞬间就冻僵了。

那个鞋匠突然站起来，洪水已经达到他的腰部。他像之前那样骂骂咧咧，晃着抓住的木块，他往回爬到楼梯上。

洛日金难为情地眨着眼睛，尽量不让公文包掉下，他往回走着。膨胀得像降落伞一样的皮袄，在他身后漂浮在水面上。高大的、有几分像古罗斯火枪队员的消防队员，如歌剧中所描述的那样，把他夹在腋下送到陆地上。

当时，从人群里跑出来一个毫不掩饰好奇的、叽叽咕咕的、长着毛茸茸脸的小老头，做着命令的动作。原地不动的洛日金，套鞋发出扑哧扑哧的响声，蜷缩着不知道该怎么处理皮袄、公文包和被风从头上吹掉的礼帽。当毛烘烘的老头、哈尔杰伊·哈尔杰耶维奇、档案专家、水印的计算者，紧紧地贴近他并把手放到他的肩膀上时，他才回过神来。

"啊，真是你！"哈尔杰伊·哈尔杰耶维奇非常严肃地说，并好像他们昨天刚刚分离一样，"你全身湿透了。立刻跟我回家。你会感冒的。你要立刻换衣服。"

第六章

我站在这里，我别无选择。

1

德拉戈马诺夫关于言语产生原则的报告预定在演讲大厅举行。

在温和的、留着齐发的主席对面，摆放着四张桌子，桌后座无虚席。

编内研究生们戴着大大的老式眼镜正襟危坐。编外的都没有戴眼镜。

科研人员都面带严肃而忧伤的面孔坐在那里。其中只有一个人，像切斯特顿小说中多尔波伊大尉那样健康，他不由自主地微笑着，严肃中透露出笑意。

那些很少光顾学院的正式成员，等待着报告开始以备睡觉。已有人在桌子上开始晃动着脑袋。他们中有的都梦回童年了。还有德高望重的学者、著作等身的作家。一定是些德高望重的人。当彬彬有礼、满腹才华的沙赫马托夫迈入这个大厅时候，他轻声细语且带着一双淡泊名利的眼睛——他也许在这里未必能找到实至名归的继承人。这里的人虽都非常努力，著作等身，但错误亦不少。

离既定的时间过去了很久，秘书已经多次将手表递到温和的主席眼下。

德拉戈马诺夫没有出现。

坐在主席旁边的，面色红润、头发花白的老人，不耐烦地摸着秃顶。他大腹便便。看上去，如果他被一根针刺破，从他身上，就像从复活节前的小魔鬼身上，会伴随着痛苦的尖叫声放出空气来。老头是学院的正式成员——不过，不是因为上帝的仁慈，而是得益于和一位委员会成员的亲属关系。

德拉戈马诺夫的漫不经心激怒着他。看起来，他由于急不可待而越来越气鼓起来。

有一个博士研究生注意到了他这一点，并对此深感惊奇，他摘下眼镜，擦净后又重新戴上。然后给同桌写了一张纸条。纸条手手传阅着。有的人笑了起来。

德拉戈马诺夫还是没来。

性格温和的主席的鼻子变得发白。

当莱曼出现在门口的时候，没有人注意到他。大学里是认得他的。但是在学院里他很少被人熟知。

他在门口挤了一会儿，走到大厅中间鞠了一躬。然后穿过方阵，平静地坐在为报告人准备的椅子上。

他把公文包放在跟前，从中拿出手稿，又庄重地清了清嗓子。

"德拉戈马诺夫教授委托我宣读他的报告。他身体欠佳并请我代表他向学院全体出席成员表达自己的歉意。看来是全体出席吧？"他严肃地询问主席。

"是的，几乎吧……好像是全部。"主席惊慌失措地说。

莱曼满意地点了点头。

"但怎么可能这样，"主席说着又向秘书旁边靠近一些，"格列高利·巴甫洛维奇，怎么可能这样……怎么可能没人报告呢……或许可以推迟？"

"不，不需要推迟，我现在开始宣读，"莱曼说，"但在开始报告之前，"他用已换成另一副庄重的嗓音继续说，"我提议起立默哀过世的洛日金教授。"

方阵里，响起一种克制着的嘈杂声又戛然而止。小白胡子老头用手帕扇着风，面色发红。棕红色头发的研究员收起笑容。一个人站了起立。

"推迟，推迟……完全有必要推迟。"主席低声说道，并且也站了起来。

所有人都站了一会儿，又坐下了。

莱曼一副公事公办的模样在自己的公文包里翻找着什么。他拿出一叠议事日程，躬身穿过桌子把其中的一打递给一个留着淡黄色细窄胡子的语言学家。

"麻烦给您的同桌和其他人传递一下。"他谦恭地请求道。

一位语言学家看了一眼议事日程，读了读，突然慌张地忙碌起来。

议事日程上用打字机印着"俄罗斯应该了解自己的学者"的标语。

它宣告五月三日在大学宿舍楼里将举行"纪念亡故的白俄罗斯人协会"的筹备会议，会上专家一定要像亡人亲属那样听取献给洛日金教授和其他杳无音信的列宁格勒大学工作人员的悼词。

莱曼大声地宣读了这个议事日程。他棕红色的平头像站岗一样矗立着。动作自信又一气呵成。

报告从肯定开始，说当今语言是无组织性言语活动的结果。完全不同的社会的和专业的团体代表们使用同一种语言材料。公务员跟失业者、自由职业者、资产阶级说的是同样的语言。

可想而知，人类言语依赖于具有各种功能性的活动。德拉戈马诺夫提议把言语进行规范的分类成组，并用国法加以巩固。

面色绯红的老人痴呆地张着嘴，在便条本上写着某种反驳意见。国家法律的必要性，在他看来不完全让人信服。

编内博士研究生们费解地看着秘书。

"这样一来，应该将人类言语分组，"莱曼确信无疑地读道，"而且应该在各个类别之间确立严格的界限，违反界限者将会受到相应的惩罚。界限如下：

1. 根据职业特征：

а）带有许多亚类的技术语言；

б）失业者语言；

в）因裁编而离职的语言；

г）盗用公款者语言；等等。

2. 根据社会特征：

а）自称为知识分子的半知识分子语言；

б）自称为知识分子的资本主义语言；

в）自由职业语言；等等。

"'例如，在您的学院，'"莱曼以个人名义补充道，"可以在正式成员、第一类和第二类研究人员以及博士研究生之间划分区域。这样从首个单词就可以知道这个或那个人属于这些分类中的哪一类，这样将在相互关系中首先获得完全确定性。"

大腹便便的秃顶老头喝了好多酸果蔓果果汁。

"根据言语活动对语言进行不同路线分配。"莱曼读道。

"我们将对公务的、家庭的（与妻子和孩子）和恋爱的对话获得准确的划分。一种倾向于和另一种个体发生两性关系的人，将会使用完全另外一种言语手段，而不同于那个进行公务报告或者和妻子拌嘴的个体。诸如此类的人们因某种缘故在街上交流，应遵守与熟人和陌生人、不太熟悉的人交谈有所区别的规则。同样，需要雇用马车夫的人，应该像跟陌生人说话那样和他交谈，或者至少也是像和不太熟悉的人说话一样。但由于马车夫属于自由职业的技术人员，那个雇用他的个体就应该在谈话中引入带有这个社会职业团体所具有的词汇知识。"

莱曼把报告放在桌上，疑惑地眯缝起眼睛。

"在这个问题上，我认为德拉戈马诺夫教授应该稍稍明确一下问题，"他说道，"如果主体只是想要简单地和马车夫谈话，完全没准备和他进入生产关系的话，该如何呢？"

方阵的左边阵营传来哄笑声又很快消失了。此时正式员工中的某个人醒了过来，推了推同桌，开始倾听起来。空气中散发着某种东西，某种影响正式员工睡觉的东西。面色绯红的老头傲慢、严厉地坐着，准备倒一点酸果蔓果汁。二等研究人员因为不知道该如何面对报告，也像一等研究人员对待报告那样耐心地候着。只有编外博士研究生在毫无顾忌地嘲笑着。

"引入言语意识的科学组织有什么好处呢？"莱曼懒洋洋地读着，"好处大着呢。言语行为大约每天消耗两百卡路里。一个人一昼夜可以从五点说到十点，如果不计算打鼾的情况。考虑到言语行为的无组织性，人为了体现自我意识可耗费许多多余的本该用于完全另一方面的精力。"

"哪怕是用于智力娱乐的组织。"莱曼自我补充说。

"很难预先猜到措施，"德拉戈马诺夫接着写道，"这些对于言语生成在生活中合理化的顺利实施很有必要。我认为有必要建议学院针对这个目的划分出专门的机构，这些机构的职责在于监管无论是在街道和机构里，还是在私人住宅中的言语秩序。如果任何人觉得这个计划可笑，那么应该记得警察凭借个人影响力和完备的罚款系统控制街道秩序。言语机构也是如此，应该从身强体壮的语言学博士生中选择能够对未经相关许可从一个言语活动团体跨入另一个的公民给予少量的罚款。"

一阵嘈杂声打断了他。正式成员最后才明白，德拉戈马诺夫的报告就是直接的嘲讽，于是愤怒地尖叫起来。

扎帕沃夫神经质地斜着一只眼睛沿着后方阵走着，愤怒地关上门走了出去。容易中风的白胡子老头感觉到打击迫近而气喘吁吁地沉默不语。编外的博士研究生们鼓起掌来。

"错了。"莱曼困惑地推了推眼镜说。

"请允许。我还没结束……"

温和的主席最终决定终止这场胡闹，当啷一声把铃铛放到桌子上。他孩童般的头发因激动而飘摆着。

"我认为以上提出的方案在事情的正确安排下，"德拉戈马诺夫接着写道，"可以具有国家意义，请学院将它递交给相关职能委员会以便实施。最后向这里所有出席的正式成员、科研人员和博士生们衷心请求。1917年我……'应该是德拉戈马诺夫教授'，"莱曼在括号里补充道，"遗失了一份名为《彼得堡、彼得格勒以及后来的列林格勒大学的教授和老师的谈话的心理生理特征》，用'阿德列尔'系统打印机打的八张大小的纸张。甚至打印机'阿德列尔'也失踪了。那些找到或者知道与打印机位置相关信息的人们将得到体面的酬金。"

此时所有人都吼起来，不分级别。主席也尖叫起来，像被刀子切割了那样叫着。有个人在莱曼面前挥舞着《故去的白俄罗斯人协会》的议事日程。为了盖过吵闹，棕红色头发的科研人员喊道：需要核查德拉格戈马诺夫的积极性，德拉戈马诺夫并不积极。

莱曼为德拉戈马诺夫感到委屈，但一直沉默不语。他的脸上有一点难过。与会成员们的行为让他觉得可怕。他对躁动不安的原因并不清楚。

等到吵闹声稍微安静下来，正式员工离开座位往后走的时候，他开始往公文包里收拾纸张，从桌子后爬了出来，侧身走向门口。所有人都听到，当他抓起那个白胡子胖子的纽扣时欠身向他解释了什么。

"教授，难道是我弄混了什么吗？……"

主席站起身，猛地晃了晃铃铛，然后收回手。

"学院的正式员工德拉戈马诺夫教授的行为将会上报给委员会知晓，"他说完后跌落在椅子上，"我宣布会议闭幕。"

3

新年前夜，姑娘们成群结队地挤入麦麻烘干房，每个人都往头上套上萨拉凡，站到窗边，面朝烘干房地坑方向："命中注定的爱人，请来爱抚我吧。"

如果在姑娘看来抚摸她的是一双粗糙的手——就意味着将会有一个年老的丈夫。要是柔软、毛茸茸的手——那么丈夫就会既温柔又好看。

但愿通往烘干房的路上可别听到：

1）亲嘴的声音预示着缺少信誉，

2）斧子的声音预示着死亡。

乡村的姑娘们都这样占卜。她们倒出蜡或锡，她们往门外扔鞋。

在瓦西里耶夫日的夜晚，她们沿窗棂下走着，悄悄偷听邻居的对话，努力从他们的只言片语中探知自己的命运。

躺下睡觉的时候，她们穿着一只袜子："我命定的爱人，来给我脱吧"——或者在腰上系上一把锁，用钥匙锁上并把钥匙放在枕头下面："我命定的爱人，请来打开锁吧。"

她们每夜在鸡舍里的栖架上捉公鸡，然后根据它翅膀的颜色确定未来丈夫的发色。

乡村里都是这样占卜。城里则是别样的占卜法。

4

童年时期的维拉奇卡·巴拉巴诺娃被称作"苍蝇"。她把"X"读成"K"，于是读出"痛苦"。现在这对她而言就是一种悲剧性的预兆。写生画对她来说不是"鸟类交尾期羽毛的美化"。她真正热爱它。

当她出现的时候，人们开始谈及立体主义，而她则做出一副信教的表情。然而，她之所以加入左翼画家阵营（她认为自己是左翼的）却是因为她最好的朋友嫁给了至上主义者。

但写生画并不合适，这才是问题的关键！写生画不适合，它防备不了未经允许靠近它的东西。任何确信的誓言都帮不上忙。

确实，对于自己的写生艺术，与其他任何一位姑娘相比，她都有或多或少的改变——那些姑娘有着干燥的波浪形头发，她们态度温和地做着事情。改变之后就感到懊悔，懊悔之后就发誓（"很抱歉，女士，请立刻发誓"），发誓之后——又有新的改变。

但是，现在发生的事情，到目前为止还只是她在梦里所见。这已经不是简单的乖僻行为。有两个人觊觎她——两个人都有权利。一个——因为她给予了他承诺（而且不仅是承诺）。而另一个——因为她爱他。

面临选择，她不知道该如何抉择。

选基里尔·克克切耶夫——意味着将要可能的是：

1）她平静地工作，而不是像昨天，在绝望发作的时候，她用调色刀刮着连续花费两周半不停歇工作的油画；

2）她每晚按时睡觉，而不是像今天，她整夜衣不解带地把头靠在椅背上。

这意味着再也不会：

1）因为在黑乎乎的房间里无法分辨紫色和绿色颜料而伤脑筋；

2）由于不合身的连衣裙而陷入绝望。

而他再也不允许任何人干扰她工作。她再也不会饱受惩罚还得理智地接着工作。

一切都会有的，又什么都没有。

选维克多·涅克雷洛夫——负有盛名。和他在一起不仅没有得到任何益处，反而与之相反，有很多坏处。

1）他结过婚；

2）需要和他斗争；

3）他过分自由，要是服兵役恐怕会好一些。她想象着自己从莫斯科来到后短暂、急切的拜访间的这些最长的间歇——甚至在莫斯科当地，如果她跟他走的话；

4）他有工作、朋友、妻子、孩子；

5）他还有妻子。

谢天谢地！而她呢？……

跟他在一起只有一个优点：她爱他。

但是，也许她也爱克克切耶夫？

她胸口发紧，只想哭。她引以为傲的嘲笑，她掩藏不露的精打细算——一切都化为乌有。她真的不知道她该怎么做。

于是占卜开始了。

5

她没有撒蜡，也没有把自己的鞋子扔到门外。蜡需要去杂货铺买，而把她的鞋扔到门外——它们可能会立刻被拖走。

她也没有仰着头穿着裙子站在烘干房边，等着什么人用粗糙或者柔软的手抚摸她光滑的后背。

在城里找蜡并非那么简单，或者，甚至完全不可能。而她的未婚夫的手什么样——不用那个她也很清楚。

她躺着睡觉时也没有在脚上留下一只袜子，以便什么人在早上前帮她脱去。"我的爱人啊，给我脱吧"。这在她身上发生过。但这也不能解决问题。

她按照自己的一套占卜。

她最喜欢的占卜是玩打叉画圈游戏①。

她写下 B，这代表维克多——接着又画很多圈，手能写多少是多少。

B○○○○○○○○○○○○

──────────

① 此处俄文为：играть в крестики－нолики，指二人轮流在井字形方格内画"×"和"○"，以先连成一行者为胜。

在 B 之下她写了 K——这是克克切耶夫，于是又是手写多少是多少。

K○○○○○○○○○○○

但是这种占卜的秘诀她很熟悉。手每次在 B 后画多少个圈，都正好是字母中被第一个勾掉的 K。

手也不同意平静地生活。

于是，她放弃了这种占卜。她开始怀疑之前预想的目的。手——这一直是她本人，维拉奇卡·巴拉巴诺娃。而应该决定的却不是维拉奇卡·巴拉巴诺娃。

于是她开始用书占卜。左琴科的小说集落在她手上。

她开启了不顺。

"这一切毫无疑问是科技发展的缓慢和贫穷。"她疑惑不解地读了一句。于是笑了起来。

的确——所有的事情正是由于科技发展得缓慢。而且，毋庸置疑，还有贫穷。大概，要不是贫穷她也不会动摇。

"哎，亲爱的先生们和尊敬的同志们！令人感到震惊的是，生活在变化，一切都变得简约……"她在另一个地方读到。不是那个，不对，不是那个。

她翻开书的另一页——于是开心起来。"人类是从字面上和人格上消失的。"她郑重地读着。她也从字面上和人格上消失了。维拉奇卡·巴拉巴诺娃从字面上和人格上消失了。坐在窗台上的，这就是她，她在寻找玻璃上自己的倒影，整理下头发就会消失——从字面上和人格上。

但她该嫁给谁——这一点她在左琴科书中没找到。可是，除了左琴科的和一些无论如何都不符合她状态的写生画方面的几本书，她实在没人商量。

于是，她把自己的命运交付给没有胡子的人。

这次发的誓言比往常更庄严。

"我发誓，"她小声又十分确信地低语道，"如果从拐角出来的第一个人没有胡子，就嫁给涅克雷洛夫。如果有胡子——那就嫁给克克切耶夫。"

命运降临得如此之快，超出她的想象。一个年迈的邮递员从拐角出现，精神抖擞地轻轻抖落着包裹，以罗圈腿的形式穿过马路。他有胡子，遗憾的是，他留着斑白须发的稠密胡子。完了。现在她是逃不掉了。邮递员已给她送了整整一年信了，而且每次她都请他喝茶——丢人。她从窗台上跳下来，不安地在房间里走来走去。那么……因此……她应该嫁给克克切耶夫。

"祝贺您，维拉·亚历山德罗夫娜。"她气愤地说，又像男人一样把手揣进上衣口袋里。

水彩颜料泼洒在桌子上、梳妆台上。画布绷架一个个地堆在一起。画笔插在花瓶里硬毛朝上。她从中拿了一只，又若有所思地把它插进奶油罐里。

嫁给克克切耶夫。

颜料终于褪色了，本该如此，给画布上底色就是不好。它不走运，不，不走运。现在需要使用喷油器给画布上漆。

她克制住自己，开始工作。工作也不顺利。天气阴沉，颜料看起来很糟糕，每次触碰画布都会晃动。

她丢下画笔。嫁给克克切耶夫。

老实说，为什么为某个邮递员，就算有胡子，她就该毁了自己的人生？让邮递员见鬼去吧，她不赞同。

"有幸向您介绍这个傻瓜，"她说着往镜子里瞥了一眼，又沉思片刻，她今天的头发比以往更清新，而且这与她很搭，"一个犹豫不决的傻瓜，连她自己都不知道想要什么。她就该去上吊，不就完了。"

她还没说完。走廊里响起脚步声。命运自己朝她走近，脚步沉重，小心翼翼，克克切耶夫的脚步。为了从这些脚步背后辨认出轻松、微微跳跃的步伐，现在她本该付出更多……脚步慢慢接近，又消失了。有个人正用胳膊肘试图按住门把手。

她惊惶地转过身。

涅克雷洛夫没有敲门就闯进房间。他两只手上都是纸袋，背后用绳子绑着一个小箱子。走廊里黑洞洞的，这就是他为什么走得静悄悄的。

把所有纸袋放在地上之后，他解开了围巾——他戴着围巾太热了——他双手拽下围巾，然后放在他旁边的沙发上。

"我阻挠了他，"他说道，高兴地露出牙齿，"我从他那里把您抢走了。他结婚还早。现在他更喜欢单身生活。维拉奇卡，你已经收拾好东西了？我们一个小时之后就走，十点二十。"

6

像老鼠一样浑身湿透，洛日金教授从瓦西里耶夫岛的例行洪水中收获颇多。是哈尔杰伊解救了他，给他换了衣服，虽然指责他假仁假义，但又在二十五年的争吵后与他和好了。

接下来的是一片寂静和困惑不解。

他不时地吹着口哨，在空荡荡的鞑靼人的住宅里晃荡——而且感到纳闷。他双手背在身后，看起来孤苦伶仃。他边走边拍着双手。

最近一段时间，他仍旧唱歌。甚至回忆起儿时在父母的死气沉沉的官员住宅里从仆人口中听到的歌曲。

"哨兵！"——怎么了，年轻人，需要什么？

"请你假装地睡着吧……"

出现了差错。他离题了。

"教授，您想哪里去了？"他嘟囔着，"在公共图书馆、科学院有过这种偏差吗？"

他越来越多地想起妻子。

她已不是那个他该向她微笑的女人了。他也没人可送去微笑——难不成他要时不时对那个和自己的哥哥有着奇怪友谊的年轻大学生表示惊讶？午饭的时候也没人可诉说日子是怎么过的——都耗在了关于巴比伦王国的小说，或者圣徒行传的小说上了。

日子现在既不在办公室也不在教室里度过，而是介于诺金的房间（当他还在列林格勒最大的出版社里数着印刷字符的时候，他照顾过诺金）和彼得格勒一面荒无人烟的，他曾经徘徊过几个小时的街道之间。

再也没有人指责他出门不穿套鞋，也不会说他忘记带伞。

他多年期盼的自由，自己也不愿承认的，此刻在他周围的不是像涅高兹家里的狂风暴雨式的，而是寂静的、非常简单的。

他也不知道该怎么对待她。

不知为何，当经过一所幼儿园旁边时，这是最近一段时间才出现在原先都是空地的地方，他停住了脚步并久久地凝视着孩子们。

孩子。也许问题在于他从未有过孩子？但是要知道他很想要，非常想要——是玛利沃奇卡不想要。也许，如果他们有孩子的话，一切又会是另一番模样。也就无须做他已做过的事了。也无须为他所做的事情而惋惜。他不是可怜自己——而是妻子。

7

他自己也不清楚这是怎么发生的，但是在哥哥那里待了三四天后他拜托哥哥去找玛利维娜·埃杜阿尔多夫娜。

"我本该自己去找，但是，你要明白，她……她大概会生我气的。"

哈尔杰伊·哈尔杰耶维奇沉默地点点头，便起身去剃胡子。穿上自己的常礼服之后，他严肃又长久地看着镜子里的自己。

在出门之前，按照最近两三周形成的习惯，他去找了诺金。诺金还生病躺着，但面前已堆满书了。他生病后还不能阅读过度，哈尔杰伊按照医生的嘱托通常要夺过他的书。今天不需要那样——今天他很重要。

靠近诺金，他摸了摸他的额头，询问睡得如何，体温怎样。

诺金停下阅读又好奇地看了他一眼。

"天啊，您今天装得多么正式啊，"他欢快地说，"您莫非是去参加婚礼？如果是参加婚礼，那别忘了替我多喝一杯。还有顺便给我带点什么。我为您干杯。"

哈尔杰伊·哈尔杰耶维奇轻轻弹去礼服上的一根绒毛。

"我去调停老头，和老头和解。"他低声解释又突然皱起眉头，被微弱得不出声的笑弄得打了一寒战，"我去调和斯捷潘和他的妻子。要知道，他自己都找不到地方。他没有妻子很寂寞。寂寞得很。"

于是他走了。过了一小时他回来了，一副惘然若失，心情低落，面色阴沉的样子。

他把哥哥请进了自己房间，把他安排坐在自己对面（洛日金坐不住又跳起来，激动地在房间里走来走去），便着急地告诉他：

"你要知道……斯捷潘，需要看望她。你该去看她。我告诉她你会去看她。她非常高兴。"

当洛日金用颤抖的双手穿上大衣、戴上帽子、跑到楼梯的时候，哈尔杰伊回到了自己的房间。他锁上自己房间的门，久久地踱着步，绊了一下，然后断断续续地嘟囔起什么。他像孩子般绝望地双手举起轻轻击掌。

8

当玛利维娜·埃杜阿尔多夫娜确信她的丈夫杳无音信地消失了，而且没有任何指望他能回来的时候，她并没有陷入绝望，也没有厌恶亲友和熟人对自己命运的抱怨。

当教授布利亚布莉科夫的妻子同情地出现在她面前时，她表现得更为自制，甚至是冷淡。

"斯捷潘·斯捷帕洛维奇去度假了，"她紧闭嘴唇解释道，"他很快就会回来的。"

她跟来向洛日金参加测试的大学生们也这样说。

"教授很快就会回来。"

家中的一切都像斯捷潘·斯捷帕洛维奇教授真的去度假一样。他的餐具每天都在午饭前摆在桌子上。每晚仆人都在他床边的小桌上放一杯他习惯于睡觉前喝的凉开水。

而且玛利维娜·埃杜阿尔多夫娜仍然苦闷不堪。她被失眠打败——她几乎不再睡觉。

她静静地躺着，留心听着什么——大概是楼下门口的敲门声。

一开始她还跟失眠做过斗争——晚睡，在睡前散步，半夜喝过某种罂粟花酒。

一切都没用。

有一次，她路过丈夫的办公室。许多她好像第一次看见的书在书架上放着，手稿被收放不平地堆放在桌边。一层灰尘猥琐地、一动不动地落在上面。她重新整理了手稿，擦掉了灰尘，不再准许仆人之后进入办公室，而是自己收拾。

她一边打扫，一边努力找到哪怕任何可以来解释他出走原因的蛛丝马迹。他为什么离开她？她哪里对不起他了？要是她偶尔允许自己对他吼叫——那样的话，她的日子会不会轻松点呢？难道只是和这样一个全身心投入自己的著作中的人过了二十五年？

胡思乱想充斥在她由于失眠而混沌的脑袋里，泪水充满眼睛。她什么都不明白。

夜里，被眼泪和失眠折磨得疲惫不堪后，她干脆确信不了解他。他完全没有这样投入过学术研究。她忘了他，忘了他在他们婚姻生活最初几年的模样。

要知道，他本来是个快乐的人。他开玩笑，写讽刺诗，在钢琴上弹着某首华尔兹舞曲。不能想象——要知道他还是舞会上的领舞呢！

于是，她又哭起来——哭了很久，直到精疲力竭，伴随自己的不是睡梦，而是沉重不堪、迷迷糊糊的打盹。

就这样，在失眠和苦闷的遮掩下，疾病悄悄靠近了她。

9

大概快早上的时候（这是丈夫消失后的第二周），她感觉自己的手肿了。她一动不动地躺了几分钟，无奈地等着一种不好的僵硬感觉、失去对自己双手的控制感觉。接着，她打开灯。手变得又大又红肿，手指抖动得像别人的一样。

她用虚弱的声音召唤仆人。没有人回应。

她直挺挺地坐着，穿着一件毛衣，被子搭在脚上。没人回应。房间里静悄悄的，她周围的一切都很安静，但是让她仍然害怕的竟然是她的心脏跳动声。

她熄灭了灯，又重新躺下，将肿胀的手伸到枕头下。

第二天早上双脚也发肿了，接着全身都肿了。她命令仆人把镜子递给她，已认不出自己——她一夜竟然变得如此可怕。鼻子伸长了，脸色苍白，上面蒙上一片阴影，目光呆滞。

"啊，我的妈呀，"她对仆人说道，又恶心地推开镜子，"我要死了。看来，只有你一个人等斯捷潘·斯捷潘洛维奇了。"

她还把被吓坏的仆人请来给她看病的医生给轰走了，而且对来探望她的堂姐道谢，但很遗憾不能接待了。

对于自己的疾病她很鄙视。她嫌弃地皱起眉头看着自己肿胀的身体。沉重地呼吸着，她把难看浮肿的双腿放在床边的毯子上，有目的地揉了揉它们，由于不能忍受疼痛可怜地张着嘴。

然后，她又一动不动、一句话也不说地躺了几个小时，只有偶尔眯起眼睛，好像在无穷无尽的打盹中某个可笑的、某种非常可笑的东西出现在她暗淡的眼前。她太无聊了，无人可抱怨这致命又来自心底的寂寞……

洛日金发现的就是这样的她。他急速地冲进房间，穿着短黑棉袄、手上拿着眼镜、高高抬起困惑不解的眉头，停在门口。

10

派往意大利的名叫维利杰什坦的少年成为艺术家并且爱上 B. 伯爵小姐。回到祖国之后，他遇到了一个在死之前恢复理智的疯女人，又根据某些特征认出维利杰什坦是自己的儿子。神父告诉他，他是 B. 伯爵公子。于是，他才意识到他的爱人是他的妹妹，由于受惊过度，开始过起隐居的生活。

玛利亚·茹科娃。俄罗斯小说。1841 年。

受伤的俄罗斯军官落到波兰地主的家里，并爱上了他的女儿。回去之后，他重新回到受伤地，又在第一场战役中死于自己未婚妻的哥哥之手。

乌拉基米尔·弗拉季斯拉夫列夫。中篇小说。1835 年。

由于决斗被降职为士兵的年轻骑兵少尉爱上了邻居女地主，而他军团的上司也在追求公爵小姐。在确信公爵小姐不爱他之后，上校开始报复士兵。在第一次军团训练的时候，他给予他极大的侮辱。这发生在士兵恢复原职的前一天。由于不能忍受侮辱，他用母亲在生日时送给他的土耳其弯刀刺杀了上校。

"这是在酷热的天空下献给大地的强有力的手臂和炙热的鲜血铸成的礼物，基督教首领的刽子手，东方英勇好战、穿着讲究的时髦玩具，亚洲地区最好的珍珠，这件礼物是：土耳其弯刀"。

尼古拉·巴甫洛夫。三部曲。1835 年。

由于生病诺金没来得及把这些书归还给大学图书馆。此时，他差一点就为他们而哭——他从没像现在这样在康复的日子里这么多愁善感。有关被强盗绑架和死于过度精神折磨的少女，有关在家窗口乞讨的孤儿，关于因为对前夫神圣的纪念而拒绝和爱人结婚的寡妇的忧伤故事使他深受感动。他忘记了他努力把为了研究先科夫斯基而阅读的这些小说作家塞入分类的事。他全部认真地接受了。每页里向别人射击或者被别人射击的浅色头发的军官们把他弄得心潮澎湃。

但他没有发现一个爱情故事，哪怕是随便一点类似于他自己的故事。再说，也没找过。一直到小说结尾仍然没有男主人公和女主人公相遇的情节，无论是韦利特曼①，还是波列伏伊②，甚至是任何一个彼得·乌尔洛姆斯基，大概都不会为此着迷。

他的小说完结了。

他让哈尔杰伊捎的便条解决了最简单的情节构造。他毫不怀疑的是，维拉·亚历山德罗夫娜嫁给了克克切耶夫。他这样做了——而且不后悔。他希望她幸福。

"难道就因为这么愚蠢的过往您就想开枪自杀？"他读着海涅哭了起来，"夫人，当人们想自杀的时候，他总是有足够的理由这样做——相信我。但是他是否知道这个理由——这是另外一回事。直到最后一分钟我们都在自己欺骗自己，我们夸大了自己的痛苦，于是因为心痛而死，我们抱怨牙疼。夫人，毫无疑问，您知道任何一种治愈牙疼的方法吗？而我的牙疼在心里。这是非常糟糕的疼痛，别尔多利德·施瓦茨发明的带铅的牙刷对她管用。"

他对在列宁格勒最大的出版社之一发生过的争吵几乎一无所知。哈尔杰伊·哈尔杰耶维奇认为没有必要谈论这件无聊的事情。对于诺金关于克克切耶夫的询问，他则简短地说：

---

① 韦利特曼（Вельтман，Александр Фомич，1800—1870），俄国作家。

② 波列伏依（Полевой Николай Алексеевич，1796—1846），俄国作家、杂志编辑、历史学家。

"这个公民不会在出版社供职了。他由于不会在那些所谓的文学家们面前克制自己，因缩减编制被开除了。他被打脸了。"

但是在何种情况下他被打脸的，诺金从老头这里没得到答案。哈尔杰伊喃喃着，嘟囔着，拒绝回答——也许是什么也不知道，也有可能知道但不想说。

不过诺金也没有那么坚持。所有发生在生病、大约一个月处于发热而卧床之前的事情，他只是出于好奇但却冷漠地回想（或者努力地回想）。

现在他在做另一件事。

11

为了成为一名作家——他在童年时就是这么想的——完全不需要写诗、中篇或长篇小说。只需要想出一个单词，仅仅一个单词，但是这样的单词，它必须比普希金、拜伦、莎士比亚笔下的都好。在中学四年级的时候他甚至尝试寻找这样的词。一度在他看来，这是——"摇篮"，接着（读了许多迈恩·里德①的书）他又认为这是——"卡兰巴"。

眼下，关于被遗忘的事物的细节使他兴趣盎然。谁也没注意到，手套——这几乎就是手，椅子——就是坐着的人，细腿的或者敦实的，背靠着的或者直挺着的。事物与人类的相似性使他大为震惊。

由于一九年到二〇年间空无一人的彼得格勒街道，以非凡的尖锐性显露出城市的直接本质，他保留了关于几何王国的混沌思想。他早就想好了这个国家首领的名字——沃利杰马尔·霍尔德一世。他用正确的曲

---

① 里德（Рид Томас Майн，1818—1883），英国作家。

线记住了顺序。开始消瘦的人们看起来并不单单是消瘦，而不过是平面的，失去了第三维度。之后，这一点被模糊了，但他依然久久地想着，艺术应该建立在精密科学的公式上。被公式支配的物界应该以新的视角进入文学。

到目前为止他一直在摇摆不定，不知道值不值得写这些。公式还是中学的、教科书上的、书面作业的。它们不足以违背。可当他翻阅一年级时没考过的逻辑学时，他却撞上了这样的违背（或者，在他看来是违背）。

他着手读书，丝毫没有满足感。韦泽利的胡须挡住了书的页面。但根据大纲检查后，他又突然碰到了一个他手写在书页边空白处的问号。这一页在一年级第一次阅读时他就没弄懂。问号位于洛巴切夫斯基①关于平行线在空间中相交的理论处。

他手拿起笔，再次研究了该理论——于是惊讶万分。怎么会这样？

这意味着，只要一个公理受到质疑，那几十代人在这个基础上建立的所有系统就都会被推翻？只要仅有一次不赞同平行线平行，那么就会在被破坏的体系的原则上建立新的——而且至少是合乎逻辑的。这就是有权担任几何王国的首领的那个人物——沃利杰马尔·霍尔德一世。

正因如此——这一夜从逻辑开始。它以小说而结束。

12

每周都陷入狂怒的鞑靼女人，不再对着墙外自己半死不活的男主人吼叫了。男主人死了。一些大嗓门的亲戚把他的尸体拖走了。

---

① 洛巴切夫斯基（Николай Иванович，1792－1856），俄国数学家，洛巴切夫斯基几何学。

早已入睡的哈尔杰伊·哈尔杰耶维奇也不在墙外嘟囔了，不再瞎忙乎了。

房间里一个人也没有，病魔还没从中散去。他一个人。简单的物件摆放在他周围。窗台上放着小玻璃瓶，装粉末的小盒子。台灯是用自制的纸罩套住的，纸层翘起，发黄了……

稿纸开始迷雾升腾，于是他放下铅笔，在房间里走来走去。涂乱的手稿放在桌上。他斜着眼睛，几乎恐惧地看着它。它还没完成，他不知道这是什么。他看了看表，惊讶不已，因为发现从开始工作到现在才过去不到二十分钟。

瞒着哈尔杰伊藏着的烟，放在写字桌最不起眼的地方。医生禁止他在肺部发炎后吸烟。

他把烟放在嘴里，贪婪地吸一口烟。

剩下的就是使平行线相交。需要使它们相遇。不管时间和空间。

他把自己的指甲剪断了。"平行线，平行线。"他在此处写着，还在那一页画了一个有着鹰钩鼻和薄嘴唇的尖锐侧面。

"需要让它们相遇。"他用大而漂亮的阿拉伯字母描绘，按照俄语方式书写。

之后，他又在整张纸上从头到尾一下子写满：

"微风轻拂，涅瓦河喧闹起来，扬起青灰色的波浪。"

13

非常激动，他挥着手稿跑去叫醒了哈尔杰伊·哈尔杰耶维奇。

"亲爱的哈尔杰伊·哈尔杰耶维奇，"他边说边去摸开关，"亲爱的，"他说道并抓住哈尔杰伊·哈尔杰耶维奇的肩膀摇了摇，便坐到床上，"您只须看一下我做了什么。我写了一个短篇。"

哈尔杰伊·哈尔杰耶维奇睁开眼睛又再次眯缝起来，接着从被子里抽出手微弱地把他推开。

"怎么可能……怎么……怎么可能。"他惊讶地喃喃道。

"哈尔杰伊，"他庄重地叫着，却忘了对这样一位令人尊敬的人士直呼其名完全不合适，而没称呼其名和父称。"亲爱的哈尔杰伊·哈尔杰耶维奇，您只须听我说。我在文学中引进了洛巴切夫斯基的理论。平行小说。我在一张纸上拼接了两篇小说。"

他把纸塞给哈尔杰伊，哈尔杰伊撇撇嘴仍然拒绝着。

"要知道，您还没有康复呢，"他说道又唠叨了几句，"您不能连夜工作，不能工作。"

诺金小心翼翼地把纸张放在身下，坐在上面以防它们四散开来，又突然亲了一下哈尔杰伊。

"快点把烟扔了。您不能抽烟，禁止您吸烟。"——哈尔杰伊惊慌地嘟囔着。

"哈尔杰伊·哈尔杰耶维奇，我这就把烟扔了。但是您看一眼我的作品。我让它们深夜在大学沿岸街相遇。它们在我笔下像好友一般交谈。谁都没有明白。不同的时代，不同的国度。"

哈尔杰伊·哈尔杰耶维奇愁眉苦脸地噜噜嘴。

"夜里？夜晚应该睡觉，需要睡觉。特别是这样的疾病之后。而不是在河岸街晃荡。"

"哈尔杰伊·哈尔杰耶维奇，您也不懂，"诺金高兴地说，"没人懂，这一点很清楚。而且我对此非常高兴，非常高兴。新思想总是要被批判的。伽利略差点因为发现地球自转而被吊死。"

"您写小说吗?"哈尔杰伊·哈尔杰耶维奇最终意识到又惊恐万分，

"您大概是发疯了，这就是问题的关键。"

"我没发疯，我跟您说的是实话，"诺金幸福地说，"但是我非常需要有什么人来读读它。要是您不准备听，那我就把老太婆叫醒。老太婆不懂俄语。我从大街上随便抓一个人。看门人。哈尔杰伊·哈尔杰耶维奇，亲爱的，就一刻钟，真的，就一刻钟，无论如何都不会再多。"

他这样渴望地看着哈尔杰伊·哈尔杰耶维奇，于是后者最终坚持不住了。

他突然发出一声咯咯的笑声，拍了拍枕头又双手抱着膝盖从床上坐了起来。

"唉，读吧，"他说，"读完，就睡吧。尽可能……尽可能……"

14

回来后直至早晨都无法入睡。一切都清晰到心潮澎湃。这不是短篇小说。这是空间的循环。脱离时间的人，他惊慌、小心地走着。这就是结局。他回来了。他什么都懂。

这些人在奇怪的远方好像突然出现在他的面前，出现在这样一个需要书写他们的地方。是的，他会书写他们的。

于是，现在不需要让自己相信，时间将会等待那些非常忙碌的人、整晚忙于阿拉伯词典上的人。他没有失去时间。他只是走了小道，而且现在返回了——全副武装的。

小说。寒冷沿着脊背蔓延开来。这就是他用朋友、列斯诺伊的松树和童年所换来的东西……

小说。

他轻松地走着，摇晃着手。

15

公共图书馆的楼梯像剧院里那样精致。它里面的彩绘天花板拱顶则像修道院里的十字形。

在这里，陈旧阴森的大部头书籍的硬皮封面用栎木板做成。

在这里，有古滕贝格①《圣经》，世界上的第一本书。

在这里，有祈祷书，玛利亚·斯图亚特②和它一起上的断头台。

还有霍贾·阿赫拉尔清真寺里的《古兰经》，穆罕默德姐夫死在上面。

这里用金属扣环压缩的手稿在栎木柜子的玻璃框里喘不过气来，注视着自己保管者的缓慢更迭。

字母褪色，纸张变黄。

这里有从波斯、土耳其和波兰买来或者抢来的书。

战争、暴乱和革命的缴获品。

这里有从书里成长的书，也有被首先发明的书。

只是书而已。

还是书而已。

这里有浮士德的办公室——第一批带着印刷厂厂主的徽章。

在那里保存着古版书——古老的书，印刷艺术的处女作。

带星盘的阿拉伯绿色地球仪放在斜面书桌上，书籍都是锻接的。

在框缘上，在柱头下写着题词，从修道院图书馆章程里模仿的：

---

① 约翰内斯·古登堡（又译作"谷登堡""古腾堡""古滕贝格"，约 1400 年出生于德国美因茨，1468 年 2 月 3 日逝世于美因茨）是西方活字印刷术的发明人。

② 玛丽·斯图亚特（Mary Stuart，1542－1587），苏格兰女王。

"禁止喧哗，禁止在死人说话的地方大声说话。"

这里人们都静悄悄地走路，人们对书平等以待。

他们来的时候很年轻，走的时候已是老头。

16

一切都没变。所有的人都这样沿着目录柜台的长长大厅站着，还弓腰俯身到它们之上，不紧不慢地写着图书编目专家的卡片。

他们中间有年轻的陌生人。

洛日金下楼来到手稿部门。干枯的镶木楼梯习惯性地在他脚下咯吱作响。除了那个保管员的助手——他不太喜欢的英国式年轻人，其他一个人也没有。

他来早了。每天早上在空荡荡的房间里他一个人做什么呢？

书籍还放在那里，他的书架上，放在光临常客的柜子里。还是按照他放的顺序放着——从宏大的对开本吉洪拉沃夫的编年史到波戈金斯基作品的缩略本。

他坐下来，用近视眼盯着木材和硬书皮做成的墙面的轮廓。

《神奇国轶事》，就是它。还记得，好像哪个目录还不够呢？

"有一个南国异族女王，名叫玛尔卡特什卡，她来给所罗门占卜，她非常聪明。"

他随即重新开始补写道：玛尔卡特什卡，Malkat－Švo，萨夫斯卡娅女王，古犹太文本。

真可惜，他还没有和希伯来人商量所有这些事情。而且不只 Malkat－Švo，那里还有某个模棱两可的词。

"她坐在国王对面，看见他穿着衣服坐在水里；而国王看见一个美

219

女面对着他，但她的身体长满毛发，像鬈毛，并用毛发拥抱和她在一起的男人，于是所罗门说出自己充满智慧的话语。请准备一个带药的毛巾①。"

毛巾，就是这个单词，连日丹洛夫也不会明白。那么看看它在不在比斯卡列夫斯基名单里？……当他从斯卡列夫斯基名单里抬起疲惫不堪的眼睛时，他听到某地儿传来了一席真切的谈话，几乎就在手稿部旁边的通道。

"我跟她说，"他听到，"我的妈妈呀，我说道。我有两个儿子，由于读多了迈恩·里德，准备跑到美国去。一直跑到威尔士奥洛弗。要不是侦缉队——早就跑了。您去侦缉队找吧，我跟她说。会找到的……哎，也好，她去了侦缉队——又返回来——哭起来。结果是，被拒绝了。因为这是逃跑者自己的意愿，即便她认定是他的妻子——仍然无权干涉。唉，有什么办法呢。我惊讶了，什么哲学家啊……非决定论者。以前侦缉处文化水平不那么高，但工作起来却顺利得多。我还是要说，您应该安静一些。您得相信他去了随便某个疗养院。休息一下就会回来。但是这时的她，看到没，连一句话都不让我说。'我确信，别人说他不是一个人走的……他是带着一个白痴走的。据说他开始穿着讲究，被勾引了。所以他现在去了巴黎。'我说——抱歉，玛利维娜·埃杜阿尔多夫娜，怎么会去巴黎呢？要知道他连出境护照都没有呢。"

洛日金不由自主地在上衣口袋里寻找着某个东西。铅笔？眼镜盒？这都是在说他，说他呢。已在说关于他的笑话了。像是在说代替丈夫掌管基辅大学布利亚勃利科夫的妻子。又像是在说被普鲁士科学院指责抄袭的斯拉夫学者。

---

① 此处 Кражма 为古俄语，是指布匹，或毛巾。

他在找啥？眼镜盒？手帕？铅笔？

他勉强地笑一笑，站起身，绕过书架直接走向听到谈话的那张桌前。

维亚兹洛夫坐在那里，胳膊肘支撑在打开的书上，长长的黄褐色的胡子搭在书上。他身后是——侏儒——院士，研究日本文学的学者，还有扎拉沃夫，还有某个人。

眼镜闪闪发光。他轻轻地碰了一下眼镜。

第一个看到洛日金的是那个侏儒。他慢慢地起身。他一只眼睛惊惶地眨着。

继他之后其他人也站了起来。扎拉沃夫不明所以地展开手跳起来。那个高声大笑的老头，一个爱笑的人出现在这里，这是因为他经常微笑，他悄悄地画了十字也站了起来。

只有维亚兹洛夫仍然坐在自己的位子上，虽然正是他在几分钟前确信洛日金死了——不是没有消息地失踪，而正是死了。

"从人性角度对他表示惋惜。他从事的当然是一些小事，在过去，他好像为了将巴维尔一世奉为经典忙碌过，但毕竟是个好人。死去了。"

而且甚至不无满足感地重复这个词：

"死去了！"

出乎他的意料洛日金还活着，可他比所有人都少有难为情。作为一个怀疑论思考方式的人，他不认为鬼魂可能出现在公共图书馆，为了手稿处的科学研究。

是的，洛日金确实也不像鬼魂。他的脸一点也不像几何学教科书上的图案，他由于心不在焉竟从口袋里掏出一把蠕虫而不是手表。

他安静地站在维亚兹洛夫及其同事们面前——站着，什么也不说，只是害羞地蜷缩在那儿，抖动着肩膀，好像他的上衣小了。所有人都沉默不语。有个人由于紧张还大声地打了个哈欠。

"斯捷潘·斯捷潘诺维奇。"维亚兹洛夫终于非常流畅地说了一声，靠着书架站起身来。他靠近洛日金，拥抱了他。"是你吗？"怯生地说着，"要知道，我们差点把你安葬了。在准备预定你的追悼会呢。"

洛日金大声地亲了一下靠近他的不知道哪儿的地方，胡子上。

17

他们好像都以一种好感迎接了他，都尽可能认真倾听他说的每一句话。

扎拉沃夫——他永远的反对者，每场学术会议上的坚持不懈的对手——在他面前开始如此讨好起来，如此阿谀奉承地询问他的近况和健康。

如此开心地哈哈大笑、看着他的眼睛的还有长得似婆娘、肌肉松弛的老头，档案专家。

就连那个侏儒，洛日金跟他几乎不认识，也靠近他坐下，友好地拍着膝盖。

洛日金很少说话。他稍稍眯缝着眼睛，不安地用手碰着眼镜。

他知道这种好感的真正代价。

18

他驼着背，脸色清灰地回到自己的手稿上。他停在哪儿了？对哒，他在核对乌瓦罗夫的名单：

"于是，所罗门用自己的智慧话语，命令准备带草药的毛巾，往她的身体上涂抹……"

什么也没发生。只产生了孤独、疲惫。会忘掉关于他的笑话，会忘掉他自己——即眼下这个样子的他，长着白胡子、眼睛疲惫不堪、像老年人的他。

"青春？第二春？不，衰老，亲爱的。衰老降临到你身上。哪里拿得出心灵的激情去有尊严地忍受它呢？"

仿佛记得，大学生时代对谢尼奥卡着过迷，他证明了生活是一种贵重的东西，应该占据些许地方，但价值昂贵。能衡量生活的不是时间而是事情？可什么事情能衡量他的生活呢？总之，他该把什么载入自己这二十磅中，来为过世的叶尔绍夫教授所癫狂的呢？还有几年到他的二十五年纪念日？按照谢尼奥卡的话，有时候也会很容易就证明一个人生活中注定会发生一切的优越性，而之前命中注定活到长寿的人却死得过早。不论是他自己还是洛日金教授都曾确信过，前一种人在自己死后还活着，而后一种人在死前很久就在死去。

现在他所能给出的是多么珍贵，为了勇敢地把每一天都当作最后一天。他的生活。它就像塔努西亚的悠久和愚蠢的历史，因气味难闻的历史①这种虚无而得名。

绝对是，反正都一样——他还要花多少时间坐在日课经文月书上。

"于是，就往她身上涂抹草药以便脱毛。他诡秘地并像书中所说的那样，和她交媾，使她怀了孕……"

而他的暴动！要知道，这只不过是一种苦恼——自寻烦恼，苦于没能看破红尘。

但是什么也不能重新开始，时间一去不复返。勇往直前的时间将他

---

① charta cacata 为拉丁语，意思是气味难闻的历史。（原注。）

赶入安静又潮湿的港湾——没人能拒绝它。

这样的话，众所周知的勇气，就在于当被人驱赶的时候从容离开。只是需要做一做自愿离开的样子。

这不，他不想自愿离开，他反抗了，却忘记了时间不会听从反对意见的。于是他还是在离开。他退回到自己的书堆中。他的反抗正在被谅解，他的妻子之死正在被谅解！

"当她怀上了国王的孩子，就回到自己的家乡并诞下儿子，起名为尼布甲尼撒二世。"①

他抬起双眼。一个和蔼可亲的、肩膀佝偻的老人——手稿部的管理员，不紧不慢地徐徐向他靠近，稍稍歪着头。他的清晰的、长着一双天蓝色眼睛的脸，礼貌地微笑着。

认出是洛日金后，他高兴地举起手来，像是代表所有聚集在其身后的厚厚的书堆欢迎他。一边靠近他，一边把手放在胸口上，并出于礼貌用儿童般的嗓音说：

——Soyez le bienvenu，monsieur②！

19

一个黑人在用锋利的小铁锹铲着柏油马路上的污泥。阁楼就像是在温室里。被黑色油污弄脏的马车，在行李车、在没有出口的蒸汽机车的尽头旁疾驰。车站是石头造的、钢铁般的，它原本就是这个样子。

可德拉戈马诺夫却不像他自己。

维拉奇卡冷漠地插着手，涅克雷洛夫一句话也不说。他把他俩放在

---

① 此处为古俄语。
② 拉丁语，欢迎光临，先生！（原注。）

站台上返回小卖部。他和小吃部服务员讨价还价很久。他选了一个大苹果并狼吞虎咽地吃完它。

"好像得恭喜你——蜜月，或怎么称呼这个了？"他用舌头舔着牙齿说，"这样，我祝贺你，维佳，而您呢，维拉·亚历山德罗夫娜——不，我不恭喜您。"

出于礼貌一点痕迹都没留下，他用手指剔了剔牙。谁也不需要恭喜，甚至也不需要让人看出他知道这趟旅行的缘由。

他很生气，围在维克多身边的这些女人刺激了他。裙子，吹牛。

涅克雷洛夫警觉起来，吹起口哨。又简短地询问了什么事情。然后大笑起来。

"他是嫉妒，"他向维拉奇卡解释道，"但是，我们已经和他商量好了。两周后他就来莫斯科找我，然后我介绍他结婚，娶一个好妻子。她不是非常顽皮，但是她……她将会很调皮。"

"两周后，"德拉戈马诺夫从容不迫地说，"我不知什么时候就去见巫婆了。大概去布哈拉，或者是波斯。维佳，我决定把整个乌兹别克语翻译成拉丁语。也许，我会成功地给他们创建合适的文学。"

"那你为啥要走？为了自传？别走了。你有学校、科学。大家都尊重你。要是你走了，我该和谁吵架呢？"

德拉戈马诺夫什么也没说。他看着维拉·亚历山德罗夫娜。她的脸上洋溢着幸福。这一点刺激了他。

"和妻子吵，"他最终说，"你将会和妻子、学生吵。他们将会跟你算账——为次品的电影剧本、偶然的小品文。然后你将会摧毁它们。你有事可做的。"

涅克雷洛夫不满地抬了抬眉毛。

"我可以一个人活着，"他生气地说，"没有学生。明明是你在和学生们打交道。"

"上帝啊，他们又开始争吵了，"维拉·亚历山德罗夫娜恐怖地说，"现在车要开了，行李工拿着东西不知道跑哪儿去了。鲍里斯·巴甫洛维奇，您可是聪明人。老实说，和他讲和吧，我们要迟到了。"

涅克雷洛夫向他做了一个可爱的鬼脸。

"学生们……你什么都交给他们了。"他抓住德拉戈马诺夫的袖子，"你给他们讲讲自己所有的作品集。你和他们日夜打交道。"

"出于对维拉·亚历山德罗夫娜的尊重，我不敢跟你争吵，"德拉戈马诺夫讽刺地说，"请允许我这么说，维佳，你为自己太过平静。你的学生们，他们写了很多关于你的书。这些都将是长篇小说。他们不会写长篇小说，但是为了推出你，他们学会了这项事业。他们骑自行车错过了那些你从喧闹中走过的地方。"

"哎，我的天啊，这个行李工究竟去哪里了？维克多，往里看一看，这个站在车厢旁的是不是他？"

没等到答复，维拉·亚历山德罗夫娜绝望地挥了挥手又跑向了行李工。

涅克雷洛夫在原地一动不动，甚至没往她的身后看。

"为什么你在……跟我争吵（他看了一眼车站的挂钟）在我走之前还有十分钟的时间？你吵不赢我的。根本就不存在什么学生。鲍利亚，你自己在大脑里杜撰了他们。跟我在一块他们一事无成。不过他们会把你放进保险柜的。而你，大概没有注意到这一点。"

德拉戈马诺夫用完全古怪的话语回答这一切。

"不过在保险柜里睡得更好。"他若有所思地说。

"你被锁着，所以就不用像是在梦中每分钟读报纸，或者每周在学校上课了。而且也不用为了摆脱妻子、朋友和中国人而溜到波斯去。摆脱时间。也不用贩卖学术了。"

他还没来得及说完。两声响铃一个接一个地传来。早就该上车了。维拉·亚历山德罗夫娜又担心又生气地从站台上叫着什么，给涅克雷洛夫做着某个手势。

他们拥抱了。火车开动了。涅克雷洛夫轻松地跳上维拉·亚历山德罗夫娜身旁的站台。

于是，从车厢迟钝的墙体后面，他最后一次看了一眼德拉戈马诺夫。他眼睛看到他正在离开黑黢黢的火车月台，于是再一次举起了手向他告别。但德拉戈马诺夫没有回应他，而是把手放进自己长长的破旧大衣袖子里站着，用模糊的、迷茫的眼睛目送着自己周围。他像一个无业游民。他站在月台上像是一个没赶上车而离开的人。

20

而涅克雷洛夫继续想着他。

夜晚的田野开始在车窗边划过，而且越来越快。

小个子大鼻子的列车员来到包厢以便于收回车票。

淡蓝色的小灯在白色的床单下亮着。

车厢里一片睡梦的静谧。

轻微的、节奏相同的车轮轰隆声并不妨碍任何人睡觉。

维拉奇卡坐在窗前，疲惫不堪，眼睛大大的，不太像俄罗斯姑娘。他注意到，她不好意思当他面脱衣服——她已经两三次解开了，但又重新扣上了女短上衣下面的扣子。

她有点胆怯地看着他。她的手很纤弱——这一点他只有此刻太注意——还有她那朦胧的温柔的肩膀。他友好地亲了亲她，说了些话，走了出去。

　　和德拉戈马诺夫争论造成想法上的顿塞、障碍留在了他的脑海里——并自然而然地延伸得更远。这是一种自我反驳，也是一种与自己的诚实、自己的话语权、行动权的模糊谈话，一切都按照他所说所做的那样。

　　他把手插进口袋，沿着狭窄的车厢走廊走着，边走边哼着或含糊不清地嘀咕着。该坦诚地跟自己谈一谈了。和德拉戈马诺夫的争论——他自己知道，这不是简单的争吵。是岁月在为这一切而争执。是岁月，而不是德拉戈马诺夫威胁他的学生们。岁月将会创作关于他的小说……"那就让它重新学习写小说吧，"他低声说，或像唱道，或像含糊不清地嘀咕，"嗯，去学吧。这可不是那么容易的。"

　　但是，关键不在于威胁。他不胆怯。就让他的学生骑着自己的自行车前往那些他吵闹过的地方吧。他将会坐在终点并挥舞着旗子。他将会赠送优胜者自己最新的书。写上友好的题词。他向他们展示该如何操作汽车。

　　关键在于错误。关键在于如何写，怎样利用岁月。

　　错误可能在于他在写书而不是开发西伯利亚，他是在写书而不是建造飞机，他是在和文学打交道。

　　错误也许在于他的作品中没有人，有的只是对他们的态度，及其对自己描写的这些人所做的掩饰，他不能胜任自己。

　　"要知道很难写活生生的人，"他说道，证明自己有道理后他便哼唱起来，或模糊不清地嘀咕着，"哎哟，真难！你不知道，什么重要，什么不重要。什么可以，什么不能。"

　　他往车厢里看了一眼。维拉奇卡睡着了，胸口盖着被子。他第一次看到她扎辫子。她温柔又十分普通。

火车像往常一样敲响了夜晚的钟声，鬼知道几点了，是不是接近早上，火车经过的站多不多。

他重新回到走廊里。大鼻子列车员从他身旁经过，验票员提着路灯手上拿着钥匙。长长的一排车门，个个相似，像士兵一样沿着走廊站着。

他在想什么？他在抱怨、惋惜自己的错误。

"正像艾兹曼说的那样'心中有泪'。"他嘟囔着。

可还有一个错误！讥讽吞噬了他周围的一切。影响他写作。讥讽对于他而言比他任何的对手都可怕。他该拿它怎么办呢？需不需要摒弃它呢？

他停住了。

"这节车厢错在走廊里没有通风筒。"他无助地回过头低声含糊地说。

车厢里闷热得很。

于是他手揣进兜里又接着走，一会儿看这扇窗，一会儿看另一扇，而且到处都能看见树木、斜坡和田野的黑点。他走到跟前，歪着头。小丑似的走着，有点寂寞，虽不是信心十足，却依然很开心。

就像梅伊耶尔霍利多夫斯基的《钦差大臣》里一样，沿着走廊竖着长长的一排车厢门。

对，他仍然开心。透过错误，透过讽刺——谁又敢指责自己时代不需要它呢？

就只有德拉戈马诺夫……这个，亲爱的聪明人！……谁需要这个——你成为的人？你懂得很多——谁需要这些——你所知道的。

的确，最好躺在保险箱里，总比成为那种想着所有步调都不一致，却只有他步调一致的准尉好。

的确，最好去波斯，总比在《十日谈》里为了防止瘟疫而讲童话故事好。

岁月是对的，它击垮了他。

他就这样走着，一个开心又不幸的人，非常好、非常聪明的人。

接着，他返回到包厢里，久久地坐在桌前，也不脱衣服，用手托着下巴，随着列车的运动节奏晃动。

维拉奇卡在梦中叹了一口气。他突然看了她一眼。被子从她的肩膀上滑下。他关怀地掖好了被子。

像往常一样——当他长久地注意着睡着的人的时候，周围的一切开始变得有点可怕。

但是这一次他不觉得自己孤单。他想戏弄她一番——可又舍不得叫醒她。

"哎，什么，你的克克切耶夫是什么?"他暗自问道，但是仍然说出来并向她吐了吐舌头，"好一个微不足道的人物! 好一个办公室职员!"

他向她扮了个鬼脸。

"我很高兴打在他的狗脸上，"他向她解释道，"但是我必须老实承认，我打他不是因为他想跟你结婚。而是因为他的存在。因为他和文学联系在一起。你记得吗?"他用手背擦着嘴巴，"你懂吗? 每个人都有自己不诚实的方式。他的方式我不喜欢。而你可能会听他的。你也许会尊敬他。"

维拉奇卡用呼吸回答他——安静，非常顺从。她赞同了。

但是，他需不需要她，或他为何带走她——关于这一点他什么也没说，也没想。他知道仍然还要做某些决定，和谁商量，后悔某事。他不能现在后悔，他很累，他想睡了。

他会在明天或者后天后悔。

而今天不值得把时间浪费在明天可以做的事情上。

"老实说，"他说着脱下上衣，"我甚至不确信明天的太阳是否照常升起。"

21

他睡在包厢里，在黑暗中，在标准的墙壁之间，这些墙壁非常不像韦利米尔·赫列勃利科夫，古尔－穆拉①，花之神父所想出的玻璃房间的墙壁。古尔－穆拉认为人类应该住在不断移动的玻璃房里。

他睡着，一个不惧怕时间、城市在睡梦中远离他而去的人——在沉睡的城市中开始了寂静的深夜。

而在寂静的深夜，在被整理好的书籍中间，洛日金饱受失眠的折磨。从旧大衣换到睡衣，他在空无一人的房子里徘徊着。餐厅钟声响起，办公室里的老鼠啃食壁纸发出沙沙的声音，铺着冰冷床单的床放在卧室里显得空荡荡的。智者的话，像钟表一样在他的大脑里叮咚作响。他疲惫地用手扶着前额。他从哪里读到的，谁在偷偷告诉他这种忠告？

"时光流逝，您所说的，是由于理解得不准确吗？时间已停止。快走吧。"

他因冻得发冷就躺下了，试图让一切在脑海中搅浑。他轻轻地翻了翻白眼，努力入睡，效仿着睡前的最后时刻。

他睡着了。

克克切耶夫的儿子，商人的儿子，一个胆小鬼，也像互信的动物一

①　Гюль－мулла，出自维·赫列勃尼科夫一首的名称《Трубы Гюль－Муллы》。Гюль（古尔）——土耳其语，Мулла（穆拉）穆斯林精神领袖。赫列勃尼科夫首次将 гюль－мулла 结合在一起。

样睡在克克切耶夫父亲的房子里。

他刚刚让妓女离开，还在睡梦中感觉到她身体的温馨和安适。他又白又胖的胸，穿着敞开的毛衣平稳地呼吸着。

整个城市都入睡了，无论是奥赫坚斯基的渔夫还是托洛达伊岛。像躺在瓦西里耶夫斯基岛的北极浅滩中冬眠的鱼一样——被泥土覆盖的、带有海湾和港口的芬兰威尼斯变成了广场和街道。

但是德拉戈马诺夫没有睡。

五个中国流亡者坐在他对面。他在教他们学俄语。

俄汉语法，就像蜡黄的瘦骨嶙峋的双手捧着的石头。他们的面孔干枯而紧张。而他们身后的故土就寓于由俄语字母发出的象形文字里。

"在漂亮的窗帘外荒无人烟，夜莺哀啼，人们上山去了，猴子受到了惊吓。"德拉格玛洛夫严肃地读着汉语。

"夜莺哀啼，人们上山去了，猴子受到了惊吓。"五个中国人顺从地重复着。

1928—1980